Pour un baiser de son ennemie

AMANDA McCABE

Pour un baiser de son ennemie

Traduction française de
EMMANUELLE SANDER

Les Historiques

HARLEQUIN

Collection : LES HISTORIQUES

Titre original :
BETRAYED BY HIS KISS

Ce roman a déjà été publié en 2018

HARPERCOLLINS FRANCE
83-85, boulevard Vincent-Auriol, 75646 PARIS CEDEX 13
Service Lectrices — Tél. : 01 45 82 47 47 - www.harlequin.fr
ISBN 978-2-2804-8300-1 — ISSN 1159-5981

Composé et édité par HarperCollins France.
Imprimé en décembre 2022 par CPI Black Print (Barcelone)
en utilisant 100% d'électricité renouvelable.
Dépôt légal : janvier 2023.

FSC
www.fsc.org
MIXTE
Papier issu de sources responsables
FSC® C159065

Pour limiter l'empreinte environnementale de ses livres, HarperCollins France s'engage à n'utiliser que du papier fabriqué à partir de bois provenant de forêts gérées durablement et de manière responsable.

Je dédie ce livre à Kyle

« Je vous aime tellement de tout mon cœur qu'il n'en reste rien pour protester. »

WILLIAM SHAKESPEARE,
Beaucoup de bruit pour rien

Prologue

Toscane — 1474

L'église était silencieuse et froide comme le marbre. La multitude de cierges allumés sur l'autel éclairaient l'image dorée de la Vierge Marie entourée d'anges et de saints solennels. Tout le reste du sanctuaire était plongé dans l'obscurité. Orlando Landucci était seul.

Seul à côté de la jeune femme qui gisait dans son cercueil, au pied de l'autel. Sa sœur, qui venait de l'abandonner.

Lentement, il s'agenouilla à côté d'elle, les mains jointes. Pourtant, il était incapable de prier. Il n'en avait pas la force et semblait avoir perdu la foi. Même dans ce lieu saint, il n'arrivait pas à chasser cette colère qui bouillonnait en lui et ne le quittait jamais.

Le visage de Maria Lorenza, d'une beauté pure et délicate quand elle était en vie, était désormais figé, pâle et immobile. Ses cheveux blonds étaient recouverts d'un voile en coton blanc et ses yeux bruns, bordés de longs cils épais, étaient clos à tout jamais. Un rosaire était placé entre ses doigts glacés. Peut-être reposait-elle enfin en paix maintenant. Ses tourments avaient été si grands, et elle avait souffert pendant si longtemps. Mais comment imaginer que cela soit possible, comment avait-elle pu trouver la paix alors que son meurtrier était toujours là, bien vivant ?

Certes, ce n'était pas Matteo Strozzi qui avait personnellement porté le flacon de poison à ses lèvres, mais c'était sûrement lui qui avait guidé sa main pendant qu'elle le buvait. Le souvenir de sa trahison hantait Maria Lorenza, même après tous ces mois. L'abominable canaille.

Maria Lorenza avait refusé l'aide d'Orlando de son vivant, mais, à présent, rien ne pourrait l'empêcher de faire ce qu'il estimait être son devoir. Il lui fallait agir, non seulement au nom de l'amour fraternel qu'elle lui avait prodigué pendant si longtemps, mais aussi pour sa famille, dont il avait juré de défendre l'honneur.

Tout en déposant un petit bouquet de fleurs printanières entre ses mains à côté du rosaire, il se rappela Maria Lorenza comme elle était autrefois.

Lorsqu'ils étaient enfants, ils pouvaient passer des heures à jouer, à monter aux arbres et à se poursuivre à travers les champs d'orge en riant. Ils faisaient de grandes parties de cache-cache dans la vaste demeure familiale. Dans la chapelle de leur père, au beau milieu de la messe, Maria Lorenza s'amusait à lui murmurer à l'oreille des plaisanteries en gloussant alors qu'ils étaient censés prendre un air grave et solennel. Il se souvenait de ses larmes et de la peur tapie dans son regard lorsque Matteo Strozzi l'avait si ignoblement trahie et qu'elle n'avait plus eu qu'Orlando vers qui se tourner.

Aussi loin que remontaient ses souvenirs, Maria Lorenza avait toujours été là pour lui. Sa douce et belle petite sœur. Elle ne méritait pas les tourments qui l'avaient menée jusque-là.

Soudain, les cris perçants d'un bébé rompirent le silence de l'église.

Lentement, Orlando se remit sur ses pieds et se tourna vers une sœur qui l'attendait, debout sur le seuil. La petite fille de Maria était nichée dans les bras de la religieuse immobile et muette, gardienne de cette vie nouvelle et fragile qui avait éclos avec la mort tragique de sa mère.

Aujourd'hui, après avoir perdu sa mère dans des circonstances épouvantables, sa nièce n'avait plus que lui pour prendre soin d'elle. Maria Lorenza était si sûre de ne pas être capable de veiller sur son enfant, si convaincue que la honte d'avoir engendré une bâtarde les perdrait toutes les deux, qu'elle avait préféré renoncer à la vie. Elle ne pouvait plus supporter cette humiliation ; la souffrance d'avoir été rejetée et abandonnée était devenue un fardeau trop lourd à porter.

Matteo Strozzi, cet ignoble bâtard, était responsable de cette situation. Et Orlando allait s'assurer qu'il paie pour ses crimes.

Il s'en était fait la promesse en apprenant la mort atroce de sa sœur.

Chapitre 1

Campagne toscane — été 1478

Mes très illustres seigneurs :

Mon frère Giuliano vient d'être tué et mon gouvernement est en grand danger. L'heure est venue d'aider votre serviteur. Envoyez de toute urgence toutes les troupes qu'il vous sera possible de convoquer afin qu'elles puissent être le bouclier de mon État, comme elles l'ont toujours été.

Votre serviteur, Lorenzo de Médicis.

Lettre aux seigneurs de Milan,
26 avril 1478

« En peu de temps passe toute grande pluie et la chaleur fait disparaître les neiges et la glace ; ainsi reprennent leur cours les fleuves superbes à voir : et jamais le ciel ne fut caché par une neige si épaisse, qu'étant livrée à la fureur des vents, elle ne s'enfuie des hauteurs et des vallées. »

La voix harmonieuse de la jeune fille occupée à lire le volume de Pétrarque posé sur ses genoux coulait avec une grande douceur dans la brise chaude. Elle se mêlait au bourdonnement des abeilles en quête des meilleures fleurs de l'été, aux gazouillis et aux pépiements des oiseaux. Le vent agitait légèrement les branches noueuses des oliviers croulant sous les fruits et celles des cyprès majestueux. C'étaient les journées les plus languides de l'été, de celles où l'on est écrasé de chaleur. Les pas se faisaient lourds sous les rayons du soleil, les échines se courbaient et les rires fusaient. Le travail était un lointain souvenir.

Les conditions étaient parfaites pour la tâche qu'Isabella s'était fixée. Elle n'avait pas grand-chose à faire dans la villa de son père. Les repas, plus légers par ces grandes chaleurs, étaient moins élaborés. Les riches tentures et les tapis d'hiver avaient été pliés et rangés jusqu'aux prochains frimas pour laisser la place à des tissus plus fins et plus légers, réduisant d'autant les nécessaires tâches domestiques dont l'organisation lui incombait.

Les domestiques bavardaient devant les fenêtres ouvertes tout en épluchant des légumes pour le potage du soir, tandis que les poulets, épargnés pour l'heure, grattaient mollement la poussière au fond de la cour. Personne ne l'attendait avant le coucher du soleil, heure à laquelle son père lèverait le nez de ses livres, sortirait de son bureau et commencerait à s'inquiéter de son dîner.

Isabella se pencha sur son carnet de croquis et estompa un trait de crayon du bout du pouce.

— ... Livrée à la fureur du vent...

La voix de la jeune fille mourut. Isabella leva les yeux vers Veronica, la plus jeune fille de leur voisin, qui se tenait assise dans une flaque de lumière, son livre ouvert sur les genoux. Avec ses boucles claires et dorées qui formaient un halo de lumière sous le soleil et son visage ovale légèrement tanné par le soleil, elle était le modèle parfait. Ses jupes rayées de rose, étalées en corolle autour d'elle sur l'herbe tendre, ressemblaient à des pétales de rose. En revanche, par sainte Catherine, la jeune fille ne tenait pas en place !

— Qu'y a-t-il, Veronica ?

— Puis-je voir votre dessin, à présent, *madonna* ? demanda la fillette qui tentait visiblement de cacher les accents d'impatience dans sa voix douce. Nous sommes assises ici, sans bouger, depuis si longtemps ! J'ai hâte de voir le résultat.

Cela faisait-il si longtemps que cela ? Isabella leva les yeux vers le ciel azur et s'aperçut que l'inclinaison des rayons du soleil avait légèrement changé. La lumière avait pris une teinte de caramel profond.

Le *sfumato* du matin, cette brume gris argenté si particulière aux chaudes journées de Toscane, s'était évaporé depuis longtemps. Mais Isabella avait été si absorbée par ses efforts pour reproduire le visage de la jeune fille sur sa feuille, si occupée à essayer de distiller dans les lignes froides et noires la douceur et l'innocence de la jolie Veronica, qu'elle n'avait pas vu le temps passer. Elle sourit à la jeune fille.

— Ce n'est que pour mieux t'entraîner à lire, Veronica, dit-elle en posant son fusain dans sa boîte à compartiments et en examinant ses doigts.

Sa peau et ses ongles étaient si profondément tachés par la peinture et le fusain qu'elle ne pourrait pas les nettoyer avant de voir son père. Mais, après toutes ces années passées à vivre avec elle, il était habitué à ses lubies et elle aux siennes.

— Tu lis si bien ce poème, agita-t-elle. Tes parents seront fiers de toi.

Veronica referma doucement le précieux livre relié de cuir vert et le serra contre elle, un sourire timide aux lèvres.

— Vous croyez, *madonna* ? Mes parents disent que je dois partir chez ma tante à Florence à la fin de l'été, pour apprendre à devenir une vraie dame et pour me trouver un fiancé convenable.

Elle regarda le livre d'un air inquiet.

— Je n'aimerais pas me couvrir de honte, là-bas.

Ah, Florence. Isabella réprima une bouffée d'envie et de nostalgie. Non, elle ne pouvait pas être jalouse d'une enfant, alors qu'elle-même était une femme de dix-neuf ans ! Mais elle ne pouvait s'empêcher de se dire qu'avoir la possibilité de contempler les trésors de Florence, les œuvres de Bellini, de Botticelli, de Ghirlandaio, les superbes églises et les galeries, le Ponte Vecchio et les nombreux palais de cette ville devait être merveilleux. Elle imaginait un étalage de beautés inégalables et de grande sophistication. Un univers complètement différent de sa vie paisible à la campagne, où les seules beautés accessibles à son âme étaient celles de la nature, et non celles créées par les hommes.

Isabella ne connaissait ce monde qu'à travers les lettres de sa cousine Caterina. Tant que son père, devenu veuf, aurait besoin d'elle, les choses resteraient ainsi et elle devrait se contenter des paysages que fabriquait son imagination.

Après la mort de sa mère, il y avait bien longtemps, son père s'était retiré à tout jamais dans son univers de livres pour pleurer sa femme. Témoin de l'ampleur de ce chagrin et d'un isolement choisi qu'elle considérait comme un renoncement, Isabella s'était juré de ne jamais vivre une telle chose.

— Dans ce cas, nous leur offrirons ce dessin avant que tu partes, lança-t-elle à Veronica pour gagner un peu de temps, dans l'espoir de convaincre la très jeune fille de patienter et de garder la pose quelques instants de plus. Mais tu ne peux pas encore le voir ! Il faut d'abord que je le termine.

Veronica poussa un profond soupir de déception et Isabella rit de la voir faire la moue. Cette enfant avait encore un long chemin à parcourir avant de trouver ce fameux fiancé et d'être prête à diriger son propre foyer ! Un peu comme Isabella elle-même, qui avait dépassé depuis longtemps l'âge de se marier, mais qui, de toute façon, ne s'imaginait pas dans le rôle d'une épouse. Elle avait une personnalité beaucoup trop indépendante, elle aimait beaucoup trop être elle-même pour se soumettre à la volonté d'un mari. Elle se sentait bien incapable de s'obliger à obéir à quelqu'un, fût-il uni à elle par les liens sacrés du mariage.

De plus, elle avait vu ce qui était arrivé à son père lorsque sa mère, si belle et si aimante, était morte de nombreuses années auparavant. Il s'était alors complètement replié sur lui-même et s'était abandonné à son chagrin, au point d'en oublier pendant un temps qu'il avait une fille.

Isabella ne pouvait supporter l'idée qu'elle pourrait elle aussi, un jour, se retrouver dans une pareille situation. Heureusement, sa passion pour l'art absorbait toutes ses émotions.

— Allez, va, petit oiseau, dit-elle à la jeune fille. Ta maman doit te chercher.

Veronica se leva, secoua ses jupes et coinça le livre sous son bras.

— Voulez-vous que nous nous retrouvions demain, *madonna* ?

— Bien sûr, à condition qu'il ne pleuve pas et que tu restes bien sage pendant que je dessine. Il faut bien que nous finissions ce dessin avant ton départ, n'est-ce pas ?

Veronica rit une dernière fois, puis tourna les talons et s'élança dans le verger inondé de soleil. Sa robe forma au loin une tache rose et finit par disparaître complètement derrière un talus tandis que la jeune fille descendait vers la villa de ses parents.

Isabella glissa une fine feuille de papier sur son croquis pour l'empêcher de s'estomper avant de fermer soigneusement son carnet. Les pages, autrefois d'un blanc immaculé, étaient presque toutes remplies à présent d'images noir et gris représentant des fleurs, des arbres, des animaux, des maisons, des personnes et des scènes imaginaires. Isabella croquait tout ce qui attirait son regard et la mettait au défi de capturer son essence sous forme de traits de couleurs et de plans.

Elle rangea soigneusement le précieux volume dans un panier, à côté de sa boîte de fusains et des reliefs de son déjeuner champêtre, consommé depuis longtemps. Elle aussi devrait bientôt partir et abandonner ce verger enchanté pour rejoindre le monde réel et prosaïque de la villa familiale. Son père n'allait sans doute pas tarder à émerger de sa bibliothèque et, comme tous les soirs, à la chercher d'un air absent.

Mais l'heure n'était pas encore tout à fait venue. Isabella s'allongea dans l'herbe chaude, le regard tourné vers le ciel qu'elle distinguait à travers les branches longues et dentelées des oliviers. Le ciel bleu et lumineux de l'après-midi s'était strié de rose plus pâle, mais l'air était encore lourd. La fraîcheur du soir ne l'avait pas encore rattrapé. Isabella huma avec délice le parfum frais de l'herbe et des fleurs et la douceur teintée de soufre du jasmin sauvage.

C'était l'heure de la journée qu'elle préférait car elle lui donnait le sentiment d'être seule au monde. Rien ne pouvait la toucher ou la blesser. Elle n'avait plus aucune responsabilité, aucune requête ne venait troubler sa sérénité. Aucune nostalgie incontrôlable. Dans ces moments-là, elle parvenait à faire le vide en elle et à profiter pleinement de l'instant et des sensations délicieuses que la nature lui offrait, à elle et à elle seule.

Isabella ferma les yeux pour mieux sentir la caresse du vent sur ses joues et dans ses longs cheveux épais et noirs, qu'elle portait détachés. Les oiseaux avaient cessé de chanter, comme s'ils étaient partis. Isabella aurait aimé pouvoir voler librement comme eux, connaître la sensation d'être portée par la brise qui vous élève haut, très haut dans le ciel et vous fait monter en flèche au-dessus de la terre, loin des hommes et des soucis du quotidien.

Elle imagina une peinture. Sur la toile, elle vit un ciel d'un bleu très pur parsemé de petits nuages blancs duveteux teintés de gris. Tout en bas de la scène s'alignait une rangée de bâtiments, de villas, de fermes, dominés par le dôme d'une église. Peut-être de petits points représenteraient-ils des hommes, des femmes et des enfants vaquant à leurs occupations quotidiennes. Et tout au-dessus, voletant avec légèreté dans les airs, Icare. L'homme, jeune et beau, totalement nu, arborerait une paire d'ailes pointant au-dessus de sa tête. Le tableau dépeindrait un moment de gloire unique, parfait, sans faille. Mais, très haut dans un coin de la toile, les rayons brûlants du soleil guetteraient l'homme heureux, cruel symbole de la chute menaçant tous les hommes qui osaient voler trop haut.

Isabella ouvrit les yeux et, l'espace d'un instant, elle crut apercevoir une silhouette diffuse, à contre-jour. Elle ne pouvait distinguer son visage ni même en imaginer les contours. Pourtant, elle rêvait qu'un homme comme celui-ci l'attendait quelque part.

Elle poussa un petit rire ironique, comme si elle se moquait d'elle-même. À quoi pensait-elle ? C'était complètement invraisemblable. Elle vivait dans une belle maison, en sécurité, à l'écart des redoutables manigances des grands hommes de Florence, à l'instar de ceux qui évoluaient dans le cercle de ses cousins, les Strozzi. Ici, il n'y avait pas de soleils dangereux, pas plus que d'ailes de cire pour l'emmener vers la liberté.

Le ciel était strié d'orange et d'or à présent, et cette palette de couleurs indiquait la fin d'une nouvelle journée. Isabella s'était allongée trop longtemps dans l'herbe.

Elle se redressa lentement. Ses jambes étaient raides d'être restées repliées pendant tout ce temps, tandis qu'elle tenait son carnet de croquis en équilibre sur les genoux. Ses jupes bleu foncé étaient couvertes de poussière ocre et tachées d'herbe, mais elle n'avait pas le temps de s'en inquiéter à présent. Il fallait qu'elle rentre et qu'elle s'assure que le dîner de son père serait prêt à temps.

Peu à peu, après la longue sieste de l'après-midi, la ferme revenait à la vie pour la soirée. Dans la cour devant les bâtiments, les tables étaient dressées sous les arbres, éclairées par des bougies dont les flammes vacillaient dans la pénombre croissante. Les enfants couraient partout, revigorés par la brise fraîche qui soufflait sur la terre sèche en chassant la chaleur de la journée. Les rires, les aboiements des chiens, la chanson fraîche des oiseaux de nuit qui s'éveillaient accompagnèrent Isabella tandis qu'elle se pressait sur le chemin dans un tourbillon de poussière qui s'accrochait à ses sandales et à l'ourlet de sa robe.

— *Buona notte !* lui lançaient ceux qui la croisaient.

Elle leur répondait par des sourires et un rapide geste de la main. Après avoir cheminé quelques minutes, elle arriva enfin au sommet du talus herbeux qui menait à la villa de son père.

Il régnait là une atmosphère plus calme. Dans les maisonnettes de pierres sèches, le brouhaha de la vie était atténué par une rangée d'oliviers rabougris qui faisaient écran, mais aussi par autre chose d'intangible et pourtant toujours présent, comme un obstacle à la vie même, la sensation concrète de la différence.

La famille de son père vivait sur ce domaine depuis des décennies et s'occupait depuis toujours de ces champs, de ces vergers et de ces vignes. Isabella connaissait tous ces gens depuis qu'elle était née, elle, la pauvre petite *bambina* sans mère devenue l'enfant de tout le monde. Ou celle de personne.

Sauf que son père et elle étaient vraiment différents. Lui était un érudit, un homme tellement absorbé par ses livres poussiéreux, par le monde de l'Antiquité, par les souvenirs de sa mère, qu'il n'avait jamais arpenté ces champs comme son propre père l'avait fait. Il se souciait peu du quotidien de ses semblables, de ces tâches triviales qui remplissaient la vie des autres et consistaient à nourrir des familles, à prier Dieu et à gérer son existence.

Et elle, sa fille, son unique enfant, était pire encore. C'était une femme qui préférait passer son temps la tête penchée sur ses carnets, à griffonner des images étranges, plutôt que de se marier et d'avoir des enfants.

D'une main distraite, Isabella noua en chignon ses cheveux noirs et emmêlés tout en songeant aux personnes qui murmuraient dans son dos en croyant qu'elle ne les entendait pas.

C'était là sa maison, la seule qu'elle ait jamais connue. Pourtant, elle ne se sentait pas appartenir à cet endroit. Elle songea de nouveau à Icare, volant librement dans le ciel à l'aide de ses ailes fatales. Que ne donnerait-elle pas pour avoir ne serait-ce qu'un aperçu de cette liberté ! Mais c'était impossible, évidemment. Elle était une femme, elle avait donc des devoirs et un destin tout tracé. Les ailes n'étaient pas pour elle.

En revanche, elle pouvait encore faire un choix, cadeau que lui offraient l'insouciance de son père et le fait qu'il ait préféré se retirer dans les brumes d'un autre monde. Elle pouvait choisir de ne pas épouser un vulgaire petit seigneur de la campagne et de perdre sa jeunesse et sa vitalité dans d'interminables corvées et des grossesses sans fin. Même si, pour ce faire, il fallait qu'elle reste clouée ici à tout jamais.

Isabella finit d'attacher ses cheveux à l'aide d'un peigne en corne qu'elle sortit de sa poche, épousseta ses jupes et tira sur les poignets à volants de sa chemise pour dissimuler du mieux qu'elle le pouvait les taches de fusain sur ses mains. Constatant qu'elle ne pourrait pas arranger sa mise davantage, elle continua de descendre dans la pénombre le talus qui menait à la villa.

Au moment de sa construction, du temps où son grand-père était jeune, leur demeure était la plus belle du voisinage. Sa conception et ses installations étaient à la pointe de la modernité et son mobilier le plus luxueux qui soit. Sa grand-mère était une grande beauté, une fille de la famille Strozzi. Elle donnait des banquets et des bals dont la renommée était connue jusqu'à Florence.

Mais cette époque était révolue depuis longtemps.

Les grands-parents d'Isabella étaient morts depuis de nombreuses années et, sous l'intendance de son père, une chape de silence était tombée sur la villa. Isabella avait entendu dire que sa mère, une autre Strozzi, avait elle aussi donné des banquets et dansé sous le clair de lune avec tous ses beaux amis florentins.

Mais elle était morte en donnant naissance à Isabella et cette vie joyeuse avait pris fin pour eux tous. Son père détestait danser sans sa femme et il était indifférent à la nourriture et aux réjouissances. Oh ! bien sûr, il leur arrivait parfois de recevoir des invités, d'autres érudits qui venaient débattre avec son père de philosophie grecque, de hautes théories de mathématiques et de la vocation suprême de l'homme.

Eux non plus n'aimaient pas danser. Et ils éprouvaient un détachement souverain à l'égard de l'art qui permettait à Isabella de garder sa joie de vivre. En outre, les parents de sa mère ne manifestaient aucun intérêt pour son père, cet érudit incapable de se battre ou de les aider à former de nouvelles alliances.

Isabella aperçut enfin sa demeure et fit une pause pour reprendre son souffle aux abords du jardin laissé à l'abandon et envahi par les mauvaises herbes.

À la construction de la villa, la bâtisse était d'un ocre profond, parée d'un épais enduit, mise en valeur par des volets verts et des portes en bois sculptées. Aujourd'hui, les murs usés étaient devenus couleur de pêche mûre. Par endroits, l'enduit s'effritait et révélait la pierre qu'il était censé dissimuler. La peinture des volets s'écaillait.

Plusieurs tuiles en terre cuite manquaient sur le toit, et les jardins où dansait la mère d'Isabella n'étaient plus qu'un imbroglio de mauvaises herbes et de broussailles. Des statues acheminées de Rome à l'époque de l'âge d'or de la demeure penchaient dangereusement au milieu des vignes noueuses et d'un enchevêtrement de fleurs sauvages qui poussaient en tous sens comme si le jardin leur appartenait. La nature avait clairement décidé qu'elle était chez elle, et que la volonté des hommes ne pourrait rien y faire. L'ensemble dégageait une sorte de force vitale désordonnée et, parfois, à l'allure quelque peu inquiétante. Au milieu de cette végétation folle, Isabella aperçut un Cupidon ébréché brandissant son arc, une Vénus souriante et un Neptune sans trident.

Les fenêtres des étages supérieurs étaient sombres, mais les portes béantes déversaient une lueur dorée dans la cour. Les fenêtres du rez-de-chaussée étaient largement ouvertes pour permettre de laisser passer la brise du soir. Isabella entendit les rires et les bavardages des domestiques qui finissaient de préparer le dîner. Une table était dressée près d'une vieille fontaine, garnie de pichets de vin, de miches de pain frais et de bouteilles d'huile d'olive.

Le bourdonnement chantant des conversations devint de plus en plus clair à mesure qu'Isabella approchait des portes ouvertes.

— Même pas sûr que ses illustres parents se souvenaient qu'il était là, disait Flavia, la cuisinière.

Les commentaires de la femme étaient ponctués par des bruits de pots de terre qui s'entrechoquaient.

— Il n'avait plus eu de nouvelles d'eux depuis des mois.

— Et un messager est arrivé aujourd'hui ? s'étonna

Mena, la gouvernante qui faisait aussi office de bonne d'Isabella.

Un messager ? Isabella s'immobilisa, le pied sur la marche de pierre. Flavia avait raison : ils avaient rarement des nouvelles de leurs parents. Il ne leur en restait d'ailleurs pas beaucoup.

La famille de son père n'avait pas été fertile, et les cousins de sa mère, les Strozzi, étaient des gens haut placés à Florence. Isabella ne les avait rencontrés qu'en de rares occasions et elle savait très peu de chose sur eux, sinon que leur vie ressemblait à un rêve empreint de beauté et de culture. Pourquoi leur enverraient-ils un messager ?

— Je l'ai vu de mes propres yeux, commenta un valet de pied. Il était très imposant, avec une livrée en velours bleu et crème.

— Les couleurs des Strozzi, murmura Mena. Que veulent-ils maintenant ? J'ai entendu dire que…

Ses paroles disparurent derrière le fracas d'un bol sur le sol et les aboiements excités des chiens dans la cuisine.

— *Maledizione !* jura Flavia.

Isabella lança un regard par-dessus son épaule, comme pour voir cet imposant messager, mais le jardin était vide.

— *Signorina Isabella !* cria Mena.

En entendant Mena crier, Isabella sursauta et revint à la réalité. Elle tourna la tête et aperçut Mena debout devant elle sur le seuil, un grand bol de légumes bouillis dans les mains.

— Vous voilà enfin, dit la domestique. Tout va bien ?

Isabella cligna plusieurs fois des yeux et, bientôt, le visage familier ridé et olivâtre de la femme devint net. Ses paupières plissées et son air inquiet témoignaient de son anxiété. Isabella la rassura d'un sourire.

— Je vais très bien, Mena. J'ai juste pris un peu trop le soleil, je pense.

Mena fit claquer sa langue en signe de désapprobation et contourna Isabella pour poser le bol sur la table.

— Vous passez beaucoup trop de temps à vous promener dehors, *signorina*. Bientôt, vous serez aussi noire qu'un Maure.

— C'est sans importance ! répliqua Isabella en riant. Blanche ou noire, personne ne me verra. De plus, j'ai besoin de lumière pour mon travail.

Mena lui lança un regard curieux mais ne répondit rien. Elle claqua de nouveau de la langue, signe d'une réprobation qu'Isabella savait reconnaître depuis son plus jeune âge.

— Allez donc chercher le potage.

Isabella hocha la tête et entra dans la cuisine. Après l'air frais du soir, la chaleur humide et dense des fourneaux la frappa de plein fouet, charriant avec elle des odeurs de poulet rôti, d'épices, de légumes bouillis et de sucre caramélisé.

Aussi loin que remontaient ses souvenirs, elle avait toujours vu Flavia, avec ses joues rouges et rondes, au service de sa famille. La cuisinière remuait une cuillère en bois dans une marmite de poulet en civet agrémenté de cannelle. Elle se contenta de désigner d'un signe de tête le potage qu'Isabella s'empressa d'emporter à l'extérieur, loin de cette chaleur étouffante.

Mena tournait autour de la table et se chargeait de remplir de vin les gobelets en terre. Isabella posa la marmite de potage et se pencha vers elle.

— Ma cousine Caterina a envoyé une lettre ? murmura-t-elle.

Mena ne croisa pas son regard. Elle haussa les épaules et continua de servir le vin avec des gestes brusques.

— Une lettre est arrivée, mais qui peut connaître son expéditeur ?

— Mena ! protesta Isabella. Combien de Strozzi connaissons-nous ? Que croyez-vous qu'elle veuille ?

Mena pinça les lèvres. C'était une femme de la campagne, élevée à la bonne nourriture toscane. Elle avait toujours vécu ici et n'en était jamais partie. Elle savait très peu de chose sur la vie à Florence et désapprouvait ce qu'elle en connaissait. Ses mœurs païennes, la contemplation de peintures de dieux et de déesses nus datant d'une époque hérétique allaient à l'encontre de Dieu et de ses saints. Même si Mena aimait beaucoup Isabella, qu'elle avait pratiquement élevée depuis la mort de sa mère, elle ne comprenait pas son désir de mener une vie si différente de la sienne.

— Oh ! *signorina*, dit Mena d'une voix étrangement triste. Pourquoi ne vous contentez-vous pas de…

— Mon dîner est-il servi ? demanda une voix faible et confuse.

Isabella lança de nouveau à Mena un regard interrogateur, mais il était évident que la domestique ne savait rien de plus sur leur mystérieux messager. Elle n'avait plus à lui servir que ses éternels sermons sur la place de chacun, qui était celle que Dieu avait choisie. Isabella les avait déjà entendus maintes fois.

Elle se retourna et aperçut son père debout devant la porte du jardin. C'était son exercice quotidien. Tous les soirs, lorsqu'il quittait sa bibliothèque au moment où il faisait trop sombre pour distinguer les pages de ses livres, il sortait et tournait autour de la maison jusqu'à ce qu'il croise quelqu'un qui lui dise quoi faire et où aller. Les domestiques lui rappelaient en vain l'heure qu'il était, ou le guidaient jusqu'à la table du dîner, la même table où ils mangeaient ensemble tous les soirs.

Isabella lui sourit tendrement. Les longs cheveux blancs de son père formaient une crinière épaisse autour de son visage rond et rougeâtre. Sa barbe était trop longue et ses sourcils broussailleux surplombaient des yeux gris-vert délavé. Isabella avait plutôt hérité du regard profond et sombre de sa mère. Malgré la chaleur de l'été, il portait un vieux peignoir en velours rapiécé, bordé d'une fourrure rongée par les mites.

— *Sì*, Père, c'est l'heure de votre dîner, dit-elle en se précipitant vers lui pour le prendre par le bras et l'accompagner jusqu'à sa chaise.

— Des légumes ? demanda-t-il en balayant les plats d'un œil absent.

— Et du poulet en civet avec de la cannelle, précisa Isabella en s'asseyant à côté de lui, pas seulement des légumes. Vous aimez la cannelle, Père. Flavia est tout juste en train de terminer de le cuire.

— Je vais le chercher, dit Mena avant de les quitter pour retourner dans la cuisine.

Le bourdonnement des voix reprit à l'intérieur tandis qu'Isabella mettait une coupe de vin dans la main de son père. Comme elle brûlait de l'interroger sur cette lettre et de découvrir quelles nouvelles envoyaient leurs parents de Florence ! Mais elle savait pertinemment que rien ne servait de le presser. Tant que son père n'aurait pas mangé et bu, tant qu'il n'aurait pas émergé de son univers de travail, il ne se souviendrait même pas de la lettre. Il allait falloir qu'elle prenne son mal en patience.

— Comment votre journée s'est-elle passée, Père ? demanda-t-elle en versant avec soin une louche de potage dans son assiette. Avez-vous terminé ce nouvel essai sur l'Énéide ?

— Non, non, pas encore, répondit-il. Mais j'y suis presque, je pense. Très proche. Cela dit, il faut que j'écrive à Fernando, à Mantoue. Il possède des documents qui me seraient d'une grande utilité et que j'aimerais pouvoir consulter.

— Peut-être pourrait-il venir vous rendre visite ? Cela vous permettait d'en parler de vive voix, suggéra Isabella. Nous ne l'avons pas vu depuis plusieurs mois.

Pour toute réponse, son père se contenta de grommeler. Il vivait en ours et, le plus souvent, il préférait rester seul.

Mena revint avec le poulet et ils mangèrent en silence tandis que les ombres de la nuit s'allongeaient et que les étoiles s'allumaient dans le ciel au-dessus de leurs têtes. La nuit était claire et fraîche. La lune n'était qu'un mince croissant argenté à l'horizon.

Peu à peu, Isabella sentit la tension de la journée glisser de ses épaules et s'éloigner, laissant la place à la légère ivresse procurée par le vin et à un silence serein. Après avoir terminé leur dessert composé de riz cuit dans du miel et du lait d'amande, Isabella et son père restèrent seuls dans la fraîcheur du soir. Les lanternes suspendues aux hautes branches des arbres avaient été allumées. Les conversations dans la cuisine se tarirent pour laisser place au chant lointain d'un rossignol.

Isabella posa le menton dans sa main et ferma les yeux. Elle repensait à son croquis de la jeune Veronica. Quelque chose n'allait pas dans la ligne de sa joue, dans le mouvement de ses cheveux, quelque chose sur lequel elle n'arrivait pas à mettre le doigt…

— Peut-être devrais-je inviter Fernando à nous rendre visite, déclara soudain son père.

Isabella ouvrit les yeux.

— Comment ? Père, je vous l'ai suggéré il y a à peine une heure !

Son père se contenta de lui sourire.

— Ah, Bella, tu crois certainement que je ne t'écoute pas. Mais tu as tort. Il me faut simplement du temps pour assimiler tes paroles.

Isabella éclata de rire et tendit la main vers le pichet de vin pour remplir leurs verres.

— C'est bon à savoir, Père. Et oui, ce serait une bonne chose que votre ami vienne nous rendre visite. Il pourrait vous être d'une grande aide dans vos travaux. Je crains que cette tâche ne soit bien solitaire, car vous n'avez personne ici qui partage vos centres d'intérêt.

— J'aime la tranquillité, répondit le vieil homme avant de boire lentement son vin. Après le grand vacarme de l'université, il y a bien longtemps, j'ai découvert que seule la paix était propice aux véritables études. Tu n'as pas la même impression dans ton travail, Bella ?

Isabella fronça les sourcils, un peu perplexe. Elle ne se doutait pas que son père savait qu'elle avait un « travail ».

— Vous parlez de mes travaux artistiques ?

— Hum, oui, même si l'art est très différent de l'histoire. J'ai affaire à des hommes qui sont morts, à des événements qui appartiennent au passé. L'art, c'est la vie. Comment pourrais-tu progresser ici, alors qu'il n'y a rien qui puisse t'inspirer ? Qu'il n'y a personne pour t'aider ?

Isabella en resta bouche bée. Tous les soirs, été comme hiver, qu'il pleuve ou qu'il vente, son père et elle dînaient ensemble. Jamais ils n'avaient autant discuté, jamais il ne lui avait manifesté autant de compréhension. Il l'aimait, elle n'en doutait pas une seule seconde. Simplement, il vivait trop enfermé dans son monde peuplé de livres. Les humains qui s'affairaient autour de lui semblaient inaptes à pénétrer son univers où il n'échangeait qu'avec des voix venues d'un lointain passé.

— Cette vie me satisfait, dit-elle.

— Oui, mais elle ne te rend pas heureuse.

Le vieil homme secoua lentement la tête, et ses cheveux en bataille retombèrent sur son front ridé.

— Bella, j'ai oublié à quel point tu étais jeune. Moi, j'ai la vie que j'ai envie de mener, celle que j'ai choisie. Mais tu mérites de pouvoir choisir la tienne, toi aussi. De sortir de notre maison et, peut-être, de trouver une nouvelle voie. Un bon mari, un monde plus vaste ou tu pourrais t'épanouir. J'ai peur que tu ne sois prisonnière, ici, à mes côtés.

Il soupira et conclut :

— Tu ressembles tellement à ta mère.

— Père, pourquoi dites-vous cela ? demanda Isabella, déconcertée. Ne sommes-nous pas heureux ensemble ? Et vous…

Une horrible pensée lui traversa l'esprit.

— Êtes-vous malade ?

— Pas du tout, dit-il en riant. Je souffre juste de quelques douleurs liées à l'âge. Je n'ai plus qu'un vague souvenir de ce qu'est le monde extérieur, aujourd'hui. Un souvenir très lointain.

Il fouilla dans la poche de son peignoir et en sortit un petit rouleau dont le sceau de cire bleue était décacheté.

Oui, la lettre venait bien de Caterina, celle qui avait suscité tant de curiosité dans leur maison.

— Qu'est-ce donc, Père ?

— Une lettre de ta cousine Caterina Strozzi. Elle écrit pour demander de tes nouvelles.

Il déroula le parchemin et le posa à plat sur la table.

— Elle a déjà manifesté de l'intérêt pour toi avant, mais, étant donné les relations qui existaient entre moi et son père, et le fait que je leur aie été tellement inutile après la mort de ta mère, j'ai jugé préférable de laisser les choses en l'état et de ne pas donner suite à ses sollicitations.

— Qu'est-ce qui a changé ? demanda Isabella.

— Caterina écrit qu'elle connaît ton grand intérêt pour l'art, intérêt qu'elle éprouve elle aussi, apparemment. Elle dit qu'elle n'a pas été en très bonne santé dernièrement et qu'elle désirerait avoir quelqu'un pour lui tenir compagnie et être son amie. Quelqu'un en qui elle pourrait avoir confiance, une parente. Elle me demande si tu aimerais venir vivre avec elle à Florence pour quelque temps.

Vivre à Florence ? Isabella sentit son ventre se contracter tandis qu'une soudaine bouffée de joie et de peur mêlées l'envahissait. Elle se détourna et pressa les mains sur sa poitrine. Était-ce bien vrai ? C'était exactement ce qu'elle désirait et qu'elle appelait de ses prières ! Un monde plus vaste, un voyage vers une ville d'art et de beauté, de culture, où elle ne serait plus seule.

Son vœu le plus cher se tenait à présent devant elle, tel un magnifique joyau, et il lui suffisait de tendre la main pour le saisir.

Et pourtant…

Ici étaient sa demeure et tout ce qu'elle connaissait. Et si son beau rêve se délitait et se réduisait en cendres à la dure épreuve de la vraie vie ? Et si les cauchemars qui venaient la hanter quand elle était plus jeune la tourmentaient de nouveau dans sa nouvelle demeure ? Ils n'étaient plus venus la troubler depuis très longtemps, mais, lorsqu'elle était fatiguée ou inquiète, les visions réapparaissaient. Que ferait-elle alors ?

— Tu es libre de choisir, Bella, dit son père d'une voix calme. Florence s'est avérée être un poison pour moi, mais cette ville peut t'apporter de bonnes choses. Ton destin n'appartient qu'à toi, et ce n'est peut-être que loin d'ici, loin de moi, qu'il pourra se réaliser. Tu es si belle, si intelligente. Je ne doute pas que tu trouveras dans la grande ville des opportunités de t'épanouir. Cela dit, si tu ne veux pas y aller, si cette perspective te semble au-dessus de tes forces, c'est aussi très bien. Je respecterai ton choix, ma fille, quel qu'il soit.

— Et qui prendra soin de vous, Père ? murmura-t-elle, toujours animée d'un vibrant sentiment d'irréalité.

— Les domestiques, bien sûr ! Je ne serai pas seul. Tu pourras emmener Mena, mais les autres sauront très bien s'occuper de moi. Je n'ai pas beaucoup de besoins. Et j'inviterai des amis à me rendre visite. Il est grand temps que je le fasse, que je sorte de ma solitude de vieux savant terré dans son antre.

Soudain, il prit sa main entre ses doigts noueux et tachés d'encre.

— Je ne peux pas me mettre en travers de ton chemin plus longtemps, Bella. Tu dois trouver ta propre voie.

Isabella serra très fort les doigts de son père.

— Pensez-vous, mon père, que c'est à Florence que je trouverai ma voie ?

Il hocha la tête.

— C'est possible, en effet. Mais il n'y a qu'une seule manière de le savoir.

Isabella prit une profonde inspiration. Toutes ses appréhensions, toutes ses peurs les plus terribles se déroulèrent soudain tel un écheveau de laine et s'envolèrent, libérant son esprit.

C'était juste. Telle était sa destinée, ce qu'elle attendait depuis dix-neuf ans. Elle se mit à rire, le cœur et la tête légers face à toutes les belles possibilités qui se profilaient devant elle.

— Très bien ! s'écria-t-elle. Alors, j'irai à Florence.

« La mer n'est-elle pas la source féconde de ces couleurs toujours vives, de ces teintures, aussi chères que l'or ? Qui pourrait l'épuiser ? Ton palais, Seigneur, est plein de ces richesses… »

Orlando Landucci regardait par la fenêtre le crépuscule s'étendre sur la ville. Il entendait à peine la voix feutrée de Lucretia, son ancienne maîtresse devenue son amie, qui lisait *L'Orestie.* La nuit tombait vite. C'était toujours, à ses yeux, l'heure la plus belle de la journée. Celle où les tours en pierre semblaient se parer de feuilles d'or à la lueur des flambeaux, où les visages ordinaires devenaient à la fois mystérieux et beaux, toute leur grossièreté et leur laideur étant dissimulées par l'obscurité. Tout comme leurs desseins les plus noirs et les plus inavouables.

Il aurait pu se cacher, lui aussi, même pour quelques courtes heures. Il aimait les ténèbres.

Mais ce soir, le voile de la nuit était très fin et il ne pouvait se perdre dans les plaisirs illicites de Florence comme il le faisait d'ordinaire. Les querelles bouillonnaient sous la surface élégante et sereine de la ville. Une tension dans l'air frémissait et crépitait, prête à jaillir d'un coup et à libérer dans le monde entier les démons ailés de la boîte de Pandore. Plus personne ne pourrait se leurrer encore longtemps. Pas même les grands Médicis et leurs puissants alliés.

Bientôt, Orlando aurait aussi sa chance. Il ne pouvait continuer de se cacher dans la nuit.

À mesure que la pénombre laissait la place à la nuit noire, la belle place pavée sous la fenêtre de Lucretia se transforma. Les familles respectables se retirèrent derrière les murs épais de leurs palais et tirèrent leurs volets. Sur les marchés, les commerçants fermèrent leurs échoppes et les mendiants se réfugièrent pour la nuit sous les porches sombres des églises florentines.

Pourtant, Florence était loin d'être déserte. Bientôt les rues se rempliraient d'une nouvelle population, d'hommes jeunes vêtus de bas à rayures brillants et de pourpoints brodés de perles, un chapeau en velours orné de plumes posé sur leurs cheveux bouclés. Ils chanteraient des chansons paillardes et se passeraient de petites flasques de vin en attendant que les courtisans sortent de leurs demeures, vêtus de satins pourpres et jaunes.

Orlando entendait au loin le chant des flûtes et des tambours, une danse joyeuse qui enflait à mesure que la nuit s'assombrissait. Soudain, alors qu'il observait cette scène d'un œil distrait, un groupe conséquent de jeunes gens, suivi d'un groupe de musiciens, fit son apparition d'un pas chancelant sur la place. À leur tête se trouvait le plus grand noceur de Florence, Giuliano de Médicis, le plus beau et le plus jeune des frères du tout-puissant Lorenzo, suivi d'une bande d'amis qui ne le quittaient jamais.

Ils avaient manifestement déjà commencé à s'enivrer de vin fort depuis un bon moment car ils trébuchaient sur les pavés. Lorsque l'un d'eux tomba à genoux, ses camarades rirent à gorge déployée. Leurs voix enflèrent et ils entamèrent une chanson aux accents faux qui monta jusqu'à la fenêtre d'Orlando. Ils tourbillonnèrent et dansèrent, véritable kaléidoscope de bijoux étincelants et de plumes vertes et rouges, éblouissantes et mouvantes. On aurait dit un tableau qui prenait vie.

Orlando ouvrit légèrement la fenêtre pour laisser entrer la musique et les rires ainsi que la brise parfumée qui semblait diffuser leur joie aux quatre coins de la ville. Rien ne venait encore menacer leurs réjouissances, aucune peine ni aucune peur. Ils étaient forts de leur jeunesse et de la certitude que tout irait bien pour eux, que leur beauté et leur joie dureraient toujours. Ils se sentaient invincibles et étaient convaincus que l'avenir leur appartenait.

Dire qu'il avait été comme eux autrefois, tellement certain que rien ne viendrait ternir l'éclat de sa vie. Aujourd'hui, il comprenait à quel point il s'était trompé. À quel point ce bonheur était fragile, comme un grain de poussière balayé par le vent chaud de l'été. Bientôt, eux aussi le comprendraient.

Soudain, il aperçut Eleanora Melozzi suspendue au bras revêtu de velours de Giuliano, le courtisan le plus convoité de tout Florence. La lueur des flambeaux se refléta dans les boucles dorées de ses cheveux lorsqu'elle se tourna en riant vers le couple qui vacillait derrière eux. Une jeune femme rousse, l'amie d'Eleonora, agrippait le bras d'un grand homme blond. Ses doigts couverts de bijoux serraient d'un geste possessif sa manche en velours. Il rejeta la tête en arrière et éclata d'un rire rauque. Juste à ce moment-là, un trait de lumière vacillante éclaira son visage.

C'était Matteo Strozzi.

Orlando serra très fort le rebord de la fenêtre jusqu'à ce

que ses jointures blanchissent. Toute sensation semblait l'avoir quitté. Il ne pouvait quitter Strozzi des yeux, ce vil bâtard. L'homme qu'il avait juré de détruire.

Soudain, derrière le voile écarlate de sa colère, il sentit une douce pression sur sa manche. Quelqu'un avait posé sa main sur la sienne. Orlando sursauta et chassa sa colère, puis baissa les yeux. Lucretia avait posé son livre et était venue le rejoindre. Elle le regardait fixement. Dans ses prunelles vert doré écarquillées brillait une lueur d'inquiétude. Il lui décocha un bref sourire dans l'espoir de la rassurer.

Personne ne devait découvrir la colère secrète qui bouillonnait en lui. Dans sa folle jeunesse, Lucretia avait été sa première maîtresse et, maintenant qu'elle s'était retirée, elle était devenue son amie. Son *palazzo* était un endroit où il pouvait trouver de la quiétude, quelqu'un à qui parler, et partager son amour pour les livres et l'art.

Mais, contrairement à tous les autres, Lucretia le connaissait trop bien pour se laisser duper par un sourire désinvolte ou une parole légère. Florence était une ville de façade et Orlando était passé maître dans l'art de la dissimulation.

— Je vous trouve très distrait ce soir, *Orlando caro*, dit-elle. Que se passe-t-il ?

Il savait qu'il ne pouvait pas tromper Lucretia, pas plus qu'il ne pouvait se confier à elle. La noirceur de la nuit l'avait enveloppé, elle s'était emparée de lui et, bientôt, il s'y abandonnerait. Seuls les plaisirs les plus violents pourraient en venir à bout ce soir.

Il rit et passa un bras autour de la taille de Lucretia. Il l'attira vers lui au point de sentir son parfum de jasmin couvrir la brise de la nuit.

— Que peut-il bien se passer par une nuit comme

celle-ci, ma belle Lucretia ? tenta-t-il d'éluder. Les étoiles brillent comme des diamants et scintillent dans votre magnifique chevelure…

— Vous faites un bien piètre poète, dit Lucretia en riant doucement.

Mais son regard glissa vers la rue en contrebas, où la joyeuse compagnie des Médicis quittait la place.

— Vous pensiez à eux ?

— Pourquoi ferais-je une telle chose ? demanda-t-il en haussant les épaules d'un air faussement désinvolte. Tout le monde pense à eux. Il faut bien qu'au moins, une des pensées de cette ville se porte vers d'autres objets.

— Mon ami Jacopo Pazzi dit que…, déclara Lucretia en fronçant les sourcils.

— Quelque chose qu'il n'a pas à dire devant vous, j'en suis sûr, répondit Orlando.

Il n'avait pas envie de penser à Matteo Strozzi ni à ses amis les Médicis, pas maintenant. Son ancienne fureur menaçait de le submerger de nouveau. Lui aussi connaissait plusieurs membres de la famille Pazzi, les grands et riches rivaux des Médicis. Et il savait aussi à quel point ils pouvaient se montrer indiscrets lorsque le vin se mettait à couler à flots. Ils devenaient alors très dangereux.

— Le mécontentement des hommes prend souvent une ampleur inquiétante lorsqu'ils sont pris de boisson. Vous êtes mieux placée que quiconque pour le savoir, ma très chère Lucretia.

Elle fixait toujours la place où les Médicis, ainsi que Matteo Strozzi, s'étaient tenus. Ils paraissaient avoir laissé une ombre derrière eux. Mais Lucretia se retint d'ajouter un nouveau commentaire à leur sujet.

— J'espérais que vous m'accompagneriez chez Bianca,

ce soir. Elle a pris un nouveau poète sous son aile et on dit qu'il est très divertissant. Cela pourrait vous changer les idées de venir l'écouter.

— Je crains que ce ne soit pas possible, à mon grand regret, belle Lucretia. J'ai déjà pris un autre engagement avec des amis.

Lucretia éclata de rire.

— Un engagement dans une taverne mal famée, à l'extérieur des murs de la ville ? Sommes-nous devenus trop raffinés pour vous, Orlando ?

Il avait effectivement l'intention de se rendre dans une taverne, mais pour rien au monde il ne l'avouerait à Lucretia. Cette dernière était autrefois la courtisane la plus cultivée et la plus raffinée de la ville. Il aimait la vie imprégnée de culture qu'elle savait créer autour d'elle et de ses amis.

Mais certains soirs, lorsque ses démons pointaient le bout de leur nez et s'emparaient de lui de leurs doigts froids et osseux, seuls les plaisirs les plus triviaux pouvaient le distraire. Du vin bon marché, de jolies filles et de la musique forte.

— Oh ! Orlando, dit-elle avec un petit rire. Un jour, vous trouverez ce que vous cherchez et vous aurez envie de devenir un homme meilleur. Vous me faites penser à un chevalier errant, en quête d'un merveilleux trésor.

— Un chevalier errant, moi ? ironisa-t-il. Je partirai peut-être à la recherche d'un tonneau de bière fraîche, éventuellement, mais d'une perle rare ? Vous êtes devenue romantique depuis que vous vous êtes retirée du monde, j'en ai bien peur.

— Je vous connais, ajouta-t-elle en secouant la tête. Un jour, je vous le promets, cela vous arrivera, et votre vie changera. De cela, je suis absolument certaine.

— Je vous verrai la semaine prochaine, Lucretia, répondit-il d'une voix suave.

Il saisit sa main parée de bijoux et la porta doucement à ses lèvres.

Elle effleura sa joue, un petit sourire triste aux lèvres.

— Je l'espère. Je me fais du souci pour vous, Orlando, lorsque vous avez ce regard.

— Inutile de vous inquiéter pour moi, *bella*, répondit-il en se forçant à rire de manière désinvolte. Votre chevalier errant ne risque rien.

Mais il était évident que Lucretia n'était pas dupe. Elle recula d'un pas, le fixa un instant en silence et prit congé d'un signe de la main.

— Partez donc, s'il le faut ! Allez donc retrouver vos jeunes amis et vos tavernes…

Orlando l'embrassa une dernière fois et sortit de l'élégant *palazzo* pour se fondre dans les rues de plus en plus envahies par la foule. Il enfila un loup noir et s'assura que sa dague était fermement accrochée à sa ceinture, toujours à portée de main.

À mesure qu'il s'enfonçait dans le centre de la ville, les badauds devenaient plus nombreux, plus bruyants. Les maisons étaient plus grandes et se dressaient, serrées les unes contre les autres, jusqu'à ce que les murs en stuc finissent presque par se toucher au-dessus de sa tête. Les volets étaient grands ouverts sur la nuit, et des femmes en chemise légère et en robe brillante, les cheveux lâchés sur leurs épaules nues, se penchaient au-dessus des balustrades pour interpeller les passants. L'odeur de la bière bon marché et de l'eau de rose imprégnait l'air chaud. Au loin, les chants retentissants d'un groupe de fêtards avinés s'élevaient dans la nuit.

Il n'y avait que dans ce genre d'endroits qu'Orlando

réussissait à oublier pour un temps ce qui était arrivé à Maria Lorenza. Des lieux de perdition où il s'abandonnait aux plaisirs les plus triviaux. Il n'y avait que là qu'il se sentait libre et qu'il parvenait à reléguer cette tragédie dans un recoin de son esprit tourmenté.

Mais cette liberté, cette fausse impression de liberté, ne durait jamais très longtemps. Tôt ou tard, les démons qui l'assaillaient finissaient toujours par le rattraper.

Chapitre 2

— *Pesce, pesce !* Le poisson le plus beau, le plus frais de tout Florence, *madonna.* Venez par ici ! Vous ne serez pas déçue !

Chevauchant au milieu du marché, Isabella rit doucement en entendant, du haut de sa monture, les cris du poissonnier dont elle déclina l'offre d'un geste de la main. L'homme haussa les épaules et se tourna vers un autre badaud. Bientôt, l'odeur âcre du poisson qui pourrissait au soleil se dissipa derrière elle pour laisser place au parfum doux des fruits mûrs et à celui plus épicé des noisettes à la cannelle.

Comme il était étrange de trouver quelque chose d'aussi banal que du poisson dans un monde aussi merveilleux, songea-t-elle.

À peine était-elle entrée dans Florence avec ses compagnons, par l'une de ses douze portes — celle de la Fortune — en direction du palais des Strozzi, qu'Isabella avait eu l'impression de vivre un rêve. Elle s'était sentie comme happée dans un tourbillon, dans un monde que, même sur une toile, elle n'aurait pu imaginer. Aucune des descriptions qu'elle avait lues dans les livres ou entendues dans la bouche des amis de son père n'aurait pu rendre justice à un lieu pareil.

Ils avançaient lentement sur leurs montures. Isabella était suivie de Mena et de deux valets, sans compter les mules qui portaient leurs bagages. Cela lui laissait le temps de humer profondément les odeurs, de jouir du spectacle et d'en absorber les moindres détails. Il fallait qu'elle s'imprègne de tout cela, de tous ces visages et de toutes ces façades pour pouvoir ensuite les coucher sur son carnet de croquis. Ainsi, lorsqu'elle serait devenue une vieille femme, isolée de tout dans sa campagne, elle pourrait regarder ses dessins fanés par le temps et se souvenir avec bonheur du jour où elle était réellement venue à la vie.

Florence était une ville formée de ruelles sinueuses. Certaines allées étaient si étroites que les cavaliers devaient se suivre en file indienne tandis que les sabots de leurs chevaux résonnaient sur les pavés disjoints. Ils découvrirent des places ouvertes, de grandes tours, des palais qui ressemblaient à des forteresses avec leurs murs de pierre épais et infranchissables, des balcons suspendus où paressaient des dames joliment vêtues qui riaient par cette journée radieuse, les cheveux détachés pour mieux profiter des rayons du soleil.

Les vieilles églises, silencieuses et empreintes de la dignité de leur sainteté ancestrale, présentaient des façades ornées de motifs géométriques en marbre déclinant des tons de noir, de blanc, de vert et de rose délavés par le temps. Derrière elles s'élevaient de hauts bâtiments surpeuplés où vivaient les ouvriers et les artisans et d'où montaient des cris, des pleurs et des éclats de rire. Encore plus loin se trouvaient les mystérieux couvents et abbayes, fermés et bien à l'abri des regards.

L'impression de vie que dégageait cet endroit était presque écrasante. Isabella était habituée à sa demeure de

Toscane, un lieu où les oliviers étaient plus nombreux que les habitants et où régnaient le calme et la contemplation.

Ici, la cacophonie ambiante était omniprésente. Le boniment des marchands qui proposaient des tissus, des légumes, des bougies, des plumes et des parfums se mêlait à la supplique des mendiants, aux cris des enfants qui couraient dans les rues, aux aboiements des chiens errants et aux grognements des cochons que l'on emmenait de force au marché.

Les rues étaient bondées et chaudes et l'air empli d'odeurs de cuisine, de vin renversé, d'effluves capiteux, de peaux sales, ainsi que du parfum des fleurs qui poussaient dans les cours à l'abri des regards.

Isabella aimait cette ville. Elle en aimait chaque relent et chaque parcelle bruyante. Elle sentit son cœur se gonfler dans sa poitrine et se soulever face à ces premières et timides bribes de liberté qu'elle n'aurait jamais espéré trouver. Pendant tout ce temps, la vie l'avait attendue, tapie là dans les étroites ruelles de Florence.

Isabella tourna la tête pour observer la tour d'une église joliment ornée de parements de marbre coloré vert, rose et blanc, qui brillaient sous le soleil. Elle aurait aimé avoir avec elle son carnet de croquis afin de pouvoir saisir toutes ces lignes et toutes ces formes si diverses et si nouvelles. Elle s'immobilisa et resta sous le charme de la bâtisse un long moment.

Tout à coup, elle entendit un cri devant elle et, prise d'une peur soudaine, elle pivota sur sa selle pour parler à ses compagnons de route. Mais Mena et sa suite s'étaient évanouies. Elle était environnée d'étrangers. Des gens grossièrement vêtus se bousculaient autour d'elle avec de gros rires.

Elle sentit monter en elle une bouffée de panique.

Chez elle, elle pouvait se promener partout sans la moindre inquiétude, mais elle le faisait au milieu des champs et des vignobles qu'elle connaissait aussi bien que son jardin. Cet endroit qui, un instant plus tôt, lui avait paru si beau et si séduisant était devenu d'un seul coup étrange et effrayant, presque hostile. Elle évoluait dans un monde inconnu dans lequel elle n'avait aucun repère et où personne ne se préoccupait de savoir ce qui lui arrivait.

Elle guida son cheval vers une ruelle étroite qui semblait plus calme. Tout en avançant, elle essaya de se souvenir de la lettre de Caterina qui se trouvait actuellement dans l'une des sacoches que portaient les valets, et dans laquelle étaient indiqués l'adresse du *palazzo* de sa cousine et le moyen de s'y rendre.

Mais, tout à coup, tous les magnifiques édifices qui l'avaient tant captivée un instant auparavant paraissaient tous se ressembler. Les enfants qui passaient devant elle en courant, les femmes qui lorgnaient à travers leurs persiennes, tous semblaient la regarder avec méfiance.

Confuse et un peu plus effrayée de minute en minute, Isabella tourna le coin d'une rue et se retrouva sur une petite place entourée de grandes maisons qui penchaient de tous les côtés en projetant leur ombre sur les pavés fissurés. Ces demeures n'étaient certainement pas aussi belles que celles qui bordaient le fleuve. Le plâtre de leurs façades s'effritait misérablement. Les vitres et les rideaux en velours avaient disparu des fenêtres et la fontaine au milieu de la place était fendue et silencieuse. Il ne faisait aucun doute qu'Isabella se trouvait très loin de la demeure de Caterina. Elle était perdue.

Elle tira sur les rênes pour faire faire demi-tour à son cheval, mais l'entrée de la place était à présent bloquée par deux hommes qu'elle n'avait pas remarqués tout à l'heure. Elle sentit monter une bouffée de colère contre elle-même. Comment avait-elle pu baisser la garde si stupidement ?

Les hommes étaient tous les deux grands et musclés, vêtus de pourpoints bruns et apparemment aussi rugueux que la barbe qui leur envahissait le visage. L'un d'eux lui fit une grimace qui dévoila une horrible rangée de dents jaunes et cassées.

— Regarde le joli petit oiseau qui vient de se poser ici, dit l'homme d'un air goguenard à son ami.

Son compagnon se contenta de grogner, ce qui effraya davantage Isabella.

— *Scusi*, *signor*, murmura Isabella en gardant la tête haute malgré son corps qui tremblait.

Elle serra encore plus fort les rênes entre ses doigts et essaya de se faufiler devant eux par l'étroit passage qu'ils lui avaient laissé.

Tout se déroula très vite. L'un d'eux saisit la bride de son cheval tandis que l'autre l'agrippait violemment par le bras. Il la tira vers lui et un aiguillon de douleur lui traversa les côtes. Elle cria et tenta de lui décocher un coup de pied, mais ses jupes, enroulées autour de ses jambes, entravaient ses mouvements. Elle parvint pourtant à le griffer à la joue, ce qui fit pousser un juron à l'homme qui leva le poing vers elle.

Tout d'un coup, l'homme qui la tenait fut projeté loin d'elle et Isabella s'affala sur les pavés irréguliers de la place. Les épingles qui retenaient son chapeau se défirent et il retomba sur ses yeux, l'empêchant pendant un court instant de voir ce qui se passait autour d'elle. Des cris retentissaient et elle se sentit prise de vertiges et de nausées. Soudain, un bruit percutant et sourd résonna.

Isabella rejeta brusquement son chapeau de côté et repoussa ses mèches de cheveux emmêlées. La scène qui se déroulait sous ses yeux ressemblait à un tableau, à une fresque représentant le Jugement dernier. Elle distinguait de violents mouvements et des visages flous, superposés à un tourbillon de couleurs. D'instinct, elle s'écarta et s'adossa contre un mur tout en essayant de comprendre ce qui se passait sous ses yeux horrifiés.

L'un de ses assaillants gisait au sol, mal en point. Une flaque sombre s'élargissait doucement sous son corps. L'autre homme se battait avec un personnage très grand, tout de noir vêtu, tel un esprit vengeur. Il se déplaçait avec une grâce terrifiante, comme si ce combat mortel ne signifiait rien pour lui et ne lui demandait aucun effort. D'une grande élégance, il paraissait animé d'une force brutale.

L'homme qui avait essayé de l'agresser tomba lourdement sur les pavés à côté de son acolyte et un horrible craquement retentit. Après quelques tentatives infructueuses, il finit par réussir à se remettre debout en vacillant puis, avec un cri inhumain, souleva son compagnon gémissant par les épaules et l'aida à se remettre tant bien que mal sur ses pieds.

Les deux hommes quittèrent la place à présent déserte. Ils laissaient dans leur sillage un silence presque assourdissant, où il sembla à Isabella que le souffle de l'ange noir la frôlait comme des ailes.

Isabella était à la fois stupéfaite, horrifiée et fascinée par ce qui venait de se passer. Comment le monde avait-il pu changer si brusquement autour d'elle ?

Elle eut brusquement envie de s'enfuir, de courir pour se soustraire à cette soudaine violence et à la peur qui s'était emparée d'elle au point de l'ébranler au plus profond de son être. Pourtant, elle resta clouée sur place, à observer l'homme avec stupéfaction.

Son sauveur se tourna lentement vers elle et elle se mordit les lèvres pour étouffer un petit cri. Il ressemblait bien à un ange, mais à un ange déchu. Ses cheveux noirs et brillants tombaient sur son front et une entaille ensanglantée barrait sa joue tannée par le soleil. Néanmoins, rien n'altérait vraiment sa beauté étrange et surnaturelle. Son visage était très austère, avec des traits taillés à la serpe, des lèvres pleines et sensuelles, exactement comme elle aurait imaginé sur un de ses tableaux un ange en quête de rédemption.

Ses yeux étaient d'un vert très pâle et lumineux, comme celui de l'océan, et paraissaient étinceler sur cette place plongée dans l'ombre. Soudain, elle y surprit un éclair qui lui dévoila les tréfonds de son âme et y distingua quelque chose de sombre et de torturé.

Isabella aurait dû se sentir effrayée, cependant elle ne l'était pas du tout. Elle avait envie de s'approcher de cet homme, de toucher ses cheveux et de plonger son regard dans le sien. Elle s'adossa davantage contre le mur en pierre froide, comme si c'était la seule chose capable de soutenir son corps en cet instant.

L'homme passa sa manche noire sur son front couvert de sueur. C'était le seul signe de l'effort qu'il avait fourni pour faire fuir les deux brigands.

— Êtes-vous blessée, *signorina* ? demanda-t-il.

Sa voix était rauque, grave mais calme.

Elle déglutit pour délier sa gorge nouée.

— Je… Non. Vous êtes arrivé très vite. Je ne vous remercierai jamais assez. Je m'étais perdue, voyez-vous, et ces hommes…

Un petit sourire rassurant plana sur ses lèvres.

— Vous devriez faire très attention aux endroits où vous allez à Florence, *signorina*. Ces rues peuvent être extrêmement dangereuses.

Isabella se remémora soudain la beauté du fleuve étincelant sous le soleil, le charme de la ville qui avait pris possession d'elle et toute l'animation qui l'avait entourée. Elle pensa à l'étonnement admiratif qui l'avait gagnée en découvrant cette ville nouvelle fourmillant d'activités, de bruits et d'odeurs qui ne lui étaient pas familiers. Et à quelle vitesse, avec quelle violence tout cela avait pris fin. Et maintenant, voilà qu'elle se retrouvait face à cet homme mystérieux et inconnu qui lui avait sans doute sauvé la vie.

Un homme comme elle n'en avait jamais vu, pas même dans ses rêves.

— Je vois cela, en effet, dit-elle simplement.

Tous les mots qu'elle connaissait semblaient s'être envolés. Était-ce ce trouble qu'avaient ressenti ses parents lorsqu'ils s'étaient rencontrés ? Étaient-ils restés bouche bée l'un en face de l'autre ? Isabella décida qu'il fallait qu'elle se montre très prudente.

L'homme fit un pas vers elle et lui tendit la main. Elle avait l'impression qu'il s'efforçait de bouger très lentement, très précautionneusement, comme si elle était un animal sauvage qu'il devait amadouer.

— Venez, laissez-moi vous raccompagner chez vous. Je vous promets que, contrairement à ces hommes, je ne vous veux aucun mal.

D'une certaine manière, et malgré tout ce qu'elle venait de voir et la violence dont elle le savait capable, elle le croyait. Elle avait confiance en lui. Il s'était montré agressif avec ces hommes, mais maintenant…

elle ne voyait plus que cette lueur pâle dans ses yeux extraordinaires. Elle rit tristement.

— Je ne sais pas très bien où aller. Je viens tout juste d'arriver en ville.

Un éclair d'incrédulité passa sur les traits de son visage sculptés comme ceux d'une statue grecque.

— Mais vous devez bien avoir de la famille ici.

— Oui, mais…

Ses paroles moururent tandis que de nouveaux doutes l'assaillaient. Elle ignorait si elle devait mentionner le nom de ses cousins et lui dire où elle se rendait.

Il hocha brièvement la tête, comme s'il comprenait son hésitation.

— Venez, je vais vous trouver un garde qui vous emmènera où vous le souhaitez. Quelqu'un en qui nous pourrons avoir confiance tous les deux.

Isabella n'était pas très rassurée pour autant. Après tout, ces gardes sauraient eux aussi où elle allait. Sauf qu'elle ne voyait pas d'autre solution. Il fallait qu'elle trouve Caterina d'une façon ou d'une autre, et elle ne désirait nullement se retrouver au milieu d'une nouvelle bagarre.

Elle étudia le visage de l'homme quelques instants. L'éclair sombre qu'elle avait vu en lui tout à l'heure avait disparu, remplacé par un léger sourire presque narquois. Mais elle s'en souvenait encore et ne put s'empêcher de frissonner.

— Merci, dit-elle. Je vous suis redevable, *signor.*

Il secoua la tête.

— Je viens de faire ma bonne action de la journée.

— Et vous n'avez plus besoin de faire pénitence à présent ? demanda-t-elle, surprise par sa propre audace.

L'espace d'un instant, il parut étonné par cette question aussi indiscrète qu'impertinente.

— Je dois toujours faire pénitence, *signorina*. Mais maintenant, il s'agit de trouver quelqu'un qui vous ramène saine et sauve chez vous…

— *Signorina* Isabella ! Grâce à Dieu, vous allez bien ! s'écria Mena au milieu de la foule qui entourait la cathédrale Santa Maria Del Fiore, où les deux gardes de son ange noir l'avaient escortée.

Avec leur corps musclé et leur barbe, ils ressemblaient beaucoup aux hommes qui l'avaient attaquée, mais ils étaient silencieux et courtois. Une fois sortis de la taverne où son sauveur les avait trouvés, ils étaient restés très vigilants à tout ce qui les entourait.

Isabella ignorait tout d'eux, mais ils avaient écouté attentivement l'homme en noir, avaient acquiescé et l'avaient emmenée vers la place la plus fréquentée de la ville. Elle ne connaissait même pas leurs noms.

Pas plus que celui de son ange gardien, ni rien d'autre à son sujet à l'exception de son visage croisé si brièvement et qui l'avait tant fascinée. Jamais elle ne l'oublierait, elle le savait. Ce visage reviendrait hanter ses rêves.

Mais le reverrait-elle jamais dans cette vie ? Elle le désirait vraiment, tout en le redoutant.

— Mena ! s'écria-t-elle en se hissant debout sur ses étriers jusqu'à pouvoir distinguer sa servante qui fendait la foule pour se diriger vers elle.

Un immense soulagement s'empara d'elle, un sentiment chaud et familier.

— Vous voilà ! Vous aviez disparu et nous ne vous trouvions nulle part ! déclara sa bonne en essuyant ses joues striées de larmes. Cet endroit n'est pas sûr. Nous devrions rentrer chez nous.

— Nous ne pouvons pas repartir sans voir Caterina, objecta Isabella.

Elle préféra ne rien dire à Mena de ses mésaventures avec les deux cavaliers. La journée avait été suffisamment éprouvante comme ça, pour elle-même comme pour sa fidèle domestique, qui ne méritait pas de se faire davantage de mauvais sang. Isabelle n'avait plus qu'une envie : trouver la demeure de sa cousine, la saluer, prendre un bain, se restaurer… et prendre le temps de songer à son sauveur tout à loisir. Coucher au plus vite son visage sur le papier avant que ses traits ne s'estompent de sa mémoire, pour ne plus jamais l'oublier.

— Ces deux hommes m'ont accompagnée et m'ont aidée à retrouver mon chemin…

Elle regarda derrière elle et chercha les gardes du regard, mais ils avaient disparu. Son escorte silencieuse s'était évanouie comme si elle n'avait jamais existé. N'avait-elle fait que rêver cette scène étrange ? Après tout, peut-être, cela lui était déjà arrivé.

Non, c'était impossible.

Elle ne se souvenait que trop bien de la main de son sauveur sur sa peau, de l'éclat de ses prunelles. Elle n'avait pas rêvé.

Elle se pencha brièvement pour serrer Mena dans ses bras et la rassurer, puis suivit sa bonne vers les autres domestiques qui les attendaient, inquiets, sur le parvis de la cathédrale.

Ils laissèrent le marché derrière eux. La foule se clairsema à mesure qu'ils avançaient vers l'Arno. Après avoir passé le célèbre Ponte Vecchio, ils bifurquèrent vers un quartier où se dressaient de grands et luxueux palais, en direction de la Via Porcellatti. Cet endroit ne ressemblait en rien à la terrible place où elle s'était égarée et où elle avait été agressée avant d'être sauvée par cet homme mystérieux.

Le quartier était plus calme. Ils avaient laissé derrière eux les cris des marchands et des mendiants. Bien sûr, les rues étaient ici aussi peuplées de passants qui vaquaient à leurs occupations et évoluaient d'un pas digne et distingué.

Des dames en robes de soie, parées de voiles légers retenus par des diadèmes ornés de joyaux, sortirent de l'église San Lorenzo tandis que les cloches résonnaient au-dessus de leurs têtes, suivies de leurs servantes qui ne les quittaient pas des yeux. Des hommes vêtus de pourpoints en velours et de manteaux sans manches murmuraient à voix basse tout en suivant Isabella du regard lorsqu'elle passait devant eux. Partout, des domestiques s'affairaient en portant de lourds paniers sous le bras. Des échoppes, protégées du soleil par des auvents, proposaient de l'or, des bijoux et de la soie qui brillaient dans toute leur perfection.

Ici, les bâtisses étaient grandes et solides, mais elles étaient en pierre brute et grisâtre. Les lourdes portes et les balcons aux cloisons ajourées transpiraient le pouvoir, la sécurité et la richesse. C'était ici que vivaient ses parents, les Strozzi.

Comme Caterina l'avait décrit dans sa lettre, le palais était une demeure carrée, haute de trois étages, située au coin d'une place à demi cachée sur la Via Porcellatti. Au loin, très haut au-dessus de la toiture en tuiles rouges, Isabella aperçut le dôme en brique ocre du Duomo, l'œuvre du célèbre Brunelleschi.

Les volets étaient à moitié clos pour offrir aux habitants

de la demeure une ombre salvatrice dans la chaleur de l'après-midi. Les portes étaient fermées, mais cela ne faisait aucun doute : ils avaient atteint leur destination. Les armoiries des Strozzi ornaient fièrement le portail.

— Ce doit être ici, murmura Mena, le souffle court. Enfin, nous sommes arrivés.

Isabella se tourna vers sa bonne. Son visage était gris et ses traits tirés sous son chapeau de paille à large bord. Elle avait les yeux rouges. Leur voyage, qui avait été une telle source de plaisirs et d'inspiration pour Isabella jusqu'à ce qu'elle se perde, n'avait été qu'une épreuve pour Mena. Avait-elle eu tort de l'emmener ? Ou bien n'aurait-elle pas dû venir, elle non plus ? Elle aurait dû se sentir effrayée, évidemment, mais, d'une certaine manière, elle se sentait... plutôt excitée. Elle savait qu'elle ne pouvait plus repartir, maintenant.

Isabella lui sourit avec compassion.

— Nous sommes arrivés, Mena ! Dans très peu de temps, nous pourrons prendre un bain chaud, un bon repas et dormir dans un lit frais.

— Que Dieu vous entende ! murmura Mena en se signant avec ferveur.

L'un des valets lâcha son cheval pour laisser tomber le large heurtoir en cuivre contre la lourde porte cerclée de fer. Le bruit résonna dans la cour et, quelques instants plus tard, ils entendirent quelqu'un tirer les barres de la porte et les gonds grincer tandis que le battant s'ouvrait sur un page vêtu de la livrée brodée des Vespucci.

— La *Signorina* Isabella Spinola est arrivée, annonça le valet.

Le page se tourna vers Isabella pour la détailler, elle et sa suite dépenaillée. Ils ne devaient pas avoir très fière allure, songea-t-elle. Elle n'était pas arrivée sur une somptueuse litière aux tentures de soie, suivie par des chariots remplis de coffres de vêtements et de meubles. Elle n'avait pas une longue suite de servantes. Et ils étaient tous couverts de poussière. Sa robe de voyage en laine bleu foncé était froissée et sale.

Elle songea alors aux voiles fins et aux coiffures ornées de bijoux des dames qu'ils venaient de croiser, et elle porta la main à sa tête. Ses épais cheveux noirs étaient simplement tressés et enserrés dans un filet recouvert d'un chapeau en velours plat.

De nouveau, le doute s'empara d'elle. Elle n'était qu'une campagnarde sur le point de pénétrer dans le vaste univers de la société la plus sophistiquée du monde. Et si ses vêtements, ses manières, ce qu'elle était ne convenaient pas ? En la voyant dans toute sa rusticité, Caterina pouvait très bien la chasser de chez elle en riant et la renvoyer d'où elle venait. Elle retournerait alors à son ignorance et à sa solitude, vers des hommes qui n'avaient rien de commun avec l'ange en noir qu'elle venait de rencontrer et auquel elle ne pouvait s'empêcher de songer chaque instant.

Mais le page, au lieu de prétendre qu'elle ne pouvait pas être la *Signorina* Spinola et de lui claquer la porte au nez, se contenta de hocher la tête.

— Bien sûr, la *Signorina* Strozzi vous attend.

Il ouvrit plus largement la porte et d'autres domestiques en livrée dévalèrent les marches à toute vitesse pour saisir la bride de leurs montures et les aider à décharger leurs bagages.

— Ils vont emmener vos chevaux aux écuries, *Signora* Spinola. Si vous voulez bien me suivre, Madame m'a demandé de vous conduire aussitôt jusqu'à elle.

— Bien sûr, répondit très vite Isabella en descendant de sa selle espagnole très raide avec l'aide d'une domestique de Caterina.

Elle avait l'impression que ses jambes, chancelantes, s'étaient transformées en glaçon. Une fois qu'elle passerait cette porte, elle ne pourrait plus faire marche arrière. Elle ne pourrait plus s'enfuir.

Lâche ! se morigéna-t-elle. *Qu'attends-tu ? N'est-ce pas ce que tu veux depuis longtemps ? Ton sang est aussi pur que le sien, aussi ancien et aussi noble. Ne fais pas honte à ton père, ni à toi-même.*

Isabella se redressa et carra les épaules. Elle n'était pas lâche. Elle ne l'avait jamais été. Il fallait juste qu'elle aille de l'avant, même si la façade en pierre du *palazzo* était la bouche de l'enfer.

Elle n'avait plus le choix. Plus maintenant. Elle ne pouvait plus faire autrement.

La tête haute, elle suivit le page et franchit les portes. Soudain, elle eut l'impression de pénétrer dans un véritable paradis sur terre, qui semblait n'avoir jamais été touché par la moindre tempête. Même le tumulte moderne de la ville paraissait à mille lieues de ce havre de paix.

Isabella resta immobile quelques instants et regarda tout autour d'elle dans un silence émerveillé. La cour était ouverte sur le ciel, mais la galerie du premier étage était protégée par un toit qui offrait à la fois de l'ombre et de la fraîcheur. Une grande fontaine en marbre trônait au centre de la cour. De l'eau jaillissait de l'urne d'une nymphe en pierre en jets bouillonnants et scintillants. Les dalles rose pâle étaient parfaitement nettes, balayées, récurées et bordées de statues de dieux, de déesses et de héros antiques qui encadraient des bancs sans dossier et des chaises invitant à la conversation et aux contemplations solitaires. Ce spectacle ressemblait aux gravures des livres de son père, à une villa romaine qui aurait pris vie.

Son père aurait adoré ce lieu.

— *Signorina ?* appela le page d'une voix douce.

Isabella le regarda fixement, surprise. Elle avait oublié sa présence, oublié qu'elle n'était pas seule au milieu de toute cette perfection et de cette beauté. Il lui sourit, manifestement habitué à de telles réactions.

— Puis-je vous conduire auprès de la *Signorina* Strozzi ? Elle est impatiente de vous recevoir.

— Bien sûr, murmura Isabella. *Grazie.*

Elle suivit le page, traversa la cour et passa devant les rangées de statues dont les regards vides semblaient la suivre et la juger, à l'instar des hommes qu'elle avait croisés dans la rue. Tout au bout de la cour, un large escalier en pierre s'élançait vers la terrasse. Ils en avaient gravi la moitié lorsqu'une porte, tout en haut, s'ouvrit et qu'une peinture vivante en jaillit.

Il s'agissait certainement de Caterina. Isabella ne l'avait plus vue depuis qu'elle était enfant, mais elle se souvenait très bien du jour où elle l'avait aperçue pour la première fois. Elle se rappelait comment la petite fille brune et timide qu'elle était était tombée en admiration devant sa cousine plus âgée, si belle et si gracieuse, et qui paraissait faite avec des rayons de soleil.

Tout le monde murmurait que Caterina était destinée à accomplir de grandes choses et à devenir célèbre. Elle semblait prête à prendre un bon départ dans sa merveilleuse vie. Autrefois, elle avait même été fiancée à un membre de la famille Vespucci, mais les rumeurs qui couraient sur sa santé fragile avaient fait échouer ses fiançailles.

Dire qu'Isabella était impressionnée n'était pas trop

fort pour décrire les émotions qu'elle avait ressenties au cours de cette lointaine journée. Elle avait été sidérée de découvrir qu'un être humain pouvait être aussi parfait, qu'il pouvait être tout ce qu'elle n'était pas. Sa cousine était belle, sereine, accomplie, maîtresse d'elle-même. Isabella était fascinée par cette parente, mais aussi, elle était bien forcée de se l'avouer, un peu jalouse.

Ces sentiments n'avaient pas changé avec les années, songea Isabella en contemplant la belle jeune femme debout devant elle. Caterina se tenait dans l'embrasure de la porte voûtée, et c'était comme si l'une des statues de la cour avait pris vie. Sa peau était blanche comme du marbre, rehaussée de rose uniquement sur les pommettes lisses et hautes qui faisaient ressortir à la perfection ses longs cheveux blond vénitien qui tombaient en boucles jusqu'à sa taille, telle une cascade dorée.

Elle portait un peignoir ouvert en soie bleu ciel par-dessus une robe en mousseline d'un bleu encore plus clair, en harmonie parfaite avec ses yeux. Si Isabella avait dû peindre son portrait et reproduire l'éclat de son regard, elle aurait utilisé un bleu précieux, une teinte rare et hors de prix.

Caterina lui adressa un sourire de bienvenue et traversa vivement la terrasse. Ses bras drapés de longues manches à galons dorés étaient tendus pour l'accueillir.

— Ma chère cousine ! s'écria-t-elle en enveloppant Isabella dans une étreinte parfumée. Vous voilà enfin. Votre voyage a-t-il été terriblement éprouvant ?

Sans être très grande, Caterina dépassait un peu Isabella qui dut se hisser sur la pointe des pieds pour embrasser sa joue délicate. Caterina était tout ce qu'il y avait de plus beau, songea Isabella en prenant à son tour sa cousine dans ses bras. Pourtant, elle la trouva amaigrie.

Ses épaules saillaient sous sa robe somptueuse. Sa peau était très chaude, comme si elle avait de la fièvre, et ses yeux bleus brillaient d'un éclat surnaturel.

De nouveau, Isabella fut certaine qu'elle devait cacher la mésaventure qui était venue ternir son arrivée à Florence. Il lui fallait taire le danger auquel elle avait été exposée, tout comme sa rencontre avec son sauveur.

— Pas du tout, répondit-elle en souriant. Nous avons voyagé par petites étapes. Je suis tellement heureuse d'être ici. C'est très gentil à vous de m'avoir invitée.

Sans se départir de son sourire, Caterina haussa les épaules et recula d'un pas avant d'évaluer discrètement Isabella du coin de l'œil. Que pouvait-elle bien penser de sa cousine, si petite et si brune ? Caterina ne lui donna aucune indication, se contentant de lui sourire encore plus largement, ce qui fit apparaître une fossette sur sa joue d'albâtre.

— Il faut bien que la famille serve à quelque chose, ma chère Isabella. Vous m'avez fait une grande faveur en quittant votre demeure pour venir me tenir compagnie. Grâce à vous, cette maison sera un peu moins silencieuse et solitaire. Mais venez, vous devez être affamée après ce long voyage. Paolo, voulez-vous aller nous chercher un repas et demander aux domestiques de préparer un bain ? Et maintenant, Isabella, j'aimerais avoir des nouvelles de votre père. Comment va-t-il ? Il a toujours été l'un des parents préférés de ma mère. Elle ne cessait de dire à qui voulait l'entendre à quel point il était cultivé et sage.

Le page — qui devait être Paolo — s'inclina vers Caterina et se dirigea vers l'escalier. Pendant ce temps, Caterina passa un bras sous celui d'Isabella et l'entraîna avec elle à l'étage. Tandis qu'Isabella informait Caterina que son père allait bien et qu'il passait toujours autant de temps le nez dans les livres, elles franchirent la voûte qui devait conduire aux appartements privés de Caterina. Ceux-ci n'avaient pas la raideur des pièces publiques et formelles de la demeure, comme la grande salle, la salle des banquets ou les pièces réservées à la comptabilité. En revanche, le luxe y était omniprésent.

Le sol en marbre était couvert de tapis magnifiques tissés dans des tons de rouges et de bleus brillants rappelant l'éclat des pierres précieuses. Les murs étaient tendus de tapisseries représentant les noces de Cana et Diane à la chasse. Le moindre filet d'air froid qui aurait osé se faufiler à travers la pièce aurait aussitôt été stoppé par ces fils riches et épais. Elle n'était pas très meublée et ne comptait que quelques chaises et tables peintes, ainsi qu'un luth et un virginal posé dans un coin.

Caterina entraîna Isabella vers une autre porte qui menait à sa chambre à coucher. Les rideaux en velours étaient attachés pour libérer les fenêtres à vitraux qui laissaient entrer le soleil à flots. Ses rayons tombaient sur le sol ici aussi recouvert de tapis, ainsi que sur l'immense lit sculpté juché sur une estrade. Le matelas était entouré de lourdes tentures brodées de satin bleu et orné d'un couvre-lit de la même couleur.

Les draps du lit étaient défaits, comme si Caterina venait tout juste de se lever. Des coffres sculptés, des chaises rembourrées, des miroirs lustrés décoraient la pièce baignée des doux effluves de plantes aromatiques qui se consumaient dans des boules en étain ajourées, suspendues au plafond, lui-même orné d'une fresque somptueuse.

Isabella regarda tout autour d'elle, émerveillée. Ce lieu était encore plus différent que tout ce qu'elle avait pu imaginer de plus fou dans sa chambre aux murs blanchis à la chaux.

— Je n'arrive pas à croire qu'une maison pareille puisse être si calme, murmura-t-elle.

— Je peux vous assurer qu'elle l'est, répondit Caterina en riant. Elle est immense et elle ne résonne que des pas de Matteo et des miens. C'est pour cette raison que je sors si souvent. Comme vous le ferez, vous aussi.

L'espace d'un instant, une ombre passa sur le visage de Caterina, comme un nuage venant cacher un soleil radieux. Puis elle disparut et Caterina sourit de nouveau.

— Laissez-moi vous montrer votre chambre, Isabella. Je l'ai fait préparer pour vous.

La pièce était contiguë aux appartements de Caterina. Sa décoration et son mobilier ressemblaient dans une moindre mesure à ceux qu'elle venait de voir. Le lit était drapé d'une tenture rose foncé, de la même nuance que les rideaux aux fenêtres. Deux fauteuils sculptés, une petite table et un tambour à broder vide attendaient à côté de la cheminée. Les coffres à vêtements étaient ouverts, prêts à recevoir les effets personnels d'Isabella.

— Cette chambre me paraît très confortable, dit Isabella. Je suis certaine que je me serai très bien ici.

— *Va bene*. Si vous avez besoin de quoi que ce soit, il vous suffit de le demander. Je veux que vous vous sentiez comme chez vous aussi longtemps que vous aurez envie de rester avec nous.

Caterina avança d'un pas nonchalant vers un mur couvert de tapisseries représentant un banquet grec, dans des tons crème et verts. Entre chacune d'elles était accrochée une peinture de taille moyenne, ornée d'un cadre aux volutes dorées.

— Voici l'un de mes trésors. Je me suis dit qu'il pourrait vous plaire.

Isabella la suivit, complètement fascinée. Elle s'approcha un peu plus près de la toile aux couleurs vibrantes, presque irréelles. Elle n'avait jamais rien vu de tel. La scène était banale : une Madone à l'enfant sur ses genoux, devant un paysage vert or, pâle et diffus. Isabella voyait de tels sujets tous les jours dans les églises et les villas à la campagne. Elle-même avait dessiné des images de la Vierge. Mais jamais comme celle-là.

La robe bleu et blanc de la Madone, ses cheveux blonds, sa peau de pêche aux reflets si chauds et celle de son enfant étaient éclatants de vie. Aussi lisse que du satin, sa peau ne présentait aucun défaut.

La scène dégageait une grâce indescriptible. Le trait était d'une grande précision et donnait une impression de délicatesse. La main tendue de la Vierge, longue et gracieuse, était si fragile, si attirante, qu'Isabella faillit tendre la sienne pour la toucher. Elle resserra très fort les doigts sur les plis de sa jupe pour s'empêcher de faire quelque chose d'aussi stupide.

Caterina étudia elle aussi la peinture, la tête légèrement inclinée, imitant inconsciemment la posture de la Vierge.

— N'est-elle pas exquise ? demanda-t-elle. C'est une œuvre de Giovanni Bellini de Venise, qui utilise la nouvelle méthode de pigments mélangés à de l'huile.

— Je n'ai jamais rien vu d'aussi beau, répondit Isabella avec sincérité en se promettant d'en découvrir davantage sur cette merveilleuse technique au rendu si magique.

— Je savais que vous aimiez l'art, ma cousine, dit Caterina en souriant. Je sais aussi que vous êtes vous-même une artiste accomplie.

— Je ne suis pas une artiste, protesta Isabella. Enfin,

pas une vraie artiste, comme ce *Signor* Bellini. Je n'ai pas reçu beaucoup de cours, mais j'aime beaucoup l'art. Sa beauté traduit ce qu'il y a de meilleur chez l'homme, vous ne trouvez pas ? Elle nous élève, nous grandit.

Caterina la regarda fixement en haussant les sourcils, et Isabella se sentit rougir.

— Voilà qui est bien dit, Isabella. L'art nous élève effectivement au-dessus de nos combats quotidiens. Il nous permet d'imaginer ce que serait que toucher le divin.

Soudain, elle s'empara de la main d'Isabella. Ses doigts étaient secs et fins comme du papier.

— Je sais que nos familles n'ont pas toujours été en très bons termes, ma cousine, mais je suis très heureuse de vous avoir ici.

Brusquement, Isabella découvrit à son tour à quel point elle se sentait heureuse d'être là. Les doutes stupides qui l'avaient assaillie un peu plus tôt s'étaient évanouis. Les brigands, l'homme merveilleusement beau qui l'avait sauvée semblaient appartenir au rêve de la ville. Ils n'étaient qu'une aventure. Elle regarda de nouveau la peinture, cet objet de perfection, cette beauté inaccessible qui lui semblait à présent si proche.

— J'espère pouvoir vous aider.

Caterina secoua la tête.

— Votre présence m'est déjà précieuse. Nous allons devenir de grandes amies, j'en suis sûre.

La porte de la chambre s'ouvrit derrière elles pour laisser place à un défilé de servantes apportant des plateaux de nourriture, des cruches de vin et d'eau et même une grande baignoire en bois.

— Ah, enfin ! s'écria Caterina. Vous devez être tellement affamée.

Elle s'éloigna d'Isabella pour se transformer en sévère

maîtresse de maison, et se mit à superviser le travail des domestiques occupées à verser de l'eau dans la baignoire et à servir les mets.

Isabella tourna une dernière fois les yeux vers l'œuvre de Bellini et remarqua un autre tableau, accroché près de la porte ouverte et encadré plus simplement. Il était tout aussi beau. Les couleurs étaient moins vives que dans celui de Bellini, ce qui lui donnait un air éthéré.

Le sujet était Caterina elle-même, en buste. Elle y portait une robe rouge aux nuances légèrement rosées, pourvue d'un décolleté profond. Sa magnifique chevelure était relevée sur sa tête en boucles souples, retenues par un voile blanc. Son regard était tourné vers la droite et un sourire discret planait sur ses lèvres.

Son cou était paré d'un lourd collier en or qui avait la forme menaçante d'un serpent aux yeux de rubis. Était-ce le symbole de sa mystérieuse maladie, était-ce la raison pour laquelle elle s'était retirée du monde ?

Surprise par cette image, Isabella lança un regard vers sa cousine, toujours occupée à superviser le travail des servantes. Elle souriait, mais Isabella distinguait parfaitement bien cette ombre qui planait sur elle. Elle songea de nouveau à son sauveur et à la noirceur profondément enfouie dans ses prunelles couleur de l'océan.

— Maintenant, ma cousine, vous devez manger, déclara Caterina.

Son sourire ne contenait plus la moindre ombre.

— Ensuite, poursuivit-elle, je vous prêterai l'une de mes robes. Nous allons nous rendre dans un endroit très important cet après-midi.

Dans un endroit important ? Allait-elle déjà être propulsée dans cette étrange et nouvelle vie, la tête la première dans ses eaux froides ? Isabella sentit son estomac se serrer.

— Caterina, je pense que…

Mais elle n'eut pas le temps de finir sa phrase qu'elle fut interrompue par un grand bruit à l'extérieur des luxueux appartements. Le fracas de lourdes bottes, des aboiements de chiens et le grondement rauque d'un rire masculin leur parvinrent. La porte s'ouvrit en grand et un géant blond pénétra dans la pièce.

Il ne pouvait s'agir que de son cousin Matteo, le frère de Caterina, car il arborait la même chevelure fauve que sa sœur. Mais alors que Caterina était pâle et frêle, lui était grand et large d'épaules et dégageait une énergie exubérante. Il portait un simple pourpoint noir et de grandes bottes en cuir pleines de boue. Sa horde de chiens était collée à ses basques comme s'il revenait de la chasse.

— Ce doit être notre belle cousine qui est enfin arrivée ! s'écria-t-il.

Sa voix tonnait de manière incongrue dans les appartements feutrés et délicats de sa sœur.

— Cela fait des semaines que Caterina ne parle que de votre venue, Isabella. Cela va lui faire du bien d'avoir enfin de la compagnie.

— Et je suis moi-même ravie d'être ici, répondit Isabella, un peu troublée par cette arrivée brusque.

Elle n'avait fait qu'apercevoir Matteo par le passé. Dans son esprit, il n'était qu'une image floue, faite de rires et d'une immense énergie. Les choses n'étaient pas si différentes aujourd'hui. Il était grand, radieux, et semblait occuper tout l'espace.

Il prit sa main et la porta à ses lèvres, la retenant un instant de plus que ce à quoi elle s'attendait. Il avait ce don particulier de donner l'impression à une femme, ou à quiconque d'ailleurs, d'être la personne qu'il désirait justement le plus voir à cet instant. Isabella se demanda comment elle pourrait le peindre. Sous les traits d'Apollon tirant le soleil derrière lui ? Non, plutôt comme Hercule partant à la conquête du monde.

Pour une raison étrange, elle songea à son sauveur tout de noir vêtu et aux mystères que recelaient ses yeux. Ces deux hommes étaient très différents, mais lequel était le plus dangereux ?

— Et vous êtes ravissante, par ma foi, murmura-t-il en riant. Florence a justement besoin de plus de jolies filles.

— Ne taquinez pas notre pauvre cousine, Matteo, intervint Caterina. Je vais l'emmener avec moi cet après-midi afin qu'elle fasse la connaissance de nos amis.

— *Va bene*. Peut-être voudra-t-il faire son portrait, comme il l'a fait avec vous, ma sœur ?

Matteo se laissa tomber sur une méridienne et tendit la main vers la cruche de vin. Ses chiens se querellèrent pour se coucher à ses pieds sous l'œil désapprobateur de Caterina.

— Nous vous trouverons un mari pendant votre séjour ici, n'est-ce pas, Isabella ? Un riche *condottiere*, peut-être ?

Isabella se mit à rire. Elle savait depuis longtemps que le mariage n'était pas fait pour elle. Un mari ne pouvait être qu'une source d'encombrement.

— Je ne suis pas à la recherche d'un mari pour le moment, avoua-t-elle.

Jamais elle ne répéterait les erreurs de ses parents et ne vivrait le chagrin d'avoir trop aimé.

— Vous ne pouvez pas déjà me la voler, Matteo, et la livrer en pâture à vos amis, déclara Caterina en mordillant une friandise du bout des dents. Nous aurons le temps de songer au mariage plus tard.

— *Sí*, murmura Matteo.

Tout en buvant, il observa Isabella par-dessus le bord de sa coupe, une étrange lueur dans le regard. Isabella avait le sentiment que, malgré l'exubérance, la bonne humeur et le charme de son cousin, elle ne pouvait pas lui faire complètement confiance.

— Plus tard… répéta-t-il.

— Avez-vous vu où allait la jeune dame ? demanda Orlando à ses gardes lorsqu'ils entrèrent dans le salon de ses appartements.

Par la fenêtre, il contempla la rue en contrebas. La foule s'affairait à ses tâches quotidiennes en ce début de soirée. Les servantes revenaient du marché chargées de paniers remplis de marchandises, les courtisanes avançaient d'un pas chancelant sur leurs sabots à hauts talons. Des groupes de jeunes hommes se promenaient en arborant des culottes à rayures clinquantes, épées au flanc.

Ils allaient et venaient comme s'il s'agissait d'une journée ordinaire. Comme si rien ne s'était passé, que rien n'avait changé.

— Non, Monseigneur, elle a trouvé ses gens et les a rejoints, annonça l'un des gardes. Elle paraissait en sécurité avec eux.

Orlando vit une femme en noir passer dans la rue, comme un fantôme. Ou comme un rêve, à l'instar de la jeune femme aux yeux sombres qu'il avait croisée plus tôt.

— Personne ne vous a remarqués ?

L'homme grogna.

— Si nous ne voulons pas être vus, Monseigneur, personne ne nous voit.

Orlando esquissa un sourire narquois. Il jeta un œil au groupe d'hommes qui se tenait debout sur le pas de la porte. C'était vrai, ils étaient habitués à se fondre dans la foule, avec leurs vêtements sombres et leurs barbes. Ils n'étaient ni beaux, ni quelconques, ni trop élégants, ni trop dépenaillés. Invisibles. Ils étaient parfaits pour ce qu'il recherchait. C'était la raison pour laquelle ils les avaient embauchés, pour l'aider à garder un œil sur les alliances changeantes de Florence.

Et, manifestement, pour l'aider à sauver de belles jeunes femmes, à l'occasion.

Il se força à s'extraire de ses réflexions pour tendre la main vers une bourse gonflée de pièces qu'il leur lança.

— Je vous remercie. Cette bonne action vous sera comptée. Vous avez œuvré pour le salut de votre âme aujourd'hui.

Les gardes lui sourirent largement, révélant leurs dents gâtées.

— Il faudra bien plus que cela pour sauver nos âmes, Monseigneur.

Orlando ne put que rire de cette réponse. Son âme était elle aussi irrémédiablement tachée, sans espoir de rémission. Pourtant, il avait croisé quelque chose dans le regard de cette femme lorsqu'elle avait levé les yeux vers lui. Il y avait lu une ouverture, une lueur qui semblait l'élever…

— Désirez-vous autre chose, Monseigneur ? demanda le garde. Voulez-vous que nous cherchions où vit cette dame ? Ou que nous nous lancions à la poursuite de ces voleurs pour les achever ?

Orlando secoua la tête.

— Ces voleurs connaîtront une fin funeste bien assez tôt. Et la dame est en sécurité maintenant.

En sécurité loin de lui, surtout. Il brûlait de découvrir où elle vivait, et ce désir n'était pas raisonnable. La lueur dans ses yeux avait été si fascinante ! Mais il savait que ce n'était pas sage. Il était beaucoup trop intrigué par sa personne, alors qu'il ne l'avait vue qu'une seule et unique fois. Il sentait le danger. Il ne fallait pas aller plus loin.

Il se tourna vers la fenêtre.

— Je vous ferai appeler si j'ai encore besoin de vous.

Les hommes quittèrent la pièce, au son du vacarme de leurs pas, du cliquetis de leurs épées et de leurs dagues. Orlando resta de nouveau seul.

Cette soudaine bagarre sur cette place tranquille avait fait bouillonner son sang, qui chantait dans ses veines comme lorsqu'il était un fougueux jeune homme. Les rixes dans les tavernes l'attiraient peu, désormais. Ces combats étaient une perte de temps et d'énergie, et des affaires beaucoup plus sérieuses nécessitaient son attention. Mais, lorsqu'il s'était jeté sur ces horribles bandits qui avaient encerclé cette jeune femme perdue et effrayée, le vieil Orlando avait refait surface et une fureur telle qu'il en avait rarement ressenti s'était emparée de lui.

Et les yeux de cette femme, la délicatesse de sa main lorsqu'il l'avait aidée à se relever avaient fait naître en lui un désir aussi soudain que violent. Il avait eu envie de l'embrasser, rudement et profondément, de sentir son corps vibrer contre le sien, tandis que le tourbillon de la vie les emporterait. Le tremblement de ses doigts, la gratitude prudente sur son visage l'avaient retenu. Il venait de faire une bonne action. Il ne pouvait pas la gâcher en effrayant de nouveau cette jeune femme qui se croyait sauvée.

Maintenant, la colère et le désir étaient retombés, le laissant de nouveau froid. Pourtant, il ne parvenait pas à chasser de son esprit le souvenir de la jeune femme. Elle n'était pas vraiment belle, à la manière des courtisanes blondes qui remplissaient la ville, mais son visage contenait bien plus que de la beauté. Quelque chose qu'il avait envie de lire.

Non, il ne fallait pas qu'il cherche à savoir où elle vivait. Il ne fallait pas qu'il la revoie, pour leur bien à tous les deux.

Il entendit frapper à la porte et, aussitôt, il porta la main au pommeau de la dague suspendue à sa taille. Les gardes ne seraient pas revenus sans qu'il les appelle.

— Oui ?

Le valet qui gardait habituellement sa porte entra en s'inclinant profondément devant lui. Il lui tendit un pli cacheté.

— Voici un message du couvent de Sainte-Claire. Vous avez demandé que l'on vous prévienne aussitôt.

Orlando hocha la tête et s'empara de la lettre avant de la décacheter. Il parcourut son contenu à la hâte. Chaque fois qu'il recevait des nouvelles du couvent, il craignait que quelque chose ne soit arrivé à la petite Maria. Une maladie, un accident, même un enlèvement si Matteo Strozzi venait à découvrir son existence. La petite Maria ne quittait jamais son esprit, elle faisait partie de tous ses projets.

Mais le message ne faisait que relater les progrès de Maria depuis sa dernière visite. Les leçons de musique, de langue et d'instruction religieuse qu'elle suivait. Elle était aussi vive et intelligente que belle. Comme sa mère l'avait été autrefois.

Orlando plia soigneusement la lettre. Le sombre

désespoir de sa sœur, son terrible amour pour un voyou qui ne méritait pas son esprit brillant l'avaient soustraite à sa fille. Maria Lorenza n'entendrait jamais le rire de son enfant, ne la verrait jamais courir sous le soleil. Tout le monde l'avait trahie, au final.

Mais pas Orlando.

Et il ne pouvait pas se permettre de se détourner de la promesse qu'il s'était faite pour une demoiselle en détresse, même si celle-ci l'intriguait au plus haut point.

Chapitre 3

Le soleil dégageait une lumière encore plus dorée, presque ambrée, lorsque Isabella et Caterina quittèrent le *palazzo* Strozzi. L'après-midi touchait à sa fin et la ville s'éveillait tout juste de la sieste. Les boutiques rouvraient et les Florentins sortaient de chez eux à la recherche de victuailles pour le souper et de divertissements pour la soirée. De jeunes hommes à la mode, vêtus d'habits chamarrés et coiffés de chapeaux à plumes élaborés, paressaient encore au coin des rues, l'air goguenard et suffisant.

Pourtant, Isabella remarqua qu'ils ne les regardaient pas de manière aussi insolente lorsqu'elle marchait devant eux au côté de Caterina. Lorsque sa cousine apparaissait, ces jeunes hommes arrogants la regardaient passer les yeux écarquillés et la bouche ouverte, comme si une déesse venait de faire soudain irruption dans leur vie ordinaire. Le danger qu'elle avait affronté un peu plus tôt lui parut brusquement à la fois absurde et lointain.

Elle avait beau scruter les autours avec attention, elle ne vit aucune trace de l'homme qui l'avait sauvée sur cette place déserte. Elle commençait à se demander s'il n'avait pas été qu'un rêve. Tout ce vernis brillant, ces apparences de faste étaient peut-être la seule chose vraiment réelle dans cette ville ?

Caterina était de nouveau parée de bleu. Sa robe près du corps était taillée dans un velours couleur saphir strié de satin blanc. Les manches étaient attachées par des rubans or et argent. Contrairement à de nombreuses Florentines qu'elles croisèrent en chemin et qu'Isabella eut du mal à s'empêcher de dévisager, elle ne portait pas de bijoux, pas de diamants étincelants ou de douces perles pour souligner l'éclat de sa peau et de ses yeux.

Isabella avait emprunté à Caterina une robe en soie couleur bronze, brodée de rubans rouges. Son corsage à taille haute était entièrement brodé. Ce vêtement était magnifique et coupé selon la dernière mode. Pourtant, Isabella se sentait toujours aussi provinciale malgré ses beaux habits de citadine qui ne tromperaient personne. Elle faillit rire à voix haute face à l'irréalité de l'instant, comme si tout cela n'était qu'un rêve.

Caterina passa son bras sous celui de sa cousine et l'attira vers elle tout en continuant de marcher d'un pas digne dans la rue.

— Nous ne sommes plus très loin, ma cousine. Je m'y rends tous les jours. Parfois, je ne rentre chez moi que très tard, après la tombée de la nuit.

Isabella était perplexe. Caterina ne lui avait rien dit de leur destination et s'était contentée de secouer la tête en souriant lorsqu'elle l'avait interrogée. Allaient-elles dans une belle boutique, une cathédrale ou une galerie ? Mais, après tout ce qu'elle avait vécu d'étrange depuis le début de la journée, Isabella n'était pas certaine, au final, d'y accorder beaucoup d'importance.

— Caterina, ne voulez-vous pas me dire où nous allons ? se risqua-t-elle de nouveau.

— Je vous ai dit que c'était une surprise. Mais je vous promets, Isabella, que vous allez beaucoup aimer l'endroit où je vous emmène.

Elles finirent par s'arrêter devant une bâtisse qui ressemblait beaucoup à la demeure des Strozzi par sa taille et sa solide structure en pierre. Les fenêtres étaient fermées et aucun signe ni armoiries n'indiquait ce qui se trouvait à l'intérieur.

L'un des pages de Caterina actionna le heurtoir en cuivre sur la large porte en bois. Au bout d'un court instant, le battant s'ouvrit.

Au lieu de laisser place à un domestique en livrée, elles découvrirent un jeune homme vêtu d'une blouse blanche tachée de peinture. Sa joue était barrée d'une trace de fusain. Il cligna les yeux quelques secondes sous la lumière du soleil qui déclinait, comme s'il était surpris qu'il fasse jour, puis un large sourire fendit son visage.

— *Signorina* Strozzi ! s'écria-t-il d'une voix joyeuse. Vous voilà enfin. Nous nous demandions ce qui vous retenait aujourd'hui.

— Un très heureux événement, Jacopo, répondit Caterina avec un grand sourire. Ma cousine, la *Signorina* Spinola, est enfin arrivée pour me tenir compagnie. Elle aussi est une grande amoureuse de l'art.

— Le maître va être si content.

Le jeune homme ouvrit plus largement la porte et Caterina entra. Au lieu de la cour ouverte classique à laquelle Isabella s'attendait, comme dans le palais des Strozzi, elles se retrouvèrent au sein du plus complet des chaos.

Mais il s'agissait d'un chaos d'un genre merveilleux. À l'image de celui dont Isabella rêvait la nuit, et dont elle se languissait. Le chaos qui régnait dans l'atelier d'un artiste.

Le haut plafond était formé d'une verrière qui laissait entrer la lumière du soleil à grands flots dans la pièce. Des toiles posées sur des chevalets s'alignaient contre les murs, à tous les stades d'achèvement possibles. Certaines étaient simplement enduites tandis que d'autres arboraient des scènes terminées.

Des hommes en blouse tachée s'affairaient tout autour, telles des abeilles dans une ruche en été, brandissant leurs pinceaux et discutant entre eux. Une odeur lourde et âcre de térébenthine et de peinture détrempée, aussi accueillante que de douces fleurs printanières, assaillait les narines.

Tandis qu'Isabella regardait tout autour d'elle, à la fois ravie et fascinée, elle sentit la main de Caterina lui toucher légèrement le bras.

— Eh bien, ma cousine ? Qu'en pensez-vous ?

Isabella lui sourit.

— Je pense que tout cela est parfait, et que je suis dans un rêve éveillé.

Caterina rit de bon cœur.

— Vous avez raison ! La personne à qui l'on doit tout cela est célèbre à Florence. Venez, je vais vous présenter au créateur de toute cette perfection.

Caterina se faufila au milieu de cette bouillonnante activité sans se départir de sa sérénité ou de sa distinction tandis qu'elle saluait et hochait la tête de part et d'autre. Elle fit un signe de la main à plusieurs personnes et leur posa rapidement des questions en passant devant elles. Il était évident qu'elle venait souvent, comme elle le lui avait affirmé. Tous ces gens la connaissaient très bien.

Cela donna à Isabella un nouvel et fol espoir. Peut-être,

oui, peut-être pourraient-elles venir dans cet endroit merveilleux tous les jours ? Elle pourrait alors observer le travail de ces gens, apprendre leurs techniques, poser des questions. Elle pourrait en profiter pour développer son art et mettre à profit le talent et l'expérience des autres. Cela lui serait tellement utile, une fois revenue dans sa campagne isolée, à des lieues du moindre professeur ! Si seulement…

Elles suivirent Jacopo qui franchit devant elles une grande porte voûtée et pénétrèrent dans un espace plus petit mais tout autant baigné de lumière. L'agitation y était moins importante, les conversations et la cacophonie moins confuses. L'espace d'un instant, Isabella fut absorbée par les images accrochées aux murs blancs. Elle ne voyait, ne sentait qu'elles. Sur une des toiles, elle découvrit Judith, sa servante derrière elle, qui tenait la tête de Holopherne, sur une autre une Adoration des Mages, réunis autour de la mangeoire sacrée, et sur une autre encore une figure de la Victoire, vêtue d'un plastron et d'un casque brillants.

Toutes ces scènes étaient classiques naturellement, et pourtant Isabella ne les avait jamais vues exécutées de cette façon. Chaque parcelle de tableau était imprégnée d'une sensualité pleine de grâce et de fraîcheur.

Isabella s'approcha plus près de Judith et étudia le léger sourire qui fleurissait sur ses lèvres couleur corail. Quelles pensées cachait cette femme à l'apparence tranquille après avoir décapité la tête d'un homme, en ne laissant qu'une petite tache de sang sur sa robe bleue ? Il n'y avait pas l'once d'un frémissement dans son sourire.

— Isabella ! s'écria Caterina. Venez par ici, il faut absolument que vous fassiez la connaissance de mon ami le plus cher.

Isabella se détourna à contrecœur de la peinture et découvrit sa cousine debout à quelques pas d'elle, la main posée sur le bras d'un homme de grande taille, vêtu lui aussi d'une blouse blanche maculée de peinture. Dès le premier regard, Isabella comprit qu'il ne faisait pas partie des assistants, de ces abeilles ouvrières qui travaillaient avec industrie dans l'autre pièce.

Il était très grand et large d'épaules, coiffé de cheveux blonds et bouclés qui tombaient sur son front. Il avait un nez long et droit et des pommettes saillantes. La peau de son visage était tannée par le soleil et ses traits étaient finement dessinés. Il était rasé de près. Ses yeux d'un bleu profond brillaient d'un feu intérieur, comme animés d'une indéniable force vitale.

— Je vous présente le *Signor* Botticelli, le meilleur artiste de tout Florence, déclara Caterina. Alessandro, voici ma jeune parente, Isabella Spinola, qui a eu l'amabilité de venir à Florence pour me tenir compagnie. Elle aussi est une grande amoureuse des arts.

— *Signorina* Spinola ! C'est un honneur de faire votre connaissance. Florence a grand besoin de plus de femmes cultivées comme Caterina.

Il saisit la main d'Isabella et s'inclina vers elle dans un geste aussi courtois que théâtral.

Isabella vit que sa peau était tachée d'un précieux pigment aigue-marine et de quelques traces dorées.

— C'est moi qui suis très honorée de faire votre connaissance, *Signor* Botticelli, répondit-elle d'une voix étranglée par l'émotion. Même dans ma campagne lointaine, j'ai eu des échos de votre grande œuvre. Jamais je n'aurais osé rêver avoir un jour la chance de la voir de mes propres yeux.

— C'est très aimable de votre part. Dites-moi ce que

vous en pensez, maintenant que vous l'avez sous les yeux… Croyez-vous que notre chère Caterina a raison et que je suis le plus grand artiste de Florence ?

Isabella jeta un regard en direction du tableau représentant Judith, de ses boucles de cheveux, des plis de sa robe légère, des couleurs voilées qui ne la rendaient que plus vivante.

— Je n'ai pas encore rencontré tous les artistes de Florence, mais je peux vous assurer que vous êtes en tête de lice.

Botticelli rejeta la tête en arrière et poussa un rire rauque et sonore qui monta joyeusement jusqu'aux verrières. Caterina rit à son tour et son rire cristallin se mêla à celui du peintre en une douce et joyeuse musique. Isabella ne put réprimer un sourire.

— Eh bien, lorsque vous aurez rencontré tous les artistes de la ville, comme je suis certain que vous ne manquerez pas de le faire avec votre cousine, vous devrez revenir me voir et me donner votre avis, ma chère *Signorina* Spinola. Maintenant, me permettez-vous de vous montrer ce sur quoi je suis en train de travailler ? Cette peinture est merveilleuse, inégalable. Elle sera certainement ma plus belle œuvre d'art.

Un chef-d'œuvre, plus grandiose encore que ces travaux à la beauté transcendante qu'elle avait déjà vus ? Isabella craignait de ne pouvoir la contempler sans être aveuglée, mais elle se contenta d'acquiescer.

— J'en serais très honorée.

Le *Signor* Botticelli lui prit fermement le bras et se tourna vers un large panneau dissimulé derrière des draps tachés. Sa poigne était vigoureuse, pleine de vie, et vibrait d'une énergie et d'un enthousiasme à peine contenus. Isabella se sentit trembler d'impatience. Quelle beauté pouvait bien être cachée là, quelles inimaginables merveilles ?

Pourtant, l'heure n'était pas encore venue de les voir. Pas encore, tout au moins. Au moment où le *Signor* Botticelli tendait la main vers les draps et où Isabella retenait son souffle, le cœur battant, les portes de l'atelier s'ouvrirent à la volée. L'espace d'un instant, elle crut que c'était son cœur qui sortait de sa poitrine. La lumière et le vent entrèrent comme dans un tourbillon, comme si Jupiter lui-même avait guidé ces éléments.

Surprise, Isabella fit volte-face et ses jupes de soie étroites, auxquelles elle n'était pas encore habituée, s'enroulèrent autour de ses jambes. Elle découvrit alors que ses fantasmes de dieux venus sur Terre n'étaient pas si éloignés de la réalité. Car il s'agissait sûrement de dieux, arrivés dans ce monde de mortels sur des chariots dorés.

Ils étaient au moins une dizaine, tous vêtus de velours et coiffés de chapeaux à plumes, couverts de pierres précieuses et de bijoux en or éclatants. Ils dégageaient un mélange d'énergie et de séduction tel qu'Isabella n'en avait jamais vu, ni même imaginé. Il n'existait pas de créatures de ce genre à la campagne, uniquement des sages et des hommes sans manières et sans sophistication, de rudes paysans et des érudits toujours dans les nuages, peu soucieux de leur apparence. Associée à la force de l'art, cette apparition était à la fois vertigineuse et déroutante.

Le groupe était mené par un jeune homme grand et mince paré d'un pourpoint brillant vert émeraude strié de fils d'or et bordé de rubans dorés. Ses longues et fortes jambes étaient couvertes de bas bariolés vert et or, avec la culotte la plus ridicule qu'Isabella ait jamais vue. Elle faillit éclater de rire. Rêvait-elle ou avait-elle vraiment la forme d'un bateau ?

Mais ses gloussements s'étranglèrent dans sa gorge lorsque l'homme ôta son chapeau et qu'une cascade de boucles brillantes et sombres vint recouvrir ses larges épaules. Si quelqu'un pouvait se vanter d'être l'égal masculin de Caterina en matière de beauté, c'était sûrement lui. On aurait dit un jeune dieu, avec son visage parfait éclairé par un sourire radieux.

— Ma sublime Caterina ! s'écria-t-il.

Il s'inclina profondément devant elle et accompagna son salut d'un geste gracieux de son chapeau. Les plumes dorées effleurèrent le sol en pierre.

— J'espérais vous trouver ici, ajouta-t-il.

Caterina lui décocha un sourire mystérieux et serein, mais Isabella perçut autre chose derrière cette grâce distante et cette parfaite immobilité. Une lueur traversa les yeux bleus de sa cousine, et ses doigts tremblèrent légèrement.

— Vous pouvez difficilement être surpris, Giuliano. Je viens ici tous les jours, tout comme vous.

— Oui, mais nous sommes déjà passés chez vous et vos domestiques nous ont dit qu'ils ignoraient où vous étiez partie. Nous étions prêts à écumer toutes les rues de Florence pour vous retrouver.

Le demi-dieu lança un regard vers ses compagnons par-dessus son épaule, comme pour chercher leur approbation. Ils acquiescèrent en chœur et s'inclinèrent en un tourbillon de couleurs.

Était-il possible de figer sur une toile un tel spectacle, un tel arc-en-ciel surnaturel ? Isabella remarqua que tous les assistants s'étaient rassemblés, eux aussi, sur le pas de la porte. Ils les contemplaient dans un silence admiratif et avide. Et comment leur en vouloir ? Ce n'était pas tous les jours que l'on pouvait voir un rêve surgir dans la vraie vie. Isabella resta perplexe. Elle avait l'impression de ne pas avoir quitté cet état depuis qu'elle avait passé la Porte de la Fortune pour entrer dans cette ville magique.

— Et qu'y a-t-il de si important, Monseigneur, pour faire ainsi irruption et venir me trouver ? demanda Caterina d'une voix légèrement amusée. Nous nous serions certainement vus demain, sinon ici, du moins au festival.

— Mais, ma chère, cela ne pouvait pas attendre.

Il s'approcha plus près d'elle et les grelots de ses chaussures en velours vert tintèrent. Il saisit la main de Caterina et déposa un doux baiser sur le bout de ses doigts. Doigts qui ne tremblaient plus à présent.

— Nous sommes venus solliciter votre approbation pour un nouveau projet.

— Un nouveau projet ?

Caterina, les yeux mi-clos, lui lança un sourire empreint de sollicitude, mais elle retira doucement sa main de son étreinte.

— De quoi s'agit-il cette fois ? demanda-t-elle d'un air désinvolte. Non, attendez avant de me le dire. Vous devez d'abord faire la connaissance de ma cousine. J'aimerais avoir son avis à propos de votre… projet.

Caterina se tourna avec un léger bruissement de jupe et chercha Isabella du regard. Isabella fut aussitôt tirée de son monde fait d'ombres et d'observations silencieuses pour être propulsée sous le soleil, le point de mire de tous. Contrairement à Icare, elle n'avait pas d'ailes pour l'aider à voler.

— Isabella Spinola est une parente venue à Florence

pour me tenir compagnie, déclara Caterina en prenant la main d'Isabella dans la sienne. Je suis ravie d'avoir l'occasion de vous la présenter.

La peau de Caterina était froide.

À cette distance, le demi-dieu était plus intimidant encore. Sa peau était parfaitement lisse, teintée d'un léger hâle doré. Ses yeux brillaient et réfléchissaient la lumière comme de la glace noire en hiver.

Tous observèrent attentivement Isabella sans réagir de la moindre façon.

— Isabella, dit Caterina d'une voix toujours aussi espiègle et rieuse, je vous présente le clown le plus drôle de Florence. Giuliano de Médicis.

— Ah, Caterina, vous me blessez ! s'écria Giuliano en posant la main sur son cœur et en vacillant comme s'il venait d'être transpercé par la pointe d'une flèche. Vous allez donner à votre belle cousine une bien mauvaise opinion de moi. Je vous assure, *signorina* Spinola — dois-je dire mademoiselle ? —, que je suis à tout jamais le plus dévoué serviteur de votre parente. Je ne fais le clown que pour la divertir.

— Et manifestement vous y arrivez très bien, *Signor* Giuliano, le rassura Isabella. Voyez comme elle sourit maintenant, tout en cherchant à le cacher.

— Ma foi, je pense que vous avez raison ! s'exclama Giuliano dont le regard passa d'une jeune femme à l'autre. Il me semble bien apercevoir une fossette, juste ici. Je ne suis donc pas si inutile que cela.

Une pointe d'amertume s'était glissée dans son rire charmeur, mais Caterina lui répondit par un geste dédaigneux de la main, comme pour lui donner congé.

— Je n'ai jamais dit que vous étiez inutile, dit-elle. Aucun homme écrivant d'aussi beaux poèmes que vous ne peut être inutile pour une dame. N'êtes-vous pas d'accord avec moi, Isabella ?

— Assurément, dit Isabella à la hâte. Même chez moi, à la campagne, nous avons entendu parler de vous, *signor*, tant votre notoriété est grande.

Et c'était vrai. Les érudits qui venaient rendre visite à son père leur avaient effectivement parlé de ce jeune Médicis, et de son frère Lorenzo, *Il Magnifico*. Pourtant, ils avaient surtout évoqué son amour pour la mode, l'art... et les belles femmes. Ils avaient également souligné son désintérêt pour les affaires et le commerce de la ville, ou les intérêts bancaires de sa famille.

Sa réponse parut toutefois lui plaire, car il rit avant de s'écrier :

— Je pense que je vais beaucoup aimer votre cousine, Caterina !

— Ce qui tombe bien, car elle va rester avec moi un grand moment, rétorqua Caterina. Et vous allez la voir ici en ma compagnie tous les jours, car elle aime l'art autant que moi.

— Vraiment ? s'étonna Giuliano.

Une lueur d'intérêt éclaira ses prunelles sombres et froides.

— Mais je ne pouvais pas en attendre moins d'une de vos parentes, Caterina. Dites-moi, *Signorina* Spinola, que pensez-vous de l'œuvre de Botticelli ?

Isabella hésita. Elle regarda par-dessus son épaule et découvrit le *Signor* Botticelli debout à côté d'un chevalet. Il avait croisé ses bras musclés sur sa blouse tachée de peinture. Il observait très attentivement leur groupe, les jaugeant comme s'ils n'étaient que des objets à coucher sur une toile ou un tableau. Comme une somme d'éléments composée de bras, de jambes, de cheveux et d'yeux, prêts à être transformés en Madone diaphane, en déesse, en esprit ou en saint torturé.

Une bouffée de timidité s'empara d'Isabella et la glaça jusqu'à la nausée. Qui était-elle pour parler de son art devant eux ? Comment trouver les mots qu'elle ne prononcerait que d'une voix hésitante ? Elle ne ressentait que des émotions, des sentiments débordants et des désirs. Des désirs qui se manifestaient violemment lorsqu'elle pensait à son sauveur aux yeux émeraude.

Elle sentit ses paupières brûler derrière ses cils et craignit de se mettre à pleurer.

Ne sois pas stupide, se morigéna-t-elle. *Pas ici, pas maintenant.*

Caterina sembla percevoir sa détresse, car elle prit la main d'Isabella dans la sienne.

— Comment pourrait-elle le dire ? Elle a à peine vu l'œuvre d'Alessandro ! Il était sur le point de lui montrer sa nouvelle scène lorsque vous avez fait irruption comme des mercenaires déchaînés. Pourquoi ne pas faire quelques pas pendant qu'Isabella étudie ces peintures ? Vous pourrez ainsi me livrer votre grand secret.

Giuliano entraîna Caterina, suivi de ses amis. Isabella fut heureuse de ce soudain silence, de l'espace qui s'était ouvert autour d'elle. Elle s'avança dans la direction opposée, loin des éclats de rire. Elle observa les toiles alignées contre les murs, les myriades de couleurs et la beauté qui s'en dégageait, à la limite du supportable. Elle passa derrière une cloison et découvrit une table dressée devant elle, plus grande que celle d'un banquet.

Elle était recouverte de pots transparents, d'autres remplis de morceaux de minerai, d'une multitude de teintes — de l'ocre, des jus colorés vert bronze, des vermillons, des pourpres, de précieux lapis-lazulis, et même des paillettes d'or pur et brillant. Et tout cela était exposé là, rien que pour elle, comme une boîte remplie de bijoux.

Elle s'approcha en retenant son souffle, puis aperçut des piles de pinceaux de toutes les tailles, des fusains et des panneaux de peuplier destinés à tendre les toiles. Il y avait tout ce qu'un artiste pouvait désirer, tout ce qu'elle avait elle-même tant de mal à trouver à la campagne. Tout cela réuni en un même endroit. C'était extraordinaire. Elle résista à l'envie de se pincer pour vérifier qu'elle ne rêvait pas.

Isabella se pencha sur plusieurs pigments précieux, des extraits d'insectes, et se remémora le voile diaphane sur l'une des toiles du *Signor* Botticelli. Lequel avait-il utilisé pour créer un tel effet ?

— Vous êtes donc une artiste, *signorina* ? demanda une voix grave et calme derrière elle.

Isabella sursauta et fit volte-face, s'attendant à découvrir l'un des assistants de l'artiste venu lui demander comment elle, une simple femme, pouvait être surprise à déambuler ainsi librement au milieu des œuvres d'art du maître. Elle ouvrit la bouche pour s'expliquer, mais les mots s'étranglèrent étrangement dans sa gorge. L'homme devant elle n'était pas l'un des pâles jeunes apprentis qu'elle avait vus s'affairer dans l'atelier.

Était-ce d'ailleurs vraiment un homme, ou un ange ? Car il était de nouveau là, celui qui l'avait sauvée des voleurs le jour de son arrivée. Dire qu'elle s'était même demandé s'il n'était pas le fruit de son imagination !

Mais non. Il était aussi beau que dans ses souvenirs, de manière irréelle toutefois. Pourtant, elle comprit très vite que la comparaison avec un ange n'était pas appropriée. La noirceur qu'elle avait discernée en lui lorsqu'il s'était battu avec les voleurs, qui l'avait effrayée et troublée en même temps, était toujours là.

Il ressemblait au terrifiant Hadès, voguant sur les eaux troubles du Styx vers le royaume des ombres. Il était grand et mince, avec des cheveux noirs et bouclés coiffés en arrière pour mieux mettre en valeur les traits parfaitement dessinés, presque anguleux, de son visage. Ses prunelles émeraude, indéchiffrables, la fixaient sans rien dévoiler en retour. Isabella avait l'habitude de cerner les gens pendant qu'elle les dessinait, mais cet homme mystérieux était complètement déroutant. Impossible de savoir l'effet que cela lui faisait de la voir ici, devant lui.

Contrairement à Giuliano de Médicis et à sa bande de joyeux lurons, cet homme était vêtu de noir. Il portait un pourpoint en velours aux manches étroites, boutonné très haut, bordé d'un liseré légèrement argenté. Ses bas et ses bottes étaient noirs, eux aussi. Un onyx serti dans une monture d'argent pendait à son oreille au milieu de ses boucles sombres.

Était-il un mirage, un esprit venu l'emporter dans l'au-delà ? Car il ne pouvait qu'être Hadès, le sinistre roi des Enfers.

Lorsqu'il lui sourit, elle comprit qu'il n'était pas une illusion. Il était au contraire tout ce qu'il y avait de plus réel.

— Nous nous sommes déjà rencontrés, *signor*, dit-elle d'une voix rauque. Vous m'avez rendu un grand service aujourd'hui.

— Je n'ai fait que ce que n'importe quel gentilhomme aurait fait pour une dame. Pardonnez-moi, *signorina*, mais je croyais connaître tous les artistes de Florence, dit-il en lui adressant un demi-sourire qui ne fit qu'accroître sa beauté et son mystère. Or seule une artiste peut se laisser captiver à ce point par des pinceaux.

— Qu'est-ce qui vous fait croire que je suis une artiste ? demanda Isabella, intriguée. Je pourrais être l'assistante d'un artiste venue chercher des pigments ou du matériel.

— Une servante extrêmement dévouée, alors.

Il désigna la main d'Isabella. Elle baissa les yeux et vit qu'il regardait les traînées de fusain sur sa peau, qu'elle n'avait pas réussi à effacer complètement malgré le bain pris avant de partir de chez Caterina.

Elle émit un petit rire et enfouit sa main dans les plis de sa jupe. L'esprit vengeur de leur première rencontre avait disparu pour laisser place à un homme léger et plein d'humour. Confuse, Isabella se sentit prise de vertiges.

— Je ne suis qu'une amatrice, *signor*, même si j'espère en apprendre plus pendant mon séjour ici.

— Et qu'espérez-vous apprendre ? De meilleures choses que celles qui sont survenues à votre arrivée, j'espère.

Il s'appuya contre la cloison, les bras croisés. Il la regardait attentivement, comme mû par une véritable curiosité.

Il la mettait mal à l'aise, avec ses yeux d'un vert infiniment profond qui lui coupaient le souffle. Elle tourna la tête vers les pinceaux posés sur la table, mais elle sentait toujours son regard peser sur elle. En effet, que voulait-elle donc apprendre ? Tout, avait-elle envie de crier. Tout ce que le *Signor* Botticelli savait, tout ce qu'il pourrait lui enseigner, afin qu'elle puisse capturer la beauté de cet homme sur une toile et ne jamais la perdre.

— J'ai envie de…, bafouilla-t-elle avant de s'interrompre, soudain chancelante.

Ce tourbillon d'images et d'odeurs lui donnait le tournis, de même que la présence grisante de cet homme. Il n'avait fait que lui adresser quelques mots et, pourtant, elle se sentait dangereusement fasciné par lui. Elle posa une main sur son front fiévreux.

— Seriez-vous fatiguée par votre voyage à Florence ? demanda-t-il.

Toute trace d'amusement et de sourire avait disparu. Il fit un pas vers elle et s'approcha si près qu'elle pouvait sentir son parfum léger et chaud d'eau de Cologne citronnée. D'instinct, elle fit un pas en arrière et il s'arrêta.

— J'étais déjà fatiguée quand ma cousine a insisté pour que je l'accompagne ici, répondit-elle en le regardant du coin de l'œil.

C'était le moyen le plus sûr pour elle de l'observer.

— C'est un long voyage et je ne suis pas habituée à parcourir de telles distances, expliqua-t-elle. Et puis, vous savez ce qui s'est passé lorsque je suis arrivée ici. Pourtant, lorsque j'ai franchi les portes de Florence et que j'ai vu tout ce que contenait cette merveilleuse ville, ma fatigue s'est aussitôt dissipée. Tout est si étonnant, et si différent de ce qu'il y a chez moi. J'ai peut-être un peu présumé de mes forces en venant dans cet atelier à peine arrivée à Florence, sans prendre le temps de me reposer.

Elle ignorait pourquoi elle se confiait ainsi à lui, un parfait étranger. Peut-être avait-il le pouvoir de jeter des sorts et de la faire parler. Mais il se contenta de lui sourire doucement.

— Vraiment, *signorina*, vous n'aurez pas le temps de vous sentir fatiguée à Florence.

— Vous avez raison.

Isabella se mit à rire et ressentit le désir fou et impérieux de tourbillonner sur elle-même, et de saisir quelqu'un, n'importe qui, pour le serrer dans ses bras et évacuer ce bonheur soudain qui gonflait si dangereusement sa poitrine. Et, surtout, elle éprouva un élan presque incontrôlable qui la jetait vers cet homme. Cet homme au regard inimaginable et à la beauté sombre qui ne ressemblait à personne qu'elle avait croisé dans sa vie.

— Je ne veux plus jamais dormir, de peur de passer à côté de quelque chose ! s'écria-t-elle. Je suis certaine que cette ville recèle plus de trésors que l'on ne peut en voir en une vie entière.

L'homme éclata d'un rire grave qui lui rappela les flambées de cheminée par les froides nuits d'hiver. Le vin épicé, la chaleur et la luminosité de l'été. Et ce, malgré ses vêtements noirs.

— Vous en avez déjà conclu tout cela, *signorina* ? Il faut toute une vie à la plupart d'entre nous pour saisir une minuscule parcelle de ce que recèle cette ville, et comprendre ce que tout cela signifie.

— Il est vrai qu'il me reste beaucoup de choses à apprendre. Mais je pense avoir eu le plus bel aperçu de Florence, dit-elle en ressentant le besoin de le taquiner un peu.

De le faire rire de nouveau.

Il pencha la tête sur le côté en la regardant avec curiosité.

— Le Ponte Vecchio ? Le dôme de la cathédrale ?

— Non, même si je suis certaine que tout cela est très beau. J'ai vu quelque chose que tout le monde, et surtout les dames, apprécierait.

— Vraiment ? demanda-t-il en haussant les sourcils.

— Oui. J'ai vu un vrai atelier d'artiste, là où se crée la beauté.

Et où la beauté, comme celle que cet homme possédait, ne faisait que se refléter.

Il rit de nouveau et elle l'imita à son tour.

— Alors, j'avais raison. Vous êtes une artiste.

— Pas une vraie artiste. Juste une amatrice.

Isabella songea aux peintures sur les murs de la chambre de Caterina.

— Je n'ai pas les goûts supérieurs de certains, mais j'aime l'art, en effet. D'aussi loin que remontent mes souvenirs, l'art est mon ami. Les couleurs, les traits, les formes, ils dansent dans mon esprit et ne me quittent jamais.

Elle rit nerveusement en réalisant qu'elle venait de confier ses pensées les plus intimes à cet Hadès. Quelque chose dans son regard semblait la pousser à se livrer. Elle se détourna de nouveau et fixa les pigments dans leurs flacons.

— Vous devez me trouver ridicule, *signor.* Je crains de manquer encore des manières du beau monde.

— J'espère que vous ne les aurez jamais, belle *signorina*, dit-il soudain avec ferveur.

Surprise, elle leva les yeux vers lui et croisa son regard sombre.

— Florence est remplie de dames raffinées, aussi dures que des diamants. Des dames qui gardent toujours pour elles ce qu'elles pensent. Qui rient avec une foule de précautions, et qui soupirent, mais qui ne disent jamais ce qu'elles aiment vraiment. Ou ce qui est vraiment vital pour elles.

— Et l'art est vital, murmura-t-elle, fascinée par son discours inattendu.

— Tout le monde ici parle d'art, en achète et en vend, mais qui sent vraiment son essence au plus profond de son âme ? Qui voit que c'est bien plus qu'une mode, plus qu'une beauté superficielle ? Plus que des intérêts politiques ?

— Oui, l'art est la vie, chuchota Isabella.

Et elle voyait à présent cette vie dans les yeux de cet homme, qui brillaient et pétillaient comme du bon vin.

— Exactement. Et vous pouvez la voir ici, si vous regardez bien.

Elle sentit quelque chose frémir en elle, comme un fil inconnu et vibrant qui la liait à cet étranger.

— Je pense en effet que…

— Isabella !

Caterina l'appela soudain, juste derrière la cloison.

— Où êtes-vous ? Nous devons bientôt rentrer !

— J'arrive, Caterina ! lança-t-elle en retour en se tournant instinctivement vers la voix.

Lorsqu'elle se retourna, son Hadès avait disparu. Il s'était évanoui comme s'il n'avait jamais existé. Elle crut même l'avoir imaginé et, pourtant, il flottait encore dans l'air un léger parfum d'eau de Cologne citronnée.

Qui était-il ? Le reverrait-elle un jour ?

— J'arrive, Caterina, répéta-t-elle.

Tandis qu'elle quittait son havre de paix derrière la cloison, elle eut l'impression d'être la femme de Loth. Tout son être la poussait à regarder derrière elle pour retrouver cet homme et lui parler encore.

Mais il n'y avait plus que le monde réel, et cette pièce remplie d'une myriade de couleurs et d'assistants affairés. Le paradis s'était fermé devant elle. Reverrait-elle un jour cet homme ? Caterina devrait certainement savoir de qui il s'agissait.

Se raccrochant à cette idée, elle se hâta de rejoindre sa cousine et ses amis turbulents et joyeux.

Orlando était dissimulé dans l'embrasure de la fenêtre. Il regarda la femme s'en aller. Un voile couvrait ses cheveux noirs et brillants et cachait une partie de son profil, mais il se souvenait exactement de son visage. Il revoyait la lueur d'émerveillement qui éclairait ses yeux écarquillés. La légère hésitation dans son sourire, qui, lorsqu'il s'épanouissait, lui rappelait un lever de soleil. Il fallait qu'il découvre qui elle était, d'où elle venait. Il devait certainement s'agir d'un monde très différent de l'univers sombre et mystérieux de Florence. Depuis qu'ils s'étaient quittés sur cette petite place, il ne pensait qu'à elle.

Il perçut un mouvement furtif dans l'atelier derrière lui, accompagné d'une forte odeur de peinture. Le *Signor* Botticelli se plaça à ses côtés et regarda à son tour dans la rue.

— C'est une jeune femme très intéressante, déclara l'artiste d'une voix songeuse. Elle semble en outre apprécier beaucoup l'art.

Orlando émit un petit rire narquois. Elle paraissait en effet l'apprécier, et mieux encore : elle était éblouie par ce qu'elle avait vu dans l'atelier.

— Qui à Florence n'apprécie pas l'art, mon ami ? Tous les Florentins n'en sont-ils pas amoureux ? Vous êtes d'ailleurs très occupé à décorer leurs chapelles et leurs *palazzi*.

— Ils le font uniquement pour impressionner leurs amis, répondit Botticelli en haussant les épaules. Mais éprouver un réel amour pour la beauté…

Orlando se rappela comment la jeune femme brune avait observé les pinceaux et les outils, avec une attention émerveillée que la plupart des Florentines réservaient aux velours, aux rubans et aux fanfreluches. Elle était vraiment fascinante.

— … est rare, conclut-il.

— Cette femme est elle-même une vraie beauté, répliqua Botticelli. Une beauté très singulière. J'aimerais peindre son portrait. Sans doute sous la forme d'Artémis à la chasse. Peut-être reviendra-t-elle ici bientôt. Dois-je vous prévenir lorsqu'elle le fera, *Signor* Landucci ?

Orlando leva les yeux vers l'artiste qui lui souriait, et eut soudain l'impression qu'il le taquinait gentiment, comme un jeune damoiseau épris d'une dame sans espoir d'être aimé en retour.

— Pourquoi feriez-vous une telle chose ?

— Vous l'appréciez, je me trompe ? Je ne vous ai pas vu regarder ainsi une dame depuis les beaux jours de la belle Lucretia.

Orlando regarda de nouveau dans la rue. La jeune femme brune était partie depuis longtemps, avalée par la foule des badauds qui se rendaient au marché leur panier sous le bras, des servantes transportant des ballots et des rouleaux de tissu, des mercenaires cherchant la bagarre et des moines en soutane.

Elle n'était plus là, mais il la voyait encore très distinctement dans son esprit. Ses cheveux noirs et brillants, ses grands yeux qui luisaient de plaisir tandis qu'elle tournait sur elle-même pour saisir toute la beauté qui l'entourait, comme si elle pouvait l'absorber et la faire sienne.

Il vivait depuis si longtemps au milieu du cynisme de Florence, des regards méfiants, des commérages et des querelles de famille que son émerveillement l'avait balayé comme la plus douce des brises d'été pour chasser la laideur du quotidien.

Il désirait lui parler encore, la regarder, la voir sourire, et découvrir si sa peau tannée par le soleil était aussi douce qu'elle en avait l'air.

— Comme vous dites, murmura-t-il, elle est singulièrement jolie. Vous devriez la peindre sous les traits d'une nymphe de la forêt.

— Excellente idée, répondit Botticelli. Une nymphe sombre et mystérieuse, se fondant dans l'ombre des arbres. Dois-je vous prévenir lorsqu'elle viendra poser pour moi, mon ami ?

Orlando tourna le dos à la rue animée, les bras croisés sur sa poitrine.

— Commencez plutôt par me donner son nom et me dire ce qu'elle est venue faire à Florence.

— Elle s'appelle Isabella, déclara aussitôt Botticelli. C'est la cousine de la sublime Caterina Strozzi, qui était ici avec elle.

Les Strozzi. Orlando se figea, et toutes ses belles pensées de séduction furent chassées par un frisson d'effroi.

— C'est la cousine de Matteo Strozzi, dit Orlando platement.

Botticelli, qui ignorait tout du passif d'Orlando et de la famille Strozzi, haussa les épaules.

— Certainement, mais le *Signor* Matteo m'indiffère au plus haut point. Contrairement à sa jolie sœur, il ne se soucie pas de culture ou de beauté. Espérons que la *Signorina* Spinola ressemble à sa cousine Caterina.

Orlando savait que la jeune femme n'avait rien à voir avec les actes épouvantables de Matteo Strozzi. Elle était juste venue à Florence en visite et ses yeux brillaient d'innocence. Une innocence qui l'avait conduite au-devant de si graves ennuis lors de leur première rencontre. Mais elle était une parente de Matteo, elle était de sa famille et, à Florence, cela faisait d'elle une ennemie d'Orlando.

Pourtant, il avait toujours envie de revoir cette mystérieuse Isabella. Bien plus qu'il ne voulait se l'avouer. Quoi qu'il fasse, il était damné.

Chapitre 4

Le drap qui cachait la peinture était sur le point de tomber. Isabella voyait le bord du tissu voleter au vent, aussi séduisant qu'un voile de femme brodé de pierres précieuses. Son cœur se mit à s'emballer d'impatience. Immobile, elle ne pouvait plus ni respirer ni bouger. Quelque chose de capital allait être dévoilé, elle le savait. La tension qui faisait vibrer son corps entier était à la limite du supportable.

Elle avait l'impression de se tenir devant un trône divin, et que toutes les vérités allaient lui être révélées, toutes les beautés et toutes les joies du monde. Bientôt, elle les posséderait à son tour et oublierait ses tourments.

Soudain le drap voleta, comme soulevé par une grande bourrasque hivernale, et lui donna l'espace d'un instant un aperçu des couleurs éclatantes qu'il cachait : du jaune, du vert, du blanc, du bleu lumineux et du rouge vif. Puis, à son grand désespoir, il retomba de nouveau.

Pourquoi tout lui semblait-il si lointain à présent, alors qu'il était si proche ! Peut-être pourrait-elle tendre la main et arracher le drap, une bonne fois pour toutes ? Oui, voilà ce qu'elle allait faire. Hors de question de passer à côté de ce secret qui, elle le sentait, recelait la clé du bonheur de sa vie. Mais le sol sous ses pieds, un sol froid en marbre gris, se déroba, l'éloignant de ce qu'elle cherchait à atteindre si désespérément.

Isabella saisit à pleines mains l'ourlet de sa jupe pour dégager ses pieds et partit en courant vers l'objet de sa convoitise. Mais soudain, elle glissa, chancela, et se rendit compte qu'il était plus loin que jamais. Il semblait s'éloigner de seconde en seconde, et elle était impuissante. Ses chaussures collaient au sol en marbre. C'était comme si un étau s'était refermé autour de ses chevilles. Sa robe, taillée dans un lourd et élégant brocart argenté, pesait de plus en plus lourd et l'attirait vers le sol, comme une noyée est entraînée au fond de l'eau par les tissus de ses atours imbibés d'eau mortelle.

Tout autour d'elle, elle entendit s'élever un concert de murmures. Au début, ils étaient doux et séduisants comme une brise d'été. Puis ils se mirent à enfler jusqu'à se muer en rugissements rauques et en hurlements sauvages qui lui déchiraient les oreilles. Pourtant, elle ne distinguait aucun mot, n'en comprenait pas le sens. Leurs phrases ne ressemblaient à aucune langue humaine qu'elle connaissait. Mais c'étaient des voix d'hommes et de femmes, mêlées aux pleurs d'un enfant.

Elle tenta de se boucher les oreilles pour leur échapper, mais ne parvenait pas à lever les mains. La peinture recouverte d'un drap ne formait plus qu'une petite tache, à l'autre bout de la pièce glaciale.

Soudain, ses jupes la libérèrent et elle se mit à courir aussi vite qu'elle le pouvait pour échapper aux murmures et au rugissement du vent. Elle s'approcha du tableau, s'empara du drap et l'arracha enfin de la peinture.

— Non ! cria-t-elle.

Elle trébucha et tomba en arrière sans pouvoir quitter des yeux ce qu'elle venait de découvrir.

Ce n'était pas la beauté qu'elle avait espéré trouver qu'elle avait sous les yeux, mais un Minotaure, mi-homme, mi-taureau, énorme, noir, monstrueux, avec des yeux rouges et brillants. Menaçants. Tandis qu'Isabella le regardait, horrifiée, une patte griffue jaillit du tableau et le Minotaure fonça vers elle à travers la pièce, laissant dans son sillage une traînée de flammes.

Mais son visage… Son visage était beau. C'était celui de Hadès, son inconnu.

— Non ! hurla Isabella en se redressant d'un bond dans son lit.

L'espace d'un instant, elle ne sut plus où elle était, ni ce qui lui arrivait. Il lui semblait que la main griffue essayait encore de s'emparer d'elle. Elle frissonna de tous ses membres et se mit à trembler, tout en se frottant les yeux de ses doigts froids et engourdis…

Elle prit une profonde inspiration pour se calmer, puis une autre, jusqu'à ce que les murmures qui peuplaient sa tête meurent doucement et finissent par se taire et qu'elle prenne conscience des véritables bruits qui l'entouraient.

Elle ne se trouvait pas dans une chambre glaciale. Elle n'était pas cernée par les flammes ni poursuivie par un monstre. Elle était dans sa nouvelle et luxueuse chambre à coucher, confortablement installée au milieu d'un lit immense fermé par des tentures en brocart bleu nuit. Les couvertures étaient froissées et entortillées autour de son corps, et les oreillers enfouis sous un enchevêtrement de coton et de velours.

Elle avait de nouveau fait un cauchemar, comme lorsqu'elle était enfant et que sa mère lui manquait au point que la douleur provoquait en elle des rêves atroces.

Pourquoi revenaient-ils la hanter ?

Encore tremblante, elle se mit à rire nerveusement.

Ce n'était qu'un cauchemar, qui était probablement dû à ce qui lui était arrivé à son arrivée à Florence. Il avait été engendré par les moments terrifiants qu'elle avait vécus juste avant que Hadès vole à son secours et qu'il la plonge dans une confusion encore plus grande lorsqu'il était réapparu, sans crier gare, là où elle s'y attendait le moins.

Elle s'était juré de ne jamais aimer personne comme son père avait aimé sa mère. Ce genre d'amour ne pouvait que lui apporter du chagrin. Du chagrin et des cauchemars.

— *Signorina ?* entendit-elle appeler.

Surprise, Isabella sursauta. Mais ce n'était que Mena qui venait de tirer les tentures de son lit à baldaquin. Sa fidèle et forte Mena, déjà habillée pour la journée, avec sa robe grise et sa coiffe blanche. Elle tira également les rideaux aux fenêtres et laissa entrer la lueur gris-rose qui précédait le lever du soleil à Florence.

— Vous vous sentez bien, *signorina* ? demanda Mena, les sourcils froncés par l'inquiétude. Vous avez crié. Avez-vous fait encore un mauvais rêve, comme lorsque vous étiez enfant ?

Isabella se refusa de donner raison à Mena et de lui avouer que les cauchemars de son enfance étaient revenus la hanter. Sa servante ne manquerait pas d'y trouver un prétexte à regretter leur venue dans la grande ville.

— Il est toujours difficile de se faire à un nouveau lit, je pense. Je dormirai mieux ce soir. As-tu bien dormi, Mena ?

Mena renifla dédaigneusement en commençant à tirer les draps défaits.

— Ces domestiques florentines ! se plaignit-elle. Elles

bavardent comme des pies. Je n'ai pas réussi à trouver un moment de repos.

— Peut-être devrais-tu dormir ici, à mes côtés, suggéra-t-elle. Il y a un lit gigogne…

— Pour être réveillée toutes les heures par vos mauvais rêves ? Non, merci, *Signorina* Isabella.

Mena tapota les oreillers.

— De quoi s'agissait-il, cette fois ? demanda la servante en la regardant d'un air inquisiteur.

Isabella lui tourna le dos. Elle n'avait pas envie d'en parler. Elle ne voulait pas évoquer la chambre froide en marbre, les murmures, le monstre qui avait le beau visage de Hadès. Tout lui paraissait si ridicule maintenant qu'elle était réveillée. Et pourtant, ce cauchemar était vraiment terrifiant.

— Je te l'ai dit, Mena, répondit-elle d'un air désinvolte. C'est juste à cause de ce lit.

Mena se contenta de grommeler, mais elle ne parut pas convaincue. Cependant, elle n'insista pas. Elle posa un plateau sur les genoux d'Isabella et lui tapota gentiment la main.

— Mangez votre pain et buvez votre bière. La nourriture de cette maison est trop riche, trop épicée, vous n'en avez pas l'habitude. Vous avez besoin d'un repas simple et nourrissant, voilà ce qui vous permettra de bien dormir.

Isabella rit de bon cœur. Mena était si prévenante avec elle.

— Je sais que tu penses que nous aurions dû rester chez nous, Mena, mais je te promets que tu vas te plaire ici, une fois que tu te seras habituée à cette ville.

— Mon petit agneau, dit Mena en caressant les cheveux d'Isabella, comme elle le faisait quand celle-ci était enfant et qu'elle faisait des cauchemars. Je sais bien qu'il n'y avait rien pour vous retenir dans la maison de votre père. Mais je ne peux pas m'empêcher d'avoir peur pour vous ici. Ces gens…

Isabella frissonna de nouveau en songeant à son mystérieux Hadès.

— Que veux-tu dire ?

— Les domestiques parlent toujours beaucoup trop, répondit Mena en secouant tristement la tête. Ce ne sont que des commérages, des rumeurs, mais vous devriez vous tenir sur vos gardes. Cet endroit est loin d'être simple. Il existe tant de vieilles querelles dans cette ville, d'intrigues, d'histoires d'amour, tant de…

Des querelles, des histoires d'amour, des alliances et des secrets. Oui, Isabella l'avait senti, la vie à Florence ne pouvait pas être simple. Il devait être facile de s'y perdre.

— Comme dans un labyrinthe, dit Isabella en pensant à voix haute.

— Un labyrinthe ? répéta Mena sans comprendre.

— Je ne me perdrai pas, Mena, ne t'inquiète pas pour moi, dit Isabella en songeant au Minotaure de son rêve. J'ai mon fil d'Ariane.

— Oh ! mon petit agneau, dit Mena en riant et en secouant la tête. Écoutez-vous parler. Vous êtes bien la fille de votre père.

— Vraiment ?

De l'opinion générale, elle ressemblait à sa défunte mère et elle se raccrochait sans cesse à cette idée, tout en la redoutant.

— Mangez votre pain. Vous avez besoin de forces. Vous êtes trop maigre.

— C'est la mode d'être mince, ici.

Isabella prit une petite bouchée de pain et regarda

Mena plier des vêtements pour les ranger dans le coffre sculpté. Au moment où elle tendait la main vers son verre de bière, la porte s'ouvrit en grand et une servante entra dans la pièce sans y avoir été invitée, les bras lourdement chargés d'une imposante robe flambant neuve.

— Bonjour, *signorina*, dit-elle avec une petite révérence et un hochement de la tête. J'ai un message de la *Signorina* Caterina.

— J'espère que ma cousine va bien ce matin, dit Isabella en finissant de manger son pain.

— Très bien, *signorina*, mais elle vous prie de l'excuser. Elle a un peu mal à la tête et ne peut pas se lever. Elle vous verra ce soir, au dîner. Le *Signor* Matteo est déjà parti pour la journée.

Isabella fronça les sourcils en se rappelant l'air pâle et les yeux fatigués de sa cousine lorsqu'elle s'était retirée la veille, après leur visite à l'atelier du *Signor* Botticelli.

— Ne devrais-je pas me rendre à son chevet ? demanda-t-elle.

La servante secoua la tête et la robe qu'elle avait dans les bras bruissa.

— Ces migraines finissent toujours par disparaître, précisa la jeune fille. Ma maîtresse a dit qu'il ne fallait pas reporter les loisirs que vous aviez prévus aujourd'hui. Vous pouvez sortir sans elle. Elle se portera bientôt mieux. Elle vous envoie cette robe en attendant que les marchands de tissu et les tailleurs viennent s'occuper de vous. Ils arriveront demain.

— *Grazie*. Dites à Caterina que j'irai la voir bientôt, dit Isabella.

Mena prit les vêtements des mains de la jeune fille et la raccompagna jusqu'à la porte dont elle ferma les lourds battants derrière elle.

— Eh bien, Mena, murmura Isabella. Que penses-tu de tout cela ? Comment trouves-tu cette robe ? Elle ne ressemble en rien à celles que je mets d'ordinaire ! Ce n'est sûrement pas la tenue d'une campagnarde…

Mena lissa la nouvelle robe d'une main prudente. Il s'agissait en effet d'un modèle sophistiqué, en taffetas bleu crème à rayures, orné de galons dorés et de manches à crevés. Elle n'avait jamais rien vu d'aussi raffiné et élégant.

— Je pense qu'il faut que vous fassiez attention à ne pas vous attirer des ennuis avec vos jolies robes et une journée entière pour vous.

Isabella rit de bon cœur. Elle ne connaissait qu'une seule chose capable de lui ôter ses doutes et ses peurs : le travail.

— Comme tu me connais bien, dit-elle en prenant la vieille femme dans ses bras. Je sais effectivement où je vais aller aujourd'hui, pour éviter les ennuis…

Chapitre 5

— *Pesce ! Pesce !* Le poisson le plus frais de Florence, tout juste pêché de ce matin…

— Des rubans, *signorina* ! Les plus beaux rubans de soie du marché. Vous en aimeriez peut-être un rouge pour aller dans vos beaux cheveux noirs ? Venez rehausser votre beauté à mon étal !

— Non, *signorina*, ne l'écoutez pas ! C'est moi qui vends les plus beaux rubans. J'en ai des bleus, des verts, des mordorés ! Regardez ceux-ci, ma jolie demoiselle, ils sont cousus de fils d'or…

Isabella se mit à rire et secoua la tête en entendant les cris des marchands qui se chamaillaient pour attirer son attention. Depuis son arrivée en ville, elle les voyait partout. Elle les chassa et continua son chemin, agréablement seule.

Pour pouvoir se promener sans entraves, elle avait laissé le page de Caterina, qui l'escortait, jouer aux dés avec ses amis. Elle ne pouvait pas se permettre de se laisser distraire à présent par des fanfreluches et des bibelots, même si elle commençait à comprendre qu'il allait falloir qu'elle s'y intéresse dans une ville comme Florence.

Aujourd'hui, elle avait un objectif plus important en

tête, et peu de temps devant elle car, bientôt, Caterina quitterait sa chambre et ne manquerait pas de la solliciter.

Isabella songea à son sommeil agité de la nuit dernière. Son rêve avait été interrompu par des visions de son bel Hadès. Tout en marchant, elle se demanda qui était vraiment cet homme. Où vivait-il ? Le reverrait-elle bientôt ? Mais elle ne voulait pas se laisser distraire. D'après ce qu'elle savait de cette ville, les livres qu'elle avait lus et les quelques récits auxquels elle avait prêté l'oreille, les histoires d'amour cachaient ici une foule de mystères et de dangers.

Le Mercato Vecchio était envahi d'étals où s'amoncelaient des ballots de soie brillante. Les boulangers attendaient le chaland derrière leurs miches de pain frais et des gâteaux couverts de sucre et d'alléchants fruits confits. Des pyramides de légumes et de fruits frais tout droit venus de la campagne complétaient ce tableau. Des tanneurs, des libraires, des fabricants de bougies et des marchands de vêtements d'occasion venaient ajouter leurs voix aux contre-notes des servantes et des valets. Tout lui paraissait frais et nouveau en cette heure matinale, y compris le chant joyeux des oiseaux qui lançaient leurs premiers trilles.

Isabella se fraya un chemin à travers ce labyrinthe lumineux. Son objectif était en vue. Il s'agissait d'une échoppe couverte d'un auvent qui se dressait derrière les couleurs mouvantes d'un marchand de plumes. La foule qui s'y pressait était comme une invitation à s'approcher.

Peut-être ne savait-elle pas déchiffrer tous les méandres de la société florentine. Peut-être ne comprenait-elle pas les désirs sourds et les secrets que Hadès avait éveillés en elle lorsqu'il lui avait souri. Mais ce qu'elle avait devant elle, à présent, elle le connaissait. Et cela la rendait plus sûre d'elle et plus forte.

En s'approchant, elle distingua des bouquets de pinceaux de toutes les tailles ainsi que des fusains bien rangés dans leurs boîtes. Des flacons en verre renfermaient des paillettes de minéraux et de la teinture. Tout ce qu'un artiste pouvait désirer, tout ce qu'elle avait tant de mal à se procurer à la campagne, se retrouvait réuni en un seul lieu. Elle avait du mal à en croire ses yeux.

Quelques clients se pressaient déjà devant l'échoppe, principalement de jeunes apprentis vêtus de blouses maculées de taches et les mains noircies. Le marchand était déjà bien trop occupé pour lui prêter le moindre intérêt. Isabella, sentant sa bourse légère accrochée à sa ceinture, comprit que les tentations seraient grandes et qu'il lui faudrait faire attention à ses dépenses.

Elle étudia une solution de pigments d'insectes écrasés qui permettait d'obtenir des couleurs riches et sombres. Assez sombres pour restituer la nuance des cheveux de Hadès… C'était un noir brillant qui contrasterait avec l'éclat argenté de Perséphone lorsqu'il la prendrait dans ses bras…

Non, songea-t-elle en secouant la tête pour ne plus penser à lui. Ils avaient à peine fait connaissance et n'avaient échangé que quelques mots. Elle ignorait tout de lui. Pourquoi pensait-elle à lui maintenant ? Pourquoi son beau visage l'obsédait-il à ce point, au point d'en rêver la nuit, et d'en faire des cauchemars ?

Elle craignait pourtant de connaître la réponse, car il éveillait en elle une fascination dangereuse qu'elle peinait à oublier, tout en n'étant pas tout à fait certaine qu'elle le désirait vraiment.

Isabella effleura du bout des doigts un pinceau très doux

aux poils de soie. Tandis qu'elle tournait son attention vers des cadres en peuplier, elle aperçut soudain une silhouette dans la foule, juste derrière les tentures de l'échoppe. Une forme sombre se détachait au milieu de la clarté du marché.

Isabella retint son souffle, certaine de se faire des idées et d'être victime de son imagination.

Non, son Hadès ne pouvait pas être au marché à cette heure, justement au moment où elle s'y trouvait.

Elle se hissa sur la pointe des pieds pour regarder par-dessus le paravent de l'échoppe tout en retenant son souffle. La vision avait disparu. Si Hadès s'était trouvé là, il avait été avalé par la foule. Pourtant, elle avait toujours un sentiment étrange. Elle avait soudain chaud et même la lumière du jour lui paraissait plus vive.

Toujours sur la pointe des pieds, elle balaya rapidement les allées du regard. Elle savait que le chercher ne servirait à rien. Même s'il était là, mieux valait se cacher dans l'échoppe jusqu'à son départ. Elle ne savait rien de cet homme et les dames florentines n'étaient pas censées parler à des étrangers. Il ne fallait pas qu'elle se laisse distraire par son bel inconnu et qu'elle se détourne de son art ou de sa famille.

Pourtant, elle éprouva un étrange vide et une grande déception à l'idée qu'il ait pu disparaître aussi vite de sa vie. À condition qu'il ait jamais été là et qu'il ne soit pas le fruit de son imagination fertile.

— *Signora*, en quoi puis-je vous aider ? dit soudain une voix derrière elle.

Surprise, Isabella pivota et découvrit le marchand qui l'observait. C'était un homme de petite taille, un peu enveloppé, à la calvitie naissante. Il portait un pourpoint brun et un tablier taché d'ocre. Isabella devina en lui un homme au caractère drôle et enjoué.

Il la regardait pourtant d'un air un peu méfiant et Isabella se rappela qu'elle était une étrangère dans cette ville. Cela devait se voir, sans doute.

— *Signora ?* demanda-t-il de nouveau sans la quitter des yeux. Avez-vous été envoyée par quelqu'un pour faire une course ?

— Je..., dit Isabella.

— Cette dame vient certainement acheter des pigments pour son propre usage, *Signor* Rastrelli, répondit une voix grave et douce comme du velours, légèrement amusée.

Cette voix ! C'était celle à laquelle elle avait pensé un peu trop souvent depuis la nuit dernière.

— Elle est elle-même une artiste, une amie du *Signor* Botticelli et une parente de Caterina Strozzi, poursuivit la voix.

Isabella regarda derrière elle et, à sa grande stupéfaction, découvrit son Hadès. Il avait disparu dans la foule pour réapparaître soudain devant elle et, à cet instant, elle crut vraiment qu'il était le dieu des Enfers.

Isabella sentit son cœur s'emballer en croisant son regard d'un vert pâle comme l'océan et qui semblait lire en elle bien plus de choses qu'elle ne voulait en dévoiler.

Elle lui sourit timidement, mais fut heureuse de ne pas avoir à parler tant sa gorge était nouée.

— *Signora ?* demanda le marchand d'un air affable. Toute la méfiance de ce dernier avait disparu, remplacée soudainement par l'espoir de gagner une nouvelle cliente, apparentée en outre à une famille respectable et puissante de la ville.

— Vous êtes une élève du grand Botticelli ? ajouta-t-il avec une nuance de respect dans la voix.

Isabella regarda son Hadès en plissant les yeux. Il lui décocha un sourire encourageant.

— Non, pas une élève, corrigea-t-elle. Je ne suis qu'une amatrice d'art, une simple artiste qui aime dessiner. Mais j'ai en effet besoin de quelques fournitures.

— Vous avez peut-être besoin de pigments écarlates, *signora* ? demanda le marchand, soudain très enthousiaste. Ou bien du lapis-lazuli, pour peindre la robe d'une Madone ? Je viens tout juste d'être livré ce matin des meilleurs pigments.

— Oh ! laissa échapper Isabella tandis que l'homme lui tendait une petite boîte contenant un précieux bloc de couleur bleue.

Elle n'osait même pas y toucher tant elle était fascinée. Sentant le regard de son Hadès peser sur elle, elle s'empourpra vivement. Elle avait envie de se détourner pour l'empêcher de voir son trouble et de lire dans ses pensées, mais sa fierté l'en dissuada.

Non, elle ne voulait pas lui faire le plaisir de se comporter en provinciale stupide. Elle croisa doucement les mains devant elle et garda la tête droite.

— Il ne me faut que quelques fusains, *signor*, déclara-t-elle. Et aussi deux de ces pinceaux. Je reviendrai plus tard vous passer d'autres commandes, en fonction de mes besoins.

Tandis que le marchand emballait ses achats, Isabella parcourut nonchalamment des yeux les autres marchandises. Mais elle avait du mal à se concentrer comme avant sur l'étal. Tout son être était absorbé par l'homme à la beauté troublante, debout derrière elle.

— Vous allez étudier avec Botticelli pendant votre séjour ici ? s'enquit son Hadès.

— Non, répondit Isabella en secouant la tête. Je vais

être beaucoup trop occupée avec ma cousine pour passer du temps à peindre.

— Caterina Strozzi ? demanda-t-il.

Sa voix était maintenant étrangement tendue.

Surprise, elle leva les yeux vers lui et il lui rendit son regard. Son beau visage si finement ciselé était indéchiffrable.

— Vous la connaissez ?

Il lui sourit brièvement et toute tension disparut.

— Tout le monde à Florence connaît la belle Caterina. Je suis même étonné qu'elle supporte d'être éclipsée par une cousine aussi jolie que vous. Si elle avait plus de sagesse, elle vous aurait tenue à l'écart de Florence aussi longtemps que possible pour ne pas risquer la concurrence d'une si belle demoiselle.

Isabella rit de cette franche flatterie.

— Je possède un miroir, *signor*. Je sais donc deviner le faux dans de si belles paroles. Vous devriez lire Pétrarque et trouver un langage plus convaincant.

Il émit à son tour un petit rire triste, puis il secoua doucement la tête et le soleil fit luire des reflets bleutés dans ses cheveux noirs et brillants.

— Il est vrai que je ne suis pas poète. Je ne peux parler que de ce que je vois. Votre cousine est une célèbre beauté florentine, mais, d'après mon expérience, ce genre de beauté se fane très vite.

Il tendit la main vers Isabella et passa légèrement un doigt le long d'une longue mèche de cheveux qui s'était échappée du filet de sa coiffe.

— Tandis que la beauté de la nuit ne fait que croître à mesure qu'elle se cache.

Isabella frémit à son contact. Elle mourait d'envie de se lover sous sa caresse comme un chat, mais elle s'écarta vivement. Elle attendait de voir ce qu'allait faire ensuite cet homme si imprévisible.

De même qu'elle brûlait de croire en ses vaines paroles, même s'il était dangereux de le faire.

Bientôt, le marchand revint vers elle avec ses achats et Isabella se sentit soulagée de la distraction qu'il lui offrit. Mais Hadès resta avec elle lorsqu'elle quitta l'échoppe.

Elle avait une conscience aiguë de sa présence à ses côtés. Le marché n'était plus aussi bondé à présent et les denrées diminuaient sur les étals à mesure que le soleil montait dans le ciel. Le page de Caterina était introuvable.

Isabella était tellement bouleversée qu'elle ne savait plus où aller.

L'homme parut sentir son indécision.

— Me permettez-vous de vous raccompagner chez vous, *signorina* ? Les rues de Florence peuvent être très dangereuses pour ceux qui ne les connaissent pas, vous vous en souvenez ?

Isabella se mit à rire. Oui, elle acceptait qu'il l'accompagne, même si elle désirait aussi se libérer du trouble qui l'assaillait dès qu'il s'approchait un peu trop près d'elle.

— Vous seriez prêt à me sauver de nouveau ? demanda-t-elle, curieuse. Ces rues sont inquiétantes, c'est le moins que l'on puisse dire, effrayantes même. Mais elles sont aussi terriblement belles, je pense.

Isabella protégea ses yeux de la lumière violente et chaude du soleil, puis observa les tuiles rouges des toits hauts et pentus qui tranchaient avec les murs blancs des maisons et le bleu vif du ciel. Elle distinguait au loin le dôme de Brunelleschi, avec ses motifs rouge foncé et jaunes et son globe en cuivre doré.

— Vivez-vous ici depuis longtemps, *signor*, pour connaître si bien ces rues ?

— Oui, depuis très longtemps, répondit-il en fronçant les sourcils. Je les connais bien. Mon véritable foyer se trouve dans les collines, autour de la villa de ma famille, mais je serai heureux de vous servir de guide et de vous faire découvrir d'autres beautés de Florence aujourd'hui, si vous me le permettez.

Isabella rit de bon cœur. Elle savait très bien qu'elle serait mal avisée de suivre un homme comme lui. Elle avait beau être provinciale, elle n'était pas stupide. Elle venait tout juste d'arriver dans cette ville et elle était loin d'avoir des repères.

Elle se sentait grisée, presque ivre face à tant de beauté et de frénésie, et toutes ces couleurs, ces senteurs et ces bruits lui montaient à la tête. Oui, elle était étourdie par les mystérieuses intrigues qu'elle devinait dans les yeux de cet homme. Mais elle ne pouvait pas, elle ne devait pas se laisser emporter par la beauté envoûtante de ce regard.

Pourtant, une seule petite promenade ne pourrait pas lui faire de mal, n'est-ce pas ? La journée était si belle et cet homme l'intriguait tellement. Elle ne risquait pas grand-chose, en plein jour.

— Je veux bien marcher avec vous à condition que vous soyez un homme de confiance, *signor*, dit-elle en riant.

Puis elle prit un air plus mystérieux.

— Mais d'abord, j'ai une requête à vous soumettre.

Il pencha la tête sur le côté pour l'étudier en faisant légèrement la moue.

— Une requête, *signorina* ?

Son inquiétude l'incita à rire de plus belle. Elle était

certaine que bien des dames lui avaient fait des requêtes. Elle était même surprise de ne pas trouver une cohorte de femmes constamment derrière lui.

— Je me dois de vous demander votre nom, *signor*, dit-elle. Je ne peux pas continuer de vous appeler…

Aussitôt, elle comprit qu'elle venait de se trahir. Elle se mordit les lèvres pour retenir ses dernières paroles avant qu'il ne soit trop tard. Avant qu'elle ne lui dévoile ses fantasmes ridicules.

— Comment m'appelez-vous, madame ? demanda-t-il en haussant les sourcils, l'air amusé.

Isabella secoua la tête. Elle ne pouvait pas lui avouer qu'il lui rappelait Hadès, le ténébreux dieu des Enfers. Il aurait pu s'imaginer qu'elle voulait jouer à être sa Perséphone et qu'elle désirait qu'il l'emmène au royaume des ombres.

Isabella sentit ses joues s'enflammer et ramena sur son visage le voile fin de sa coiffe.

— J'ai l'âme d'une artiste, *signor.* J'avoue que dès que je rencontre de nouvelles personnes, j'essaie de me les imaginer comme des personnages de tableau. C'est tout. Je sais que c'est stupide, et je dois vous paraître bien naïve.

Il rit et son beau visage s'éclaira. Isabella se surprit à désirer le faire rire encore.

— Vous m'intriguez, dit-il.

D'autres clients entrèrent dans l'échoppe et il posa délicatement la main au bas de son dos pour la conduire vers le marché inondé de soleil. Sa main avait beau être aussi légère qu'une aile de papillon, elle sentait sa chaleur pénétrer à travers la laine et le tissu de sa robe. Imprégner et hérisser sa peau.

Ce contact la fit frémir.

— En qui me peindriez-vous ? demanda-t-il.

Il resta tout près d'elle tandis qu'ils se frayaient un chemin parmi les badauds. Le soleil chaud et ambré était monté encore plus haut dans le ciel.

Isabella haussa les épaules. Une peinture avait en effet commencé à se former dans sa tête, une œuvre faite d'ombres et de flammes, un trône des Enfers incrusté de bijoux, une grenade tendue comme le fruit de la tentation vers une jeune fille au teint pâle. C'était une scène élaborée qui dépassait de loin ses compétences, mais si elle pouvait se rendre dans l'atelier de Botticelli et regarder comment il travaillait…

Et surtout, ne pas être distraite par un homme comme celui qui se tenait à présent à ses côtés. La tâche s'annonçait difficile.

— Peut-être en bouffon de la cour, répondit-elle d'une voix légère en faisant un bond sur le côté pour laisser passer deux petits garçons qui poursuivaient en criant un pauvre chat égaré. J'ai entendu dire que les Médicis et les Pazzi aimaient en avoir dans leurs palais et les regarder jongler et faire des pirouettes entre leurs tables pendant les banquets. Si je devais peindre un dîner…

Elle haussa les épaules.

L'homme rit de nouveau et elle se sentit étrangement fière d'avoir provoqué cette joie. Elle avait l'impression qu'il riait rarement.

— C'est ce que vous pensez de moi ? Que je suis un bouffon ?

Isabella protégea ses yeux du soleil et fit semblant d'étudier attentivement son visage, même si, en réalité, elle le connaissait déjà beaucoup trop en détail. Les angles aigus de ses pommettes et de sa mâchoire, son nez droit, comme sculpté dans le marbre. La manière dont ses cheveux noirs tombaient sur son front.

— Je ne sais pas trop quoi penser, *signor*, alors que je ne connais même pas votre vrai nom.

Son rire s'affaiblit, mais il continua de lui sourire.

— Je m'appelle Orlando.

Seulement Orlando ? Isabella était certaine qu'il devait porter un nom prestigieux. Ses vêtements, bien que sombres, étaient taillés à la perfection dans les tissus les plus raffinés. Il marchait avec une assurance que seule une naissance de haut rang pouvait donner. Mais Orlando lui suffisait. Elle appréciait beaucoup trop leur petit jeu consistant à découvrir qui était qui pour y renoncer.

— Je m'appelle Isabella, dit-elle avec une petite révérence. Qu'aimeriez-vous me montrer d'abord de cette belle ville, Orlando ?

— Santa Maria del Fiore, bien sûr ! s'écria-t-il en lui prenant la main. Venez avec moi.

Isabella rit tandis qu'il l'entraînait à l'extérieur du marché. Il paraissait aussi excité qu'un enfant de lui montrer sa ville, et Isabella le trouva charmant. Son enthousiasme était contagieux.

Ils laissèrent derrière eux l'agitation et la foule du marché et bifurquèrent dans des rues plus calmes, plus étroites et plus sinueuses. Orlando offrit son bras à Isabella, qu'elle prit de bonne grâce. Elle tira son voile sur son visage afin qu'on ne les voie pas ensemble.

Mais personne ne paraissait leur prêter attention. Chacun était bien trop occupé à vaquer à ses propres affaires. Orlando la conduisit par les rues de la ville, qu'elle aima découvrir à travers ses yeux. Les bruits, les odeurs, les couleurs étaient si vifs, si vibrants qu'ils semblaient lui parvenir tous en même temps, éveillant ses sens. Isabella rêva de toutes les capturer dans un tableau.

De part et d'autre des rues sinueuses se dressaient, majestueux, les palais des grandes familles de Florence. Comme la demeure de sa cousine, ils se présentaient au monde comme de solides forteresses aux épais murs blancs, derrière lesquelles dormaient de véritables trésors. Des balcons occultés par des grilles surplombaient les rues et, de temps en temps, Isabella apercevait un visage pâle qui regardait dehors, éclair de féminité rapidement disparu accompagné d'un froissement et d'une ondulation de soies brillantes.

Mais, par-dessus tout, elle était consciente de l'homme qui se tenait à ses côtés. De la force de son bras mince et dur sous sa main, de la chaleur de son corps. De sa voix profonde lorsqu'il attirait son attention vers les monuments pour qu'elle apprenne leurs noms et leur fonction. De la façon qu'il avait de se pencher vers elle. De l'odeur fraîche et citronnée de son eau de Cologne. Isabella marchait dans un rêve. Elle aurait voulu que cette promenade et cette journée si parfaite ne s'achèvent jamais.

Ils passèrent devant le palais des Médicis, la plus grande demeure de la ville, et Isabella entendit les cloches d'une église sonner de plus en plus fort. Orlando l'emmena vers la Via Martelli et l'imposante cathédrale se dressa devant eux, avec son célèbre dôme ocre qui pointait fièrement vers le ciel.

Isabella s'immobilisa, frappée par sa beauté. Les murs en marbre aux motifs élaborés et les portes sculptées contrastaient avec la simplicité austère du dôme.

Elle sentit Orlando qui souriait en la regardant et elle

serra les lèvres pour ne pas rester bouche bée face à tant de beauté, comme une simple provinciale.

— C'est surprenant, vous ne trouvez pas, de voir tant de beauté juste sous nos yeux ?

Isabella ne put qu'acquiescer.

— J'avais déjà vu des dessins, dit-elle avec enthousiasme, mais j'avais du mal à imaginer que cela puisse être réellement aussi beau.

— Venez, vous devez absolument découvrir l'intérieur.

Isabella pénétra avec lui dans la cathédrale et ses yeux mirent quelques secondes à s'habituer à l'obscurité. Elle cligna les paupières et s'aperçut que l'intérieur du bâtiment n'était pas sombre du tout.

Des centaines de bougies et une multitude de vitraux diffusaient une vive lumière. Des rayons verts, rouges, bleus et violets étincelaient comme des joyaux sur le sol en mosaïque et le faisaient scintiller comme s'il était vivant.

Isabella frémit en sentant l'air frais qui descendait des voûtes. Orlando l'attira plus près de lui et, ensemble, ils parcoururent la nef.

Elle détailla les images des saints qui les contemplaient du haut des murs. Que devaient-ils penser de tout ce qu'ils voyaient et entendaient ? Le lieu était si grand, si vaste, qu'il paraissait presque vide, alors qu'en réalité une multitude de personnes passaient à côté d'eux.

Ils arrivèrent enfin au bout de la nef, à la croisée du transept, là où l'espace s'élargissait pour accueillir la lumière du dôme. Jamais elle n'avait rien vu de pareil. Elle avait l'impression qu'à tout moment, ils allaient s'élever vers le ciel. Et c'était Orlando qui lui avait fait ce présent.

— Aimeriez-vous découvrir un endroit secret ? murmura-t-il d'une voix légèrement amusée.

Elle pouffa puis le regarda dans les yeux. Les prunelles d'Orlando semblaient lui sourire et contrastaient avec son air de dieu des Enfers. Cet homme était une fascinante énigme pour elle.

— Voulez-vous dire qu'il existe quelque chose d'encore plus beau que tout ceci ? demanda-t-elle en levant les yeux vers lui.

— Venez avec moi.

Il prit sa main et l'entraîna de l'autre côté du grand autel, là où plusieurs dames priaient à genoux, leurs jupes en satin étalées autour d'elles. Perplexe et intriguée, Isabella le suivit dans un escalier étroit et sinueux, qu'ils gravirent d'un pas rapide et léger. Bientôt, Isabella, le cœur battant, se retrouva très haut au-dessus de la foule, sur un balcon désert réservé au chœur de l'église.

Isabella se pencha par-dessus la balustrade dorée et contempla les badauds qui se promenaient dans les allées, qui entraient et sortaient sans la voir des chapelles dédiées aux différentes familles.

De son perchoir, elle n'entendait que des murmures qui ressemblaient au clapotis de l'Arno sous les ponts. D'ici, le reste du monde lui paraissait très lointain. Elle était enveloppée par le silence et la beauté surnaturelle des fresques au-dessus de sa tête. En bas, la vie de la cathédrale continuait, s'agitait, sans prendre acte de leur présence.

Et pourtant, elle n'était pas seule. Orlando se tenait à côté d'elle, si près que sa manche en velours frôla presque la sienne lorsqu'il posa les mains sur la rambarde. Elle était douloureusement consciente de cette proximité, de la chaleur de son corps et de son parfum épicé.

Jamais elle n'avait rencontré un homme tel que lui. Il avait été si charmant en lui faisant visiter la ville, en lui montrant toutes ses beautés comme si elles lui appartenaient. Il l'avait fait rire et oublier à quel point sa nouvelle vie était parfois étrange. À quel point elle était seule, loin de chez elle, sans le moindre repère.

Mais ici, dans le silence aux parfums d'encens de l'église, elle se souvint pourquoi elle avait d'abord pensé à lui comme à un dieu ténébreux. Il contemplait le monde lumineux qui s'étalait sous leurs yeux d'une manière si solennelle et attentive, si pensive, comme si son esprit était très loin d'ici. Son corps mince et puissant était immobile, tendu, comme s'il attendait le signe d'un danger pour attaquer. Cette attitude lui rappelait la magnifique et dangereuse panthère noire aux muscles saillants qu'elle avait vue, un jour, dans une foire, et qui tournait en rond dans sa cage, à la fois prisonnière et menaçante.

Cette pensée la fit frémir.

Orlando la regarda et, l'espace d'un instant, il parut surpris, comme s'il avait oublié sa présence. Puis il lui décocha un sourire radieux et lumineux et se pencha encore plus vers elle.

— Eh bien, Isabella ? demanda-t-il à voix basse. Que pensez-vous du joyau de Florence ?

— C'est une beauté inégalable, bien sûr, répondit-elle lentement. Ces tableaux, ces vitraux, ce marbre, rien ne pourrait être plus somptueux. Même si je pense que les champs et les arbres du domaine de mon père sont tout aussi charmants.

— J'ai quelque chose devant moi d'encore plus charmant que tout ce que j'aurais pu imaginer, déclara-t-il d'une voix grave.

Isabella leva la tête vers lui, prisonnière de ses yeux extraordinaires. Elle vacilla et, à ce moment précis, Orlando l'enlaça et la serra contre son cœur. Et là, ce fut comme s'ils étaient seuls au monde. Soudain, Isabella se sentit apaisée, complètement en sécurité.

Elle passa les bras autour de sa taille et ferma les yeux. Orlando déposa un tendre baiser sur son front et elle sourit. Il rit doucement et effleura sa tempe du bout des lèvres, puis sa joue, laissant une traînée de feu partout où sa bouche caressait sa peau. Isabella frissonna sous l'ampleur du désir qui s'emparait d'elle et la faisait vibrer.

Enfin, enfin, il embrassa sa bouche. Une fois, deux fois, puis encore et encore, plus profondément, plus impérieusement. Il poussa un petit grognement et leur baiser s'embrasa.

Orlando la serra encore plus fort contre son torse puissant et dur. Leurs corps s'emboîtaient à la perfection, songea-t-elle avec bonheur, comme s'ils étaient faits l'un pour l'autre. Pour être ensemble.

Isabella se hissa sur la pointe des pieds et écarta les lèvres. Elle avait échangé quelques rares baisers dans sa vie avec des garçons de ferme, mais elle n'avait jamais rien ressenti de tel. Rien de si merveilleux et de si violent. La langue d'Orlando, légère et habile, joua légèrement avec la sienne avant de s'aventurer plus loin.

Isabella l'enlaça et le serra très fort, comme si ce rêve pouvait s'évanouir et qu'ainsi elle allait l'empêcher de disparaître. Mais il ne semblait pas vouloir la quitter. Orlando la souleva doucement contre lui et son baiser devint désespéré, fougueux et enivrant, rempli d'un désir qu'Isabella ignorait avoir en elle. Tout son corps était lourd et brûlant, réduit uniquement à la sensation fiévreuse des lèvres d'Orlando sur les siennes.

Soudain, un grand bruit résonna dans le sanctuaire juste en dessous d'eux et vint briser le charme qui la retenait si agréablement prisonnière. Isabella s'écarta vivement d'Orlando et tenta de reprendre son souffle sans détacher les yeux de lui. Il lui sourit, mais lui aussi semblait avoir du mal à respirer. Ses yeux étaient aussi sombres qu'une forêt d'hiver.

— Il… il faut que je parte, murmura-t-elle.

Elle se tourna vers la grande horloge au-dessus des portes de la cathédrale et s'aperçut qu'en effet il se faisait tard. Mais, si elle avait eu le choix, elle n'aura jamais quitté ce chœur.

Orlando acquiesça.

— Laissez-moi vous raccompagner chez vous, dit-il en lui tendant la main.

Sa voix était rauque et éraillée, et Isabella fut heureuse de constater que lui aussi paraissait ébranlé par leur baiser. Elle ne voulait pas être seule à vivre cette expérience, si indéfinissable soit-elle.

Isabella prit la main d'Orlando qui l'aida à descendre les degrés de l'escalier en pierre. Sur la dernière marche, il la souleva de terre et lui fit faire un demi-cercle dans les airs. Tout étourdie, Isabella rit de bon cœur. Cette journée était si magnifique !

— Vous devriez toujours rire ainsi, ma belle Isabella, dit-il d'un air grave.

Il la regarda droit dans les yeux tout en la laissant lentement glisser au sol.

— Il n'existe pas de musique plus parfaite dans cette ville, ajouta-t-il.

— Vraiment ?

Elle dut s'agripper fermement à ses épaules musclées pour ne pas tomber.

— Pourtant, Florence semble si joyeuse, souligna-t-elle. Ma cousine m'a dit qu'on y donnait des bals et des banquets tout le temps.

Orlando la serra contre lui quelques instants, un moment qui lui parut durer une éternité. Tandis qu'elle plongeait dans ses extraordinaires prunelles émeraude, elle eut l'impression de tomber dans une piscine d'eau chaude. Elle descendait et descendait encore, sans espoir de remonter à la surface. Et elle n'était pas sûre de vouloir en sortir.

Au fond de ces prunelles et pendant cet instant d'abandon, elle lut une foule de choses. Une immense tristesse, une lueur d'espoir et de l'incrédulité. Tout ce qu'elle-même ressentait à cet instant.

— Ne vous laissez pas tromper par les masques, Isabella, murmura-t-il contre son oreille. Ne vous laissez pas abuser par les apparences.

Son souffle chaud effleura doucement sa peau et elle frémit.

— Vous êtes une artiste, ajouta-t-il. Vous devez savoir mieux que quiconque ce qui se dissimule sous le vernis. La soie et le velours sont une piètre cachette. Mais vous êtes certainement assez fine pour le comprendre vous-même.

Ses mains longues et élégantes se refermèrent sur ses bras et l'obligèrent à se hisser sur la pointe des pieds. Elle posa les mains à plat sur son torse et sentit la chaleur de son corps et son cœur qui battait à une allure folle sous son pourpoint en velours et en cuir.

Soudain, des images lui traversèrent l'esprit, comme des traits de lumière. Elle revit le beau visage pâle de Caterina contre les tapisseries brillantes de sa chambre. Elle se rappela Giuliano de Médicis et ses charmants et turbulents amis, ainsi que la peinture de Botticelli, tout en élégance, en grâce et en lumière. Le rire joyeux de Matteo. Le dôme s'élevant très haut au-dessus de leurs têtes, vers les cieux. Les lèvres d'Orlando sur les siennes. Lesquelles de ces images étaient fausses ? À qui devait-elle faire confiance ? De quoi devait-elle se méfier ? Comment ne pas se perdre dans ce monde qui paraissait sans cesse à double tranchant ?

Soudain, elle se sentit bouleversée, comme si la piscine si chaude un instant auparavant s'était transformée en mer de glace et l'entraînait par le fond sans qu'elle puisse se débattre. Prise de vertiges, elle chancela.

Quelque part dans le sanctuaire, des éclats de rire résonnèrent sur le marbre et l'aidèrent à recouvrer ses esprits. Non, elle n'était pas prise au piège d'un rêve étourdissant. Elle se trouvait dans le vrai monde, un monde inondé de lumière, où elle était maîtresse de ses choix. Elle pouvait se libérer à tout instant.

Sa seule crainte était de ne pas le vouloir.

Isabella recula d'un pas et Orlando la lâcha. Elle tourna les talons en riant, laissant les ombres et la lumière de la vaste cathédrale glisser sur elle.

— Vous parlez par énigmes ! s'écria-t-elle. Est-ce que tout le monde ici s'exprime comme vous ? C'est un miracle que les conversations ne durent pas des jours et des jours.

— Isabella…, l'interrompit Orlando d'une voix soudain tendue.

— Isabella ! C'est vous ? tonna une autre voix, forte et joyeuse.

C'était celle de Matteo.

Elle fit de nouveau volte-face et découvrit son cousin qui avançait à grands pas vers elle. Il portait une cape à rayures violet et or qui voletait autour de lui. Il lui fit un signe jovial de la main. Mais, lorsqu'elle se retourna, elle réalisa qu'Orlando avait disparu.

Déconcertée, Isabella scruta la foule autour d'elle. Elle aperçut les amis de Caterina qu'elle avait rencontrés dans l'atelier de Botticelli. Elle vit des femmes vêtues de parures rouges, noires et argentées, des hommes avec des chapeaux à plumes, des prêtres en soutane. Mais aucune trace d'Orlando. Il s'était brusquement évanoui, comme s'il n'avait jamais été là.

Elle combattit l'étrange sentiment de solitude et de froid qui s'empara d'elle à mesure que son cousin s'approchait à grands pas. Pourtant, elle ne pouvait s'empêcher de penser avec regret à Orlando.

Matteo prit ses mains dans les siennes et l'attira vers lui pour l'embrasser sur la joue. Son parfum était différent de celui d'Orlando, plus riche, plus fleuri, et mêlé à l'odeur du vin. Ses amis batifolaient joyeusement derrière lui, comme les bouffons qu'Isabella avait évoqués en plaisantant avec Orlando.

— Êtes-vous d'humeur pieuse aujourd'hui, ma cousine ? demanda Matteo d'un air taquin.

— On m'a dit qu'il fallait absolument que je voie les splendeurs de Florence, répondit-elle en s'efforçant de prendre un air naturel et de s'ancrer dans le moment présent. Le dôme de la cathédrale n'est-il pas la plus grande beauté de cette ville ?

Une ombre traversa son beau visage.

— Vous ne devriez pas vous promener seule en ville, ma cousine, prévint-il. Ce n'est pas très sûr.

— Je…

Isabella tourna la tête et regarda derrière elle, uniquement pour s'assurer qu'Orlando avait bien disparu. Avait-elle rêvé cette journée ?

— Je suis venue accompagnée par l'un des pages de Caterina, expliqua-t-elle, mais il a préféré rester jouer aux dés sur la place du marché pendant que je priais, répondit-elle en riant. Je n'y ai rien vu de mal. Après tout, nous sommes dans une église, non ?

— Nous le renverrons, dans ce cas, répliqua sèchement Matteo.

— Se rendre seule à l'église ne peut pas être à ce point dangereux, protesta Isabella.

Sauf pour ses sentiments, sans doute, songea-t-elle. Car ces moments passés avec Orlando lui avaient fait perdre la tête. Cet homme représentait tout ce qu'elle craignait depuis longtemps : la nécessité absolue de la présence d'un autre être, au-delà du raisonnable. Et, maintenant, il était parti.

Le regard de Matteo balaya les murs en marbre et les décorations dorées comme un chasseur à l'affût d'un sanglier. Il plissa les yeux. Isabella essaya de comprendre ce qu'il voyait, mais sa vision de ce monde n'était pas assez florentine.

Elle n'aperçut que trois dames vêtues de satin violet foncé et pourpre. Leurs chevelures blondes étaient couronnées d'un voile en soie fine et légère qui voletait tandis qu'elles riaient toutes ensemble. Elle vit un cardinal paré d'une soutane en damas rouge, digne comme un bateau en pleine mer, toutes voiles dehors, suivi d'une flopée de paroissiens qui se pressaient derrière lui. Elle remarqua aussi un groupe d'hommes vêtus de la livrée bleu et or des Pazzi, qui riaient à gorge déployée.

— On ne sait jamais ce qui peut rôder par ici, ma belle cousine, dit Matteo. Il y a beaucoup de jaloux dans cette ville et nous sommes une famille convoitée, des amis des Médicis. Mieux vaut toujours rester prudents. Venez, je vais vous raccompagner chez nous. Caterina doit certainement se demander où vous êtes.

Isabella accepta le bras offert par son cousin. Et, tout en riant de ses plaisanteries, elle ne put s'empêcher de décocher quelques regards derrière elle pour scruter les ombres de l'église. Son Hadès n'était plus là.

Matteo Strozzi.

Orlando observa à travers la foule Isabella prendre le bras de Strozzi et sortir avec lui de l'église. Ses acolytes leur emboîtèrent le pas et il ne distingua plus qu'un petit bout de manteau bleu foncé, et ses cheveux noirs simplement tressés sous son voile. Strozzi se pencha vers elle pour lui parler et elle lui sourit. Qu'il aille au diable.

Ce n'était que parce qu'il savait qu'Isabella était sa cousine, et que Strozzi ne pouvait pas lui faire de mal sans porter atteinte à l'honneur de sa famille, qu'il se retenait de les poursuivre et d'arracher Isabella à son bras pour l'éloigner de lui. Mais, un jour ou l'autre, il ne serait plus en mesure de se retenir.

Au bout de la grande allée en marbre, Isabella fit une pause et regarda brièvement par-dessus son épaule. Orlando savait qu'elle était trop loin de lui pour le voir, mais il se recula tout de même dans l'ombre et l'observa attentivement. Si Strozzi l'apercevait maintenant avec elle, cela ne pourrait que le desservir. Comment pouvait-elle être une parente des Strozzi ?

Isabella parut déçue par ce qu'elle voyait. Lentement, elle ramena la capuche de son manteau sur sa tête et disparut dans les flots de lumière, derrière les ombres sacrées de l'église.

Maledizione. Il arrivait à peine à se retenir de courir après elle.

Orlando passa une main nerveuse sur son visage. Comment pouvait-il être aussi stupide ? Lucretia lui avait dit qu'il était un chevalier errant et qu'un jour il trouverait la perle rare qu'il cherchait sans le savoir. Et que, ce jour-là, il serait perdu. Il lui avait ri au nez en dénonçant son esprit romanesque. Mais, lorsqu'il avait plongé dans les yeux noirs d'Isabella, il avait eu l'impression d'avoir trouvé un trésor très rare qu'il ignorait chercher, et dont il avait jusque-là nié l'existence.

C'était un sentiment étonnant, assez fort pour le mettre à genoux. C'était comme si un éclair violent avait traversé son corps.

Il n'avait pourtant pas l'impression d'être un chevalier errant et galant comme ceux qui étaient décrits dans les poèmes. Il avait plutôt la sensation d'être un bouffon, comme ceux qu'Isabella avait mentionnés en le taquinant. Un idiot, victime du destin qui se jouait de lui à sa guise.

Il avait perdu son innocence dans les tavernes de Florence il y avait très longtemps, et les dernières petites lueurs d'espoir qui lui restaient avaient disparu lorsque Maria Lorenza avait été blessée. Matteo Strozzi en était le responsable. Et maintenant, alors qu'il venait enfin d'éprouver l'étincelle d'un nouveau et rare moment d'émerveillement, voilà que ce diable de Strozzi revenait pour l'éteindre.

Lorsqu'il posait les yeux sur Isabella, c'était une magnifique déesse qu'il voyait. Une sorte de sainte, qui regardait la vie avec de grands yeux éblouis. Hélas ! elle était apparentée aux Strozzi et, de ce fait, il l'avait déjà perdue avant même d'avoir vraiment pu la conquérir. Cet espoir avait été comme le scintillement d'une étoile, belle et attirante, mais à jamais inaccessible.

Car il avait juré de se venger de Strozzi. Et en tenant cette promesse, il ne pourrait que blesser irrémédiablement Isabella. Qui serait une innocente de plus détruite par la vie à Florence.

— Orlando, appela derrière lui une voix de femme, douce et chantante.

Il se retourna et découvrit Lucretia qui avançait vers lui, toujours aussi élégante. Un voile en soie violette était posé sur ses cheveux blonds. Ses boucles et ses ondulations élaborées brillaient et scintillaient sous des rangs de perles et d'améthystes, mais son visage était grave et solennel.

— Vous priez pour le salut de votre âme ? demanda-t-elle avec un petit sourire triste.

Elle lui tendit la main pour qu'il y pose ses lèvres.

Orlando s'efforça de lui rendre son sourire et de ne lui montrer que le visage insouciant qu'il renvoyait au monde. Mais il ne pouvait pas la tromper.

— Vous savez bien que mon âme est trop noire pour de simples prières. Il faudrait que je dépense toute ma fortune en messes pour me sauver.

Lucretia secoua la tête. Elle posa ses doigts ornés de bijoux dans le creux de son bras et l'attira dans l'ombre. Ils s'arrêtèrent devant un retable représentant l'Annonciation. Le visage pâle et serein de la Madone lui rappelait celui d'Isabella et l'émerveillement qui avait éclairé son regard pendant qu'elle découvrait les beautés de la cathédrale.

— Elle est certainement tourmentée, mais pas aussi

noire que vous le prétendez. Vous avez l'air si triste, Orlando. Que se passe-t-il ?

Orlando observa le visage peint de la Madone au-dessus de leurs têtes. Elle ressemblait en effet à Isabella, elles avaient la même lumineuse curiosité pour le monde dans le regard. La même innocence.

— Vous souvenez-vous, Lucretia, de m'avoir dit qu'un jour je trouverais ce que je cherche ? Ce pour quoi je suis fait dans ce monde ?

Il sentait son regard peser sur elle.

— Oui, je m'en souviens. Je l'ai longtemps pensé. L'avez-vous trouvé ?

Il secoua la tête.

— En tout état de cause, ma destinée est tracée depuis toujours. Et je n'ai pas du tout la conviction d'avoir cherché quelque chose de bon à accomplir pour donner du sens à ma vie. Je n'ai fait que rechercher les plaisirs faciles. Et j'ai toujours eu assez de chance pour les trouver sans effort.

— Pourtant, il s'est passé quelque chose. Quelque chose a changé. Je le vois dans vos yeux.

Orlando garda le silence un long moment sans cesser d'étudier le portait de la Madone. Il vit de nouveau le doux sourire d'Isabella, et le présent si rare et si soudain de son rire cristallin.

— Vous connaissez tout le monde à Florence, Lucretia. Avez-vous entendu parler d'une femme nommée Isabella, une parente de Matteo et Caterina Strozzi ?

Lucretia pencha la tête sur le côté, comme si elle fouillait son immense mémoire.

— Isabella Strozzi ?

— Je l'ignore. Elle connaît le *Signor* Botticelli.

— Je n'ai pas entendu parler d'une nouvelle venue nommée Isabella. Est-elle jeune, en âge de se marier ?

— Oui, mais ce n'est plus une jouvencelle.

Elle était plus sage et plus intéressante qu'une jeune fille, mais encore vierge aux choses de ce monde. Elle était parfaite.

— C'est une artiste, précisa-t-il.

— Et jolie, je suppose, dit Lucretia en riant. Vous m'intriguez, Orlando. Cela fait longtemps que vous n'avez pas manifesté autant d'intérêt à l'égard d'une femme respectable. Ce n'est même jamais arrivé, me semble-t-il.

— Je ne peux pas m'intéresser à elle.

— Néanmoins, j'étais en quête d'un projet et vous venez de m'en donner un. Je vais essayer de découvrir ce que je peux sur cette mystérieuse Isabella. Que dois-je faire de ces informations ?

Orlando se remémora le sourire d'Isabella et la façon dont elle avait pris le bras de son cousin. Son cousin, qui n'était autre que son ennemi juré.

— Je l'ignore, conclut-il, sincère. Pourtant, j'ai besoin d'en savoir plus.

Lucretia lui sourit.

— Vous ne pouvez rien faire de plus aujourd'hui, Orlando. Venez avec moi dans mon *palazzo*. J'ai invité beaucoup de vieux amis à dîner. Nous passons toujours du bon temps ensemble, et je veux que vous vous joigniez à nous. Je pense que vous avez besoin de vous changer les idées et d'oublier cette mystérieuse femme le temps d'un après-midi. Je ne vous ai jamais vu ainsi.

Lucretia avait certainement raison. Il lui fallait une distraction. Inutile de se morfondre pour les beaux yeux d'une femme inaccessible. Isabella était une parente des Strozzi, après tout. Il pouvait toujours imaginer qu'elle devait dissimuler quelque chose sous ses airs innocents, elle aussi.

— Très bien, ma belle Lucretia, dit-il en levant à hauteur de ses lèvres sa main parfumée pour y déposer brièvement un baiser. Je vous promets que je vais me distraire.

— J'ai pourtant du mal à vous croire, répondit-elle en riant.

Chapitre 6

Isabella traversa lentement le marché, partagée entre l'envie de continuer et celle de rebrousser chemin pour revenir au palais de Caterina avant que son absence ne soit remarquée. Avant qu'elle ne se ridiculise encore plus. Ses mains tremblaient lorsqu'elle rabaissa le capuchon de son manteau sur ses yeux.

Pourtant, quelque chose en elle refusait de revenir en arrière, quelque chose de puissant et de fort qui guidait ses pas presque inconsciemment. Quelque chose d'aussi magique et inexplicable que le dôme au-dessus de la cathédrale. Mais elle ne savait pas dans quelle direction commencer à regarder, à explorer. D'ailleurs, il ne devait pas avoir envie qu'il la trouve. Et pourtant, elle était là, à le chercher malgré tout.

Il était très tôt. L'air était vif et le soleil qui montait dans le ciel azur était encore cerclé d'une teinte rose foncé. Les marchands, qui installaient tout juste à leurs étals, riaient et s'interpellaient les uns les autres d'une voix endormie en empilant des poissons brillants, des monceaux de viande, des pyramides de fruits frais qui ressemblaient à des gemmes, des étoffes chatoyantes et des rouleaux de rubans.

Isabella ne se rappelait plus où se trouvait l'étal du

marchand de fournitures d'art, mais elle continua à le chercher.

Elle tourna à l'angle d'une rue plus étroite et, soudain, le dôme miraculeux surgit devant elle. Sous la lumière du jour naissant, il s'était paré d'ocre rosé et brillait au-dessus de la bâtisse en marbre d'un blanc immaculé. Elle se souvenait d'avoir vécu des moments magiques avec Orlando dans ces lieux merveilleux, que c'était là qu'il l'avait enlacée et que ses lèvres s'étaient posées sur les siennes dans un baiser à couper le souffle. Un baiser dont le souvenir l'avait tenue éveillée toute la nuit.

Soudain, elle chancela et fut prise de vertiges. Elle s'appuya contre le mur de pierre. Des images s'imposaient malgré elle à son esprit sous la forme de peintures aux contours flous, de mosaïques dorées, d'un tourbillon de dames aux parures colorées et du balcon silencieux où ils étaient restés seuls, enlacés, perdus dans les bras l'un de l'autre.

Ce baiser ne ressemblait à rien de ce qu'elle avait jamais connu ou même imaginé. Elle avait senti le sol se dérober sous ses pieds, comme si elle avait été emportée par la vague d'un fleuve en crue. Plus rien ne serait jamais comme avant. Elle avait l'impression qu'elle pouvait dorénavant saisir et comprendre les émotions qui n'étaient qu'évoquées à travers la peinture ou le fusain sur les toiles.

Pourtant, Orlando s'était évanoui, comme il l'avait fait le jour où il l'avait sauvée des voleurs. Il avait disparu comme s'il avait été un rêve fugace, de ceux que l'on fait dans un demi-sommeil, que l'on recherche ardemment sans jamais réussir à les saisir vraiment.

Elle ferma les yeux quelques instants et, dans cette obscurité, revit le beau visage d'Orlando après leur baiser. Elle avait lu une infinie tristesse et de la nostalgie sur ses traits, mais aussi le feu brûlant de la passion qui lui donnait envie de bondir pour se laisser consumer.

Elle savait qu'elle n'avait pas pu être trompée par la lueur dans ses prunelles surnaturelles. Il n'y avait aucun artifice à cet instant, seulement un élan de vie brûlant et sauvage.

Mais elle y avait aussi lu une noirceur indéchiffrable. Cette noirceur qui l'avait effrayée la première fois qu'elle l'avait vu et qu'elle avait perçu l'ampleur de la colère qu'il nourrissait au fond de lui. Elle était aussi là, se heurtant à la lumière du désir.

Isabella ouvrit les yeux et s'aperçut que le soleil était encore plus haut dans le ciel. Ses rayons rendaient l'aube incandescente. Pourquoi se mentir ? La noirceur d'Orlando l'attirait tout autant que l'éclat de son rire. Elle était beaucoup trop intriguée par sa personne. Il fallait qu'elle en sache plus sur lui. C'était d'ailleurs la raison qui l'avait poussée à se rendre secrètement de nouveau au marché, ce matin.

Elle fit demi-tour et quitta à la hâte la ruelle pour replonger dans le bruit et les couleurs du marché. Il était plus animé à présent, rempli de clients désireux d'acquérir les denrées les plus fraîches, criant et riant avec leurs amis et négociant âprement les prix avec les marchands.

Isabella parcourut toutes les échoppes couvertes jusqu'à retrouver son marchand de fournitures d'art.

— Ah, madame l'artiste, l'interpella-t-il en la voyant se baisser pour entrer dans sa boutique. Vous êtes déjà revenue ! C'est un plaisir de vous revoir. Vous aimeriez acheter du très beau lapis-lazuli, peut-être ?

Isabella rit doucement. L'odeur familière et rassurante

des encres et des pigments écrasés qui l'enveloppa l'apaisa et lui rappela la mission qu'elle s'était fixée en venant au marché aujourd'hui. Elle voulait trouver Orlando. Son esprit avait beau lui assener qu'il ne fallait plus le revoir, son cœur et tous ses sens artistiques la poussaient à le retrouver. À découvrir la nature de l'emprise qu'il exerçait sur elle.

De plus, pendant sa vie calme et paisible à la campagne, Isabella avait ignoré son cœur depuis beaucoup trop longtemps. Ce dernier bouillonnait et ne voulait plus garder le silence. Il était plus que temps qu'il se mette à vivre et à découvrir ce pour quoi il était fait.

— Plus tard, peut-être, lorsque je serai un peu plus expérimentée, répondit-elle au marchand. Pour l'instant, j'ai besoin d'une information que vous possédez peut-être, *signor*. À propos de l'homme de grande taille habillé tout en noir que j'ai rencontré ici hier.

Le marchand fronça les sourcils et secoua la tête d'un air hésitant en détournant le regard.

— Je ne suis pas très sûr…

Cinq minutes plus tard, Isabella obtenait les informations dont elle avait besoin en échange d'une poignée de pièces. Elle demanda à un poissonnier de lui indiquer le chemin et bifurqua en direction d'un quartier à proximité du fleuve, où le marchand lui avait dit qu'Orlando avait ses appartements.

En se faufilant parmi la foule grandissante, toujours plus dense à mesure que la matinée touchait à sa fin, elle se rendit compte à quel point elle savait peu de chose sur Orlando. Qui était sa famille ? D'où venait-il ? Que faisait-il de ses journées ? Il était amateur d'art et de philosophie, et il semblait lire beaucoup trop bien dans son cœur. Mais d'où lui venaient cette solennité, ce mystère qu'elle avait furtivement aperçu dans ses yeux ?

Elle craignait à moitié de le découvrir et, pourtant, elle sentait bien qu'il le fallait. Quelque chose la poussait vers lui depuis ce jour où il l'avait sauvée, quelque chose qui l'attirait encore, comme un fil doré tendu entre eux, une force inexplicable à laquelle il ne servait à rien de résister.

Le quartier que le marchand lui avait indiqué n'était pas aussi beau que la place de Caterina aux *palazzi* brillants. Pourtant, il n'était pas non plus délabré comme la placette déserte où elle avait été agressée et failli être tuée avant qu'Orlando n'apparaisse comme un ange vengeur.

C'était un quartier animé, dense, prospère, dégageant de l'énergie et un grand dynamisme. Des jardinières ornées de fleurs d'été paraient le rebord des fenêtres ouvertes, du linge coloré séchait au vent et des enfants couraient en riant et en se bousculant.

Ceux qui vivaient dans une telle rue ne pouvaient rien cacher de sinistre, songea Isabella en regardant autour d'elle. Tout avait l'air si… ordinaire, si banal, à côté du mystère qui entourait Orlando et de sa beauté.

Elle trouva sans trop de difficulté la demeure que le marchand lui avait indiquée et resta devant la porte, immobile. Le courage de frapper pour se faire connaître lui manquait. Un instinct la fit se retourner et, brusquement, elle aperçut une grande silhouette vêtue de noir qui apparaissait et disparaissait dans la foule.

Elle faillit l'appeler, animée par un élan de joie, mais quelque chose la retint. Elle s'approcha prudemment et fut heureuse de ne pas avoir suivi son premier instinct. Car Orlando n'était pas seul.

Une dame marchait à côté de lui, accrochée à son

bras. Elle riait tandis qu'il souriait en réponse à quelque chose qu'elle venait de lui dire.

Ce n'était pas une dame ordinaire. C'était la plus belle femme qu'elle ait jamais vue. Ses cheveux blonds étaient savamment relevés sur sa tête et ses tresses entremêlées de bijoux étaient à peine cachées par son voile en soie lavande. Son teint était pâle et son visage dessinait un ovale parfait, rehaussé par des sourcils blonds et arqués et des boucles d'oreilles en améthyste scintillantes. Elle tenait le bras d'Orlando avec familiarité et naturel, comme si elle le connaissait très bien, comme quelqu'un de particulièrement proche.

À cet instant, il lui décocha l'un de ses sourires éclatants qui étaient si rares.

L'élan de joie qui avait gonflé le cœur d'Isabella s'éteignit aussitôt et elle se sentit frémir. Oui, Orlando l'avait embrassée, lui avait parlé, l'intriguait et, pourtant, elle ne le connaissait pas vraiment. Elle ne savait rien de sa vie, ni des personnes qu'il fréquentait.

Soudain, sa tentative de le suivre lui parut affreusement ridicule.

Elle s'apprêtait à rebrousser chemin pour se perdre dans la foule lorsque la belle dame tourna la tête vers elle et l'aperçut. Elle écarquilla les yeux, comme si elle venait de la reconnaître, et tira Orlando par le bras pour qu'il se tourne à son tour.

Isabella ne pouvait plus s'enfuir.

Le sourire d'Orlando vacilla avant de disparaître, puis il illumina de nouveau son visage. Isabella se hissa sur la pointe des pieds, comme si son corps s'apprêtait à s'élancer vers lui contre sa volonté. Elle trouva néanmoins la force de rester immobile. De ne pas détourner le regard et lui dévoiler tous les ridicules espoirs qui l'avaient conduite jusque-là.

Il murmura quelques mots à l'oreille de la femme qui acquiesça. Celle-ci lança un dernier coup d'œil curieux en direction d'Isabella et disparut parmi les badauds. Orlando s'avança alors à grands pas vers Isabella, qui se félicita de ne pas s'être enfuie. Rien que son sourire méritait qu'elle soit restée.

— Je suis très heureux de vous voir ce matin, *Signorina* Isabella, dit-il sur un ton dégagé. Êtes-vous encore à la recherche de fournitures d'art ?

— Je… pense m'être trompée de chemin quelque part, murmura-t-elle en levant vers lui des yeux éblouis.

Isabella ne vit aucune noirceur en lui à cet instant, pas la moindre trace de colère ou de haine. Juste ce sourire charmeur et cet éclat dans le regard qui l'attiraient de nouveau, irrésistiblement.

— Je ne voudrais pas vous priver de votre compagne…, ajouta-t-elle.

Orlando regarda derrière lui et Isabella s'aperçut que la femme blonde avait totalement disparu.

— Lucretia est une vieille amie, dit-il en haussant les épaules. Je suis heureux que nous nous soyons rencontrés aujourd'hui, vous et moi.

Seulement une amie ? Isabella avait envie de le croire, tout comme elle avait envie de croire qu'il était aussi heureux qu'elle de le voir. Son sourire semblait le confirmer.

— Vraiment ?

— Oui. Hier soir, j'ai beaucoup pensé à ce moment que nous avons partagé dans l'église, déclara-t-il d'un air plus solennel. Je n'aurais pas dû vous laisser comme je l'ai fait. Ce n'était pas très galant.

Isabella se souvint à quel point elle était restée perplexe. Elle s'était posé mille questions à son sujet. Pourtant, le fait de le revoir aujourd'hui suffisait à effacer ses doutes.

— J'ai rencontré mon cousin, expliqua-t-elle. Je n'étais plus en danger.

— Mais nous n'avons pas pu finir notre visite des plus beaux monuments de Florence, rétorqua-t-il avec un large sourire espiègle qui lui arracha un rire.

C'était un homme aux multiples facettes, songea-t-elle. Orlando pouvait passer de la noirceur à la lumière en un instant. Il lui donnait le vertige.

— Où me recommanderiez-vous d'aller, alors ? demanda-t-elle d'un air innocent.

— Si vous avez le temps, peut-être pourrions-nous nous promener le long du fleuve ? Ensuite, je vous raccompagnerai chez vous. Vous vous rappelez à quel point cette ville peut être imprévisible.

Isabella acquiesça. Les brigands qui l'avaient agressée le premier jour étaient certes très effrayants, mais elle était à peu près certaine que pour elle, Orlando représentait le plus grand danger de Florence. Son baiser le lui avait fait oublier l'espace d'un instant mais, à présent, le souvenir de la femme blonde qui lui souriait le lui rappelait. Orlando appartenait à cette ville, à ce monde, mais pas elle.

Et pourtant… Pourtant, elle rêvait de susciter et de contempler encore un tout petit peu ce sourire. Et elle tenait là une chance inespérée.

— Très bien, dit-elle. Une promenade me paraît un projet idéal en cette magnifique journée.

Le visage d'Orlando s'illumina.

— Dans ce cas, venez, laissez-moi vous guider.

Il lui offrit galamment son bras et Isabella posa

légèrement la main sur sa manche en velours. En sentant sa force et sa chaleur sous ses doigts, elle ne put réprimer un sourire.

Orlando fit un commentaire sur tous les monuments devant lesquels ils passèrent : les églises, les statues et les beaux *palazzi*, jusqu'à ce qu'ils atteignent les rives du fleuve.

Ils cheminèrent vers un pont en pierre et trouvèrent un renfoncement offrant un peu de calme et d'intimité. Ils en profitèrent pour s'arrêter quelques instants et regarder l'eau. Depuis cet endroit, le bruit et l'agitation de la ville paraissaient très lointains.

Isabella se pencha sur la rambarde en pierre pour contempler les douces vaguelettes qui scintillaient d'une lueur pâle et dorée contre la coque des bateaux. Tout lui semblait si enchanteur, baigné d'une lumière rose orangé nuancée de pointes plus obscures. D'une certaine manière, ce paysage lui rappelait Orlando.

— Avez-vous toujours vécu ici ? s'enquit-elle.

Elle se tourna vers Orlando juste à temps pour voir une ombre traverser furtivement son beau visage. Elle disparut rapidement, cachée par son sourire.

— La propriété de mon père se trouvait près de l'Ombrie, dit-il d'une voix calme et impersonnelle.

— Vous parlez au passé ? demanda-t-elle, curieuse.

— Elle s'y trouve encore, mais je m'y rends rarement. J'avais une sœur, voyez-vous, qui m'était très chère. Elle est morte là-bas et je… n'aime pas me souvenir d'elle et de ce qui s'est passé, poursuivit-il d'une voix tout aussi horriblement plate. Les distractions de la ville me conviennent beaucoup mieux.

Isabella observa les maisons et les flèches des églises devant elle, si brillantes, si belles, si parfaitement conçues pour cacher tous les secrets. En effet, cette ville était l'endroit idéal pour échapper au chagrin et à la douleur. Elle sentit son cœur se serrer en imaginant sa tristesse.

— Je comprends, dit-elle. J'ai moi aussi voulu m'échapper du foyer, découvrir le vaste monde. Mais la maison de mon père me manque, ainsi que le sentiment d'avoir ma place dans le monde où j'évolue. Je suis une étrangère dans cette ville, et j'en suis consciente chaque instant. Il me tarde de savoir ce qui va m'arriver. Ici, je doute en permanence. J'ai l'impression de ne rien savoir du tout.

— La maison de mon père contient beaucoup trop de souvenirs, confia Orlando à voix basse.

Il regarda le paysage devant lui et, soudain, son sourire illumina de nouveau son visage.

— Ici, tout s'éclaire d'une lueur nouvelle chaque jour, ajouta-t-il sur un ton enthousiaste et joyeux. Je ne sais jamais ce que je vais voir ou qui je vais rencontrer. C'est comme une aventure constamment renouvelée.

Isabella rit tristement.

— Une petite provinciale ayant besoin d'être secourue, par exemple ?

Orlando prit un air grave. Il la regarda intensément et tendit la main. Doucement, tendrement, il repoussa une mèche de cheveux qui s'était échappée de sa coiffure. Elle sentit le bout de ses doigts un peu rugueux effleurer sa peau et frissonna.

— Une belle artiste qui me fait voir le monde sous un jour nouveau, par exemple, murmura-t-il.

Bouleversée, le rouge aux joues, Isabella détourna les yeux.

— Je pense que c'est ce qui m'a amenée à Florence, avoua-t-elle. Je voulais voir le monde sous un nouvel angle. J'ai envie de peindre et de transposer sur une toile ma vision du monde. Et chez moi, ce monde devenait trop étroit. Je veux montrer ses beautés, mais aussi ses peurs et ce qu'il peut avoir d'obscur. J'aimerais saisir cette transcendance qui paraît toujours hors de portée.

C'était ce qu'il était, tout en beauté transcendante, en lumière et en obscurité tout à la fois. Exactement comme ce qu'elle voyait lorsqu'elle se perdait dans un tableau et qu'elle avait l'impression de tomber dans un tourbillon d'émotions douloureuses qu'elle ne comprendrait jamais dans la vraie vie, faute de mots. Seules les images pouvaient restituer un tel bouleversement de sentiments.

Ce qu'elle venait de saisir sur Orlando et sur la peinture lui donna envie de pleurer. Elle ferma les yeux et s'efforça de refouler ses larmes.

Soudain, elle sentit de nouveau le contact de sa main sur sa joue. Sa caresse était légère comme une plume et, pourtant, elle déclencha toute une série de petites étincelles sur sa peau. Surprise, elle sursauta et Orlando posa avec précaution sa main à plat sur sa joue, comme si elle était aussi fragile que la plus précieuse des porcelaines.

Ses doigts passèrent lentement, doucement de sa joue vers sa nuque. Elle passa sous son capuchon pour le faire glisser de ses cheveux. Il joua ensuite avec le ruban qui retenait sa manche. Elle sentait la chaleur de sa main à travers le tissu en laine et en mousseline, et Orlando lui apparut de nouveau comme un dieu, comme Hadès venu sur terre pour tenter les mortelles. Il était tellement doué dans ce rôle.

Son autre main vint se caler derrière sa nuque et il attira Isabella vers lui. Elle sentit son souffle chaud effleurer sa peau.

— Vous êtes si belle, murmura-t-il.

Il n'y avait pas la moindre trace de dérision dans sa voix. Les paroles semblaient s'arracher douloureusement de ses lèvres et en sortir presque malgré lui. Il la regarda fixement comme pour fouiller son âme et elle ne trouva pas la force de détourner les yeux de ses prunelles assombries par le désir.

Brusquement, elle se sentit beaucoup trop vulnérable, comme si, de nouveau, il sondait les profondeurs de son cœur. Mais il la maintint près de lui, les doigts pris dans ses cheveux. Il ne lui faisait pas mal, mais il l'empêchait de se dégager.

— Pas autant que vous, dit-elle d'une voix rauque, à peine audible.

Il secoua la tête sans cesser de la regarder, comme pour graver dans sa mémoire chaque trait de son visage. Puis il pencha la tête vers elle et l'embrassa tout doucement sur le point si sensible juste sous son oreille, là où la peau est tendre et fine. Elle sentit avec stupeur le contact du bout de sa langue, le doux grattement de ses dents, et elle trembla, ébranlée par la violence de ses émotions.

Elle retint un petit cri et s'agrippa désespérément au revers de son pourpoint en velours pour ne pas tomber. Puis elle ferma les yeux tout en se laissant submerger par une source chaude et bouillonnante de sensations.

C'était exactement comme la première fois qu'il l'avait embrassée, et elle comprit que ces émotions n'étaient pas seulement dues à son baiser, mais à lui. Il faisait remonter en elle ses instincts les plus profonds, au point que le monde autour d'eux disparaissait et qu'il n'existait plus que lui, Orlando.

Il l'enlaça vigoureusement, la souleva et la serra contre lui pour s'emparer de sa bouche. Ses lèvres avaient le goût du vin et de cette noirceur qui n'appartenait qu'à lui et dont elle avait désespérément soif. Elle posa les mains sur sa nuque et le pressa très fort contre elle. Ses cheveux noirs et soyeux s'enroulèrent autour de ses doigts.

Elle l'entendit gémir tandis que sa langue glissait sur la sienne. Elle répondit à son baiser avec enthousiasme. Orlando était si merveilleux, si chaud, si vivant. Il lui donnait le sentiment qu'elle s'éveillait enfin à la vie après une longue torpeur du corps et du cœur.

Les sensations les plus paradoxales se bousculaient en elle. Elle avait trop chaud, trop froid, elle se sentait trop effrayée, trop excitée. La force de ses émotions la terrorisait, comme si la mer chaude des sentiments qu'elle éprouvait pour Orlando, si séduisante quelques instants plus tôt, menaçait de l'engloutir et de la noyer sous une houle incontrôlable.

Orlando sembla sentir cette soudaine bouffée de panique. Il s'écarta de ses lèvres et posa son front contre le sien. Il resta parfaitement immobile tandis qu'ils reprenaient péniblement leur souffle.

Tout à coup, Isabella prit conscience du monde autour d'eux, du rire des gens de l'autre côté de leur cachette, du clapotis du fleuve et des oiseaux qui planaient au-dessus de leurs têtes.

— Je… je dois m'en aller, murmura-t-elle.

Elle s'arracha aux prunelles pâles et perçantes d'Orlando et rabattit son capuchon sur sa tête. Si seulement elle pouvait cacher son cœur aussi aisément !

— Ma cousine doit être en train de me chercher, ajouta-t-elle.

— Laissez-moi vous raccompagner chez vous, dit-il d'une voix légèrement éraillée.

Isabella se rappela comment il avait disparu dans la cathédrale et sa confusion monta d'un cran. Cet homme était un mystère. Qu'espérait-il exactement ? Ressentait-il la même chose qu'elle ? Ou n'était-elle de nouveau que cette petite provinciale qui ne comprenait pas encore bien les us et coutumes de Florence ? Allait-elle être manipulée par cet homme qui semblait faire d'elle ce qui lui plaisait, sans qu'elle ait les moyens de lui résister ? Il paraissait déjà la connaître alors qu'elle ne savait rien de lui.

— Il vaut mieux que je parte seule.

— Dans ce cas, je vous suivrai à bonne distance jusqu'à ce que vous soyez arrivée chez vous saine et sauve, dit-il d'une voix ferme, comme si elle n'avait pas voix au chapitre. Personne ne me verra, et votre honneur sera sauf.

Isabella ne voulait qu'une seule chose : retourner chez elle, au calme, et réfléchir. Inutile de contester la volonté d'Orlando, elle avait l'intuition que cela ne servirait à rien : il était homme à n'en faire qu'à sa tête, de toute évidence. Elle hocha la tête et tourna les talons pour sortir du renfoncement où ils avaient trouvé refuge avant de se mêler à la foule. Les badauds la pressaient de tous les côtés, et leur contact l'obligea à retomber sur terre.

Au pied du pont, elle se retourna pour regarder derrière elle. Orlando n'était nulle part et, pourtant, elle aurait pu jurer qu'il la regardait. Lui, son ange noir.

Après une bonne demi-heure de marche et quelques hésitations, elle finit par arriver au *palazzo* de Caterina. Le valet vint aussitôt lui ouvrir la porte. Dès qu'elle se retrouva seule dans le hall en marbre frais, elle poussa un soupir et s'adossa lourdement contre le mur.

Malgré elle, un petit sourire étirait ses lèvres et son cœur était léger. Ce sourire, elle le devait à Orlando. Malgré la chape de mystère dont il était nimbé, malgré l'obscurité qui parfois transparaissait dans ses yeux, c'était lui qui lui faisait tourner la tête, et la sensation était plus qu'agréable.

Elle souleva le bas de sa jupe et gravit l'escalier aussi vite qu'elle put.

Orlando ne put s'empêcher de rire sous cape en observant Isabella regarder par-dessus son épaule, l'air anxieux, sur le seuil du *palazzo.* Il savait pertinemment qu'elle ne pouvait pas le voir, mais il savoura cette dernière image d'elle.

Isabella ne ressemblait à aucune autre femme de sa connaissance. Elle dégageait une lumière, une force vitale qu'il avait rarement vues chez d'autres personnes. Et cette lumière l'attirait vers elle, toujours plus près. S'il s'en approchait trop, il savait qu'il risquait de tomber dans sa fournaise et d'oublier tout le reste. Tout ce pour quoi il avait œuvré si dur, depuis si longtemps.

Pourtant, il ne pouvait pas supporter l'idée de rester loin d'elle, alors qu'il lui restait encore tant à apprendre sur cette merveilleuse femme… Elle méritait sans doute qu'il se brûle un peu les ailes, rien qu'un peu…

Orlando tourna les talons et s'éloigna de la demeure d'Isabella. Les rues de Florence étaient bondées, comme toujours. Néanmoins, l'ambiance qui planait dans l'air chaud de l'été n'était pas aussi festive que d'habitude, malgré l'arrivée de la saison des fêtes et des reconstitutions historiques qui célébraient Pâques et mettaient fin au long Carême.

Il y avait comme une tension dans l'air, une tension qu'Orlando arrivait presque à palper sans pouvoir la définir. Elle venait saper la joie grisante qu'il éprouvait à être avec Isabella et ne faisait que lui rappeler l'âpreté de sa vie.

Il serra entre ses doigts le pommeau de la dague accrochée à sa ceinture et bifurqua dans des ruelles plus sombres et étroites qui s'éloignaient du fleuve. Là, il trouva l'homme qu'il cherchait, à demi allongé près d'une fontaine avec une feinte nonchalance.

C'était l'un des gardes qu'il employait pour garder un œil sur cette ville. Il l'avait aidé à sauver Isabella des brigands et il observait la foule des passants tout en se curant les ongles avec la pointe de son couteau.

Orlando s'assit à côté de lui sur le bord de la fontaine en pierre. L'homme ne cilla pas.

— Qu'avez-vous entendu dernièrement ? demanda Orlando.

Il croisa ses pieds bottés et étudia discrètement la place autour d'eux.

Le garde haussa les épaules.

— Il y a quelques mécontentements.

Orlando émit un rire sardonique.

— C'est comme dire que le ciel est bleu à Florence.

— Certaines vieilles familles disent que les Médicis sont allés trop loin.

Orlando hocha la tête.

— Les Vespucci ? Les Pazzi ?

Le garde acquiesça.

— Eux et d'autres.

— Jacopo Pazzi a depuis longtemps fait la paix avec Lorenzo de Médicis.

— C'est peut-être vrai pour le vieux Jacopo, mais pas pour ses fils et ses petits-enfants. On a entendu le plus jeune des Jacopo, ivre mort dans de nombreuses tavernes, se plaindre de l'argent que les banques des Pazzi avaient perdu en faveur des Médicis.

Et Matteo Strozzi était ami avec le plus jeune des Pazzi. Les deux hommes semaient derrière eux la zizanie dans tous les bordels et les tavernes de la ville. Strozzi était-il mêlé aux embrouilles qui opposaient les Pazzi et les Médicis ? Strozzi était toujours partant pour une bonne bagarre, toujours prêt à se pavaner à côté de ses gardes et de ses mercenaires.

Il existait peut-être un moyen de faire tourner ces ressentiments et ces querelles à son avantage.

Soudain, l'image d'Isabella s'interposa devant ses yeux, avec son regard si émerveillé lorsqu'elle contemplait les peintures du *Signor* Botticelli. Et après leur baiser…

Était-elle en sécurité chez les Strozzi, au milieu de querelles qu'elle ne pouvait pas comprendre ? Et si elle se retrouvait mêlée à des vengeances auxquelles elle était étrangère ? Comment pouvait-il la protéger ?

Il chassa cette idée et se leva. Quoi qu'il arrive, elle serait bien assez en sécurité. Il y veillerait toujours. Hors de question de relâcher sa vigilance. Il lança une pièce à l'homme qui venait de lui fournir tous ces renseignements.

— Merci, dit-il. Prévenez-moi si vous entendez d'autres choses. Et dites à vos hommes de surveiller attentivement la maison des Strozzi.

L'homme hocha la tête et reprit sa pose décontractée. Le soleil était haut dans le ciel quand Orlando revint vers l'un des ponts en pierre qui enjambaient l'Arno. Pourtant, toute chaleur avait disparu. Au fond de lui, il se sentait aussi froid qu'en plein cœur de l'hiver. Aussi froid que dans la chapelle où, autrefois, il avait contemplé le corps sans vie de Maria Lorenza.

[illegible]

[illegible] Comment pourrait-il [illegible] présenter ?

[illegible]

Chapitre 7

Isabella dîna seule avec Caterina dans les appartements de sa cousine. La soirée était calme car Matteo était parti souper dans l'une des villas des Médicis à l'occasion de la visite d'un cardinal. À la fin du repas, une fois que les domestiques eurent fini de débarrasser leurs assiettes et les coupes de friandises, Caterina prit son luth.

Elle s'assit à côté de la fenêtre qui donnait sur la cour pavée. Ses cheveux blonds glissèrent sur le bois verni, tandis qu'elle entamait un air doux et nostalgique qui semblait s'accorder à la perfection avec l'étrange humeur d'Isabella.

Assise devant une table près de la fenêtre, Isabella fit tourner sa coupe en verre de Murano entre ses doigts. Elle laissa la musique l'envahir tout en se remémorant les journées qui venaient de s'écouler. Des journées comme elle n'en avait jamais connu, avec un homme qu'elle ne parvenait pas à sonder.

Elle ne pouvait s'empêcher de penser à Orlando. Elle revoyait son beau visage, l'éclat de ses prunelles émeraude et celui de son sourire étincelant. La manière dont ses lèvres s'étaient posées sur les siennes, des lèvres si douces, si… excitantes.

Elle ferma les yeux et revit la peinture qu'elle avait imaginée et qui le mettait en scène. Elle l'avait taquiné en lui disant qu'elle le voyait bien sous les traits d'un bouffon du roi, mais cette description était très éloignée de la réalité. Il n'y avait rien de drôle ou de grotesque dans les manières de cet homme, mais plutôt une intensité dans sa façon d'envisager le monde, comme s'il y voyait toutes ses noirceurs cachées…

Non. Cet homme était ténébreux et attentif. Il savait sûrement attendre le moment idéal pour obtenir ce qu'il voulait.

Les yeux toujours fermés, Isabella vit la peinture prendre dans son esprit la forme d'une multitude de traits de couleur. Du noir, du rouge, du violet, des traînées de blanc. La toile était sombre, bien sûr, avec des touches de lumière dorée, comme dans l'œuvre si lumineuse du *Signor* Botticelli.

Orlando se tenait sur un immense trône en ébène. Sa tête aux cheveux noirs était posée contre le dossier tandis qu'il surveillait son royaume d'un air sévère. Une main longue et élégante se refermait en un poing pâle sur le velours noir de son manteau. L'autre était légèrement resserrée autour du pommeau incrusté de rubis d'une dague.

Comment s'y prendrait-elle pour peindre la texture du velours ou rendre les draperies qui enveloppaient le corps des esclaves couchées à ses pieds ? Ou encore les traits de lumière émanant du merveilleux monde d'en haut, si proche et à la fois si infiniment lointain ?

Mais, par-dessus tout, comment capturerait-elle la beauté du regard si insaisissable d'Orlando ? Comment ferait-elle pour représenter la puissance, l'infinie tristesse et la nostalgie qui l'avaient tant intriguée dans la cathédrale ?

Elle se sentait irrésistiblement attirée par cet homme, même si ses instincts lui ordonnaient de le fuir. De se protéger. Avec lui, elle était beaucoup trop vulnérable. Elle s'était confiée à lui plus qu'à quiconque alors qu'elle le connaissait à peine. Et elle savait où menait ce genre de passion, quand la vie se mettait à frapper à l'aveugle : elle en avait été le témoin avec ses propres parents.

Dans un état de semi-inconscience, elle parcourut du bout de l'ongle la nappe en damas qui recouvrait la table, tout en continuant d'imaginer la scène. Elle vit se former dans son esprit les lignes aiguisées du trône, les angles abrupts et élégants du visage d'Orlando. Les bords flous des tapisseries sombres, la lueur des coupes en or. Les ondulations noires de ses cheveux. Et son regard triste, si rempli d'émotions infinies, mais qui, en même temps, ne dévoilait rien…

— Ma chère cousine, dit soudain Caterina en laissant mourir sa chanson. J'espère que vos sorties de ces derniers jours ne vous ont pas trop fatiguée. Matteo m'a dit que vous étiez à la cathédrale hier, et que vous étiez de nouveau sortie ce matin.

Isabella ouvrit grand les yeux et, surprise, regarda sa cousine. Cette peinture imaginaire persistait encore dans son esprit, aussi réelle qu'Orlando lui-même. Il était stupéfiant, presque brutal, d'être brusquement confrontée au monde de chair et de sang. À ces luxueux appartements, drapés de tapisseries en soie vert et argentée. De sentir le feu qui crépitait dans la cheminée en marbre, l'odeur du vin et le parfum de fumée des encensoirs. Elle remarqua que sa cousine l'observait de beaucoup trop près, comme si elle saisissait qu'Isabella cachait un secret.

Mais Isabella n'avait aucune envie de parler d'Orlando, pas maintenant, pas encore. Peut-être jamais. Elle avait l'impression qu'il était un rêve, quelque chose de précieux et de mystérieux qui n'appartenait qu'à elle, et que, si elle en parlait, il risquait de disparaître pour de vrai.

Elle posa la main à plat sur la table et sentit les motifs en relief de la nappe sur sa peau.

— Je ne suis pas du tout fatiguée. Florence est une ville si magnifique et tout y est si nouveau pour moi que j'ai envie d'en découvrir les moindres recoins.

Caterina sourit doucement. Ses doigts blancs revinrent se poser sur les cordes de son luth.

— Vous avez raison, notre ville est très belle et je veux partager tout ce que je peux avec vous, ma cousine. Mais Matteo m'a dit qu'il vous avait vue seule à l'église. Vous devez vous montrer plus prudente.

Isabella se souvint du regard de Matteo lorsqu'il l'avait trouvée sous le dôme, à la fois surpris et méfiant. De nouveau, elle éprouva un étrange malaise. Elle informa Caterina qu'elle était venue accompagnée d'un page, comme elle l'avait dit à Matteo.

— Mais je me suis laissé captiver par mon exploration. Florence est-elle donc si dangereuse, ma cousine, pour qu'il soit périlleux de s'aventurer seule dans une église ?

Elle connaissait la réponse, mais la beauté de la ville surpassait presque sa peur.

Caterina fronça légèrement les sourcils avant de baisser les yeux vers son luth.

— Florence recèle toujours des dangers, surtout pour ceux qui ont des amis puissants, comme Matteo, dit-elle d'une voix un peu tendue. Certaines personnes sont jalouses et lui veulent du mal. Il y a beaucoup d'intérêts contraires : des alliances, de vieilles haines et de vieilles querelles. Nous devons toujours nous montrer prudents.

Prudents ? Aussitôt, Isabella fut prise d'une envie impérieuse d'être de retour chez elle à la campagne, où la vie était si simple. Elle essaya pourtant de rire.

— Je suis certainement beaucoup trop insignifiante pour attirer les jalousies de quiconque.

Caterina lui sourit, mais tristement.

— Oh ! ma chère ! Florence peut vous paraître une grande ville très peuplée, mais tout le monde y connaît tout le monde. Et ne vous y trompez pas, vous y êtes perçue comme notre parente, surtout depuis notre visite, ensemble, chez Botticelli. Les apprentis sont les plus grandes commères de la ville. Et si vous espérez faire un beau mariage…

Le mot fit tressaillir Isabella.

— Suis-je donc ici pour me marier ?

— J'espérais vous trouver un beau parti parmi les amis de Matteo, avoua sa cousine. Vous êtes très jolie, Isabella, intelligente et cultivée. Vous feriez une excellente épouse pour un riche banquier ou un commerçant. Et j'adore jouer aux Cupidons avec mes douces petites flèches.

Caterina brandit son luth comme un arc et Isabella rit de bon cœur, mais, en son for intérieur, elle se sentait de plus en plus confuse et mal à l'aise.

— N'avez-vous pas envie de garder l'une de ces flèches pour vous-même ? demanda Isabella.

Caterina haussa les épaules et détourna le regard. Une ombre sombre comme un nuage chargé de pluie passa sur son beau visage.

— Ma santé ne me permet pas d'être une épouse

convenable, et je suis heureuse de vivre ici avec mon frère et mes amis. Pourquoi abandonnerais-je tant d'admirateurs contre un seul soupirant ? Et Matteo ne cesse de dire pour me taquiner que le *Signor* Botticelli est mon mari par l'esprit. J'aime tellement son œuvre !

— Vous ne rendez donc personne jaloux ? Même pas le *Signor* Botticelli ?

Le sourire de Caterina revint et, pour la première fois, il atteignit ses yeux.

— Alessandro ne… Il n'admire pas les femmes de cette manière. Pas souvent.

— Oh ! murmura Isabella.

Elle avait déjà entendu parler de ces choses, bien sûr. Aucun élève de lettres classiques n'aurait pu passer à côté de ce genre de détails en lisant l'histoire des Troyens, des Spartes et de leurs semblables. Pourtant, à la manière dont Botticelli les avait observées, Caterina et elle, d'un œil plus artistique que viril, elle aurait dû le sentir.

Ce qui n'était pas le cas des prunelles émeraude d'Orlando. De ce regard qui la faisait frissonner et qui réussissait ce tour de force de lui donner chaud et froid à la fois.

— Oh ! s'exclama-t-elle de nouveau avant de rire doucement en rougissant un peu.

— Personne ne parle de ces choses à voix haute, bien sûr, dit Caterina. Mais Matteo sait que ma réputation ne craint rien lorsque je me rends à l'atelier. Il y a toujours beaucoup d'autres femmes car Botticelli a de nombreuses muses.

— Et Giuliano de Médicis ? demanda Isabella sans pouvoir retenir sa question. Vous voit-il seulement comme une amie ?

Le sourire de Caterina trembla et elle détourna les yeux, laissant ses boucles blondes couvrir son visage.

— Giuliano sait que nous ne pouvons être qu'amis. Je le lui ai souvent dit. Mais il aime me conter fleurette, me taquiner, comme il le fait avec toutes les femmes.

Isabella n'était pas certaine que c'était tout ce que ressentait sa cousine pour le beau Giuliano. Elle avait vu la façon dont il regardait Caterina quand il croyait qu'elle ne le voyait pas, comme si elle était une déesse venue sur terre. Mais Caterina prétendait que cette attirance ne pouvait les mener nulle part.

Isabella ne put s'empêcher de se demander ce qu'elle-même ferait si Orlando la regardait de cette manière.

Elle finit son verre de vin et laissa son esprit vagabonder.

— Il se fait tard, dit Caterina d'une voix douce. Nous devrions nous retirer. Demain, une grande journée nous attend.

— Oh ! oui, c'est vrai, approuva Isabella en se souvenant soudain de ce que Giuliano leur avait dit.

Chassant ses rêves romantiques, elle se força à revenir sur terre dans le vrai monde, le monde de cette belle ville qui, d'après sa cousine, recelait tant de dangers cachés.

— Nous allons à une fête, ajouta-t-elle.

— Oui, sur le Prato. Giuliano nous rejoindra à l'atelier de Botticelli pour nous y accompagner, précisa Caterina. Nous allons beaucoup nous amuser. Il y aura un banquet, des danses et de la musique. Giuliano aime toujours faire les choses en grand…

Sa voix mourut subitement et elle détourna de nouveau les yeux.

— Nous devons nous reposer, conclut-elle.

Elle posa son luth et conduisit Isabella vers sa chambre avant de lui souhaiter bonne nuit. Isabella se retrouva seule pour la première fois depuis le début de cette longue journée étrange et merveilleuse. Les bougies étaient déjà allumées sur leurs appliques dorées, et les draps étaient tirés. Ces beaux draps blancs, saupoudrés de lavande, paraissaient lui promettre de beaux rêves.

Malgré sa fatigue après cette longue journée, Isabella se sentait incapable de dormir. Elle était la proie d'une étrange agitation. Elle tira de ses cheveux ses nouvelles épingles serties de pierres précieuses et laissa ses lourdes boucles noires tomber en cascade sur ses épaules avant de se diriger vers la fenêtre.

Elle tira le bord de l'épais rideau en brocart pour regarder dans la rue. La ville était plongée dans l'obscurité à présent. Le ciel était noir comme du velours, éclairé par quelques étoiles qui brillaient comme des perles, et la lune argentée. Dans le *palazzo* en face de celui de Caterina, les fenêtres étaient vivement éclairées, comme pour une fête. Mais aucun bruit n'en sortait. La rue était silencieuse, vide de l'animation de la journée. Pourtant, d'une certaine façon, cette lumière la fit se sentir moins seule.

À travers les épais carreaux de la fenêtre, elle distinguait de solides barreaux en fer. Étaient-ils là pour tenir les ennemis à distance… ou pour l'emprisonner, elle ?

Elle passa un doigt distrait sur la vitre froide et humide et, dans son esprit vagabond, elle vit de nouveau se former l'image du monde des Enfers et de son dieu ténébreux. Ce monde la prenait au piège et l'attirait tout à la fois, sans qu'elle puisse comprendre ce qui lui arrivait.

Elle s'écarta d'un bond de la fenêtre et laissa les rideaux retomber à leur place. Il lui fallait dormir pour avoir les idées claires. Demain, elle partirait encore à la découverte de ce nouveau monde.

Demain, peut-être verrait-elle encore Orlando ? Elle ignorait si cette idée l'excitait ou l'effrayait, mais ce dont elle était sûre, c'était qu'elle la touchait jusqu'au plus profond de son être.

Lucretia avança en compagnie d'Orlando jusqu'à la porte de son *palazzo*, la main légèrement posée sur son bras. Il entendit l'écho d'un rire résonner dans son salon, mais il n'était pas d'humeur à prendre part à des réjouissances ce soir. Il se sentait vide et avait l'impression d'être détaché de tout.

— Êtes-vous vraiment sûr que vous voulez nous quitter si tôt, cher Orlando ? demanda Lucretia. Nous n'avons même pas encore commencé à nous amuser ! Vous allez nous manquer atrocement.

— Je crains de ne pas être d'humeur très joyeuse ce soir, *bella*, répondit Orlando en riant doucement. Je ne voudrais pas être un fardeau.

— Comment ? Vous qui êtes toujours prêt à danser et à boire avec nous jusqu'à l'aube ?

— Vous n'avez pas besoin de mon aide pour cela, répliqua-t-il.

Elle posa légèrement la main sur son torse. Ses beaux yeux étaient remplis d'inquiétude.

— Votre attitude a-t-elle un rapport avec cette mystérieuse Isabella ?

Isabella. Soudain, l'image de son beau visage se forma dans son esprit. Il revit son doux sourire lorsqu'elle avait levé les yeux vers lui dans la cathédrale. Il songea à leur merveilleux baiser, si innocent, si passionné, au point qu'il lui avait un instant fait perdre la conscience de lui-même.

— Qu'en penseriez-vous si tel était le cas ? demanda-t-il d'une voix légère.

Lucretia secoua la tête.

— Elle est apparentée aux Strozzi, n'est-ce pas ? Et même si vous ne m'avez jamais dit pourquoi car vous êtes un trop bon acteur, y compris avec moi, je sais que vous ne les aimez pas. Avez-vous l'intention d'utiliser Isabella contre eux, d'une manière ou d'une autre ? Comptez-vous la séduire pour vous en servir à votre avantage ?

Orlando la regarda, choqué. Son raisonnement était si tortueux. Comment n'y avait-il pas songé lui-même ? Cela lui aurait tellement ressemblé, auparavant. Avant de rencontrer Isabella.

— Vous ne m'imaginez tout de même pas capable de faire quelque chose d'aussi peu galant ?

— Vous ? Orlando ? Peu galant ! Jamais ! C'est d'ailleurs la raison pour laquelle toutes mes amies sont amoureuses de vous. Mais Florence regorge de secrets. Tout le monde utilise tout le monde à ses propres fins. Si cette femme représente un moyen de vous rapprocher des Strozzi, qui sont si bien gardés…

À cette idée, Orlando sentit une colère étrange brûler en lui.

— Ce n'est pas le cas, déclara-t-il sèchement.

Lucretia se contenta de l'observer un long moment avant de lui répondre.

— Évidemment. Mais réfléchissez à ce que je viens de vous dire. Peut-être cette Isabella peut-elle vous aider à faire fuir vos démons, quels qu'ils soient.

Elle déposa une fois encore un baiser sur sa joue et le repoussa dans la nuit.

Orlando fut heureux d'être de nouveau seul dans

l'obscurité. Il n'y avait que la nuit où il pouvait tomber le masque et laisser libre cours à sa colère. Ce soir, l'un des démons que Lucretia avait évoqués semblait le suivre. *Utilise Isabella*, murmurait-il. *Elle t'aidera à t'approcher de Strozzi.*

L'homme qu'il était quelques jours plus tôt l'aurait certainement fait. Il aurait utilisé toutes les armes à sa disposition, et n'aurait eu aucun scrupule à agir ainsi. Mais c'était avant de croiser le sourire d'Isabella.

Certes, elle était une Strozzi, mais elle n'appartenait pas à leur monde aiguisé comme une dague. Si jamais il tuait l'innocence dans son regard…

Orlando donna un grand coup de pied dans une pierre. Il avait commis des actes terribles par le passé, c'était vrai, mais en serait-il encore capable aujourd'hui ?

Il laissa ses pas errer au hasard et, sans s'en apercevoir, finit par se retrouver sur la place où était bâti l'imposant *palazzo* des Strozzi. Il faisait nuit noire derrière ses épais murs en pierre, semblables à une forteresse.

Pourtant, la place semblait prendre vie. Des courtisanes de bien plus basse condition que Lucretia et ses amies se rassemblaient déjà en riant très fort près de la fontaine, tandis que le clair de lune éclairait leurs épaules nues. L'une d'elles interpella Orlando.

— Eh, mon bel ami, que diriez-vous de venir vous distraire avec nous ?

Peut-être les plaisirs faciles étaient-ils ce dont il avait besoin pour exorciser son démon. Pour oublier Isabella. Jusqu'à présent, il y avait toujours cédé sans états d'âme. Et même s'il ne trouvait l'oubli que de manière éphémère, au moins chassait-il de son esprit ses idées noires le temps d'une soirée. Il sourit à la femme et s'apprêtait à répondre favorablement à ses invitations quand quelque chose en lui le retint.

Il lui lança une pièce et lui tourna le dos pour revenir vers la demeure des Strozzi. À l'étage, la flamme d'une bougie vacillait derrière l'une des fenêtres et, comme s'il avait pu l'invoquer par la force de ses pensées, la silhouette d'Isabella apparut derrière les barreaux de sa fenêtre.

Son visage pâle était flou, mais le doux nuage de ses cheveux noirs détachés était indéniablement distinct. Elle tendit la main et toucha la vitre du bout des doigts, comme si elle le pouvait le voir.

Plein d'espoir, Orlando ouvrit la bouche pour l'appeler, puis se retint en se morigénant. Non, elle ne pouvait pas le voir et, même si elle l'avait pu, il n'était pas en mesure d'aller la retrouver. Ils étaient voués à rester chacun dans son monde.

Si, comme le prétendait Lucretia, il était si galant avec les femmes, il ferait le choix de ne plus jamais la revoir. Mais, malgré tous ses efforts, il ne parvenait pas à détacher son regard de sa ravissante personne.

Les paroles de Lucretia résonnèrent alors dans sa tête. *Utilise-la…*

L'homme qu'il était autrefois l'aurait certainement fait. Il aurait saisi cette occasion unique pour accomplir son sombre dessein. Mais à présent, tout en contemplant sa douce silhouette, il comprit enfin le fond de son âme. Il avait changé, énormément changé. Et c'était dangereux.

Chapitre 8

Le bruit des réjouissances atteignit les oreilles d'Isabella bien avant qu'elle ne les voie. Le son des flûtes et des tambours, des rires et des cris, se faisait de plus en plus distinct. Un peu intimidée, elle ralentit le pas tandis qu'ils quittaient un dédale d'étroites allées et dirigeaient leurs pas vers le Prato. Soudain, ils arrivèrent à destination, et le grand pré verdoyant s'imposa à eux, plein d'allégresse en cette journée ensoleillée.

Les rires, les étendards aux couleurs vives qui battaient au vent, l'odeur de la viande rôtie et des amandes à la cannelle, tout lui rappelait les fêtes de son village. Ces jours-là, la musique et les danses venaient rompre avec bonheur la monotonie des jours et chacun mettait ses préoccupations quotidiennes de côté pour danser et s'amuser.

Isabella fit halte en haut d'une butte et se retourna pour jeter un œil aux bâtiments en pierre et aux flèches des églises de la ville. Son chapeau en velours à large bord protégeait ses yeux du soleil qui scintillait dans le ciel d'un bleu vif, presque turquoise.

L'espace d'un instant, elle s'imagina voir l'atelier de Botticelli et sentir l'odeur de détrempe dans la brise chaude. Elle se souvint alors de la peinture à moitié achevée sur son chevalet ainsi que de la scène représentant le jardin magique. La magie était telle qu'elle avait l'impression d'être sur le point d'y entrer pour de vrai.

— Isabella ! lança Caterina. Dépêchez-vous ! Nous risquons de ne plus avoir de fraises.

Isabella rit doucement et leva les yeux vers sa cousine qui marchait d'un pas léger à côté de Giuliano. Elle avait passé un bras sous sa manche en velours parsemé de perles. Leurs beaux visages étaient penchés l'un vers l'autre et ils s'entretenaient en chuchotant d'un air complice.

— Nous ne voulons surtout pas courir ce risque ! ajouta-t-elle en riant.

Caterina lui tendit sa main libre et Isabella courut pour la prendre.

— Restez près de moi, ma cousine, murmura Caterina, et tout ira bien.

Pourtant son sourire n'était pas aussi radieux que celui qui illuminait tous les visages. Elle paraissait vraiment inquiète.

Isabella ignorait quel événement grave pourrait bien se produire par une si merveilleuse journée, mais elle n'eut pas le temps de demander à Caterina ce qui la préoccupait tant. Giuliano les conduisit vers l'endroit où se tenait la fête. À sa manière, il était aussi beau qu'Orlando, songea Isabella en l'observant de plus près. Son visage et sa silhouette n'étaient que perfection. En revanche, contrairement à Orlando, il n'y avait rien d'intrigant dans son regard. Ni mystère ni profondeur.

Le Prato était un vaste pré verdoyant longeant les berges de l'Arno. Des arbres et des haies en fleur les protégeaient de l'odeur légèrement fétide du fleuve et ajoutaient des touches de couleurs pastel au vert de la prairie. Pourtant, la pelouse était à peine visible, dissimulée sous la foule de personnes richement vêtues venues festoyer à l'ombre des pavillons tendus de soie.

Isabella passa avec Caterina sous un berceau de vigne et de fleurs blanches derrière lequel elle fut accueillie par un jour magique, nimbé de soleil. Elle eut l'impression de pénétrer dans le jardin de Vénus.

Les dames portaient des robes brillantes de toutes les couleurs : abricot, ocre, vertes, blanches et dorées. Leurs cheveux tombaient librement sur leurs épaules légèrement dénudées, seulement retenus par des rubans et des fleurs. Elles dansaient sur l'herbe en cercles mouvants et complexes. Elles se tenaient la main et les clochettes fixées autour de leur taille tintaient, provoquant leurs rires.

Autour d'elles évoluait un cercle plus grand d'hommes dans des tenues encore plus élaborées, vêtus de bas à rayures et coiffés de chapeaux à plumes. Sous le regard attentif d'Isabella, les deux cercles se réunirent, s'entremêlèrent puis se séparèrent de nouveau. Le rythme de la musique s'accéléra et les couleurs se mélangèrent une nouvelle fois comme sur les vitraux d'une cathédrale.

Au moment où Caterina et Giuliano passaient à leur tour sous l'arche, des applaudissements retentirent et, bientôt, ils furent entourés par une foule bruyante d'admirateurs.

Sans y prendre garde, Isabella fut séparée de sa cousine, perdue dans une marée tourbillonnante de bijoux, de plumes, de couleurs et de parfums. Mais elle n'y prêta pas attention. Elle regardait chaque visage avec attention, dans l'espoir de distinguer celui d'Orlando parmi eux.

Elle avait rêvé de lui la nuit précédente, après avoir enfin trouvé le sommeil. Des images vives de son beau visage et de ses yeux pâles étaient venues hanter son rêve. Il tendait la main vers elle, l'invitant à s'approcher, avant de disparaître dans l'obscurité.

En réalité, Isabella ignorait si elle désirait vraiment le voir aujourd'hui ou s'il était préférable de le fuir.

Mais Orlando ne se trouvait pas dans cette foule rieuse. En ne voyant pas le moindre signe de sa présence, elle sentit son cœur se serrer de déception.

— Isabella ! cria Caterina.

Isabella sourit et comprit qu'elle ne pouvait pas chercher son Hadès maintenant. Comment pourrait-elle expliquer à sa cousine la fascination qu'elle éprouvait pour un homme qu'elle n'avait croisé que deux ou trois fois dans sa vie ? Pour un homme qui l'avait serrée dans ses bras et qui l'avait embrassée avec fougue… avant de s'évanouir.

Giuliano et ses bruyants amis les entraînèrent sur le monticule le plus haut, vers un pavillon qui surplombait tous les autres. La tente se déployait comme un phare de soie blanche et brillante. Des étendards vert et argent flottaient au-dessus, et à l'intérieur des coussins moelleux et argentés étaient éparpillés sur un tapis et débordaient sur l'herbe. Le pavillon était ouvert sur trois côtés et offrait une vue parfaite sur les danseurs.

Isabella prit place sur un épais coussin à côté de Caterina. Tandis qu'elle retirait son chapeau et lissait la jupe de sa nouvelle robe pêche et or, elle s'efforça de ne pas regarder tout autour d'elle avec de grands yeux, comme une petite provinciale, ce qui s'avéra très difficile. Tout était si fascinant : la musique, les fontaines de vin, les tables drapées de damas où s'amassaient les friandises.

Son Hadès ne se trouvait toujours pas dans cette

foule. Elle s'imagina alors qu'il les observait, tapi dans le monde des Enfers, et qu'il écoutait les réjouissances des humains au-dessus de lui.

— Que pensez-vous de nos fêtes champêtres et rustiques, Isabella ? demanda Caterina.

— Rustiques ? répéta-t-elle en riant. Je n'ai jamais rien vu de tel dans la ferme de mon père. Nous n'avons pas la même définition de la rusticité, ma cousine.

Caterina rit à son tour et ses joues pâles se teintèrent légèrement.

— Ne le dites pas à nos jeunes amis, dit-elle en se penchant vers elle avec un air de connivence. Ils croient que leurs fêtes champêtres sont une reconstitution parfaite de celles des bergers et des bergères. Regardez là-bas. Simonetta a même amené une brebis.

Isabella fronça les sourcils d'étonnement en voyant une dame élégante, vêtue de satin pourpre, arborant une coiffe parsemée de perles. Elle traînait derrière elle une jeune brebis retenue par une corde dorée. L'animal ne semblait pas du tout apprécier ce traitement et protestait bruyamment.

— Nous avons tous besoin de rêver, dit Caterina. Comment pourrions-nous supporter ce monde si nous ne nous leurrions pas un peu ?

Isabella réfléchit à ce que Caterina venait de dire. Elle rechignait à penser du mal de ce monde en une aussi belle journée, mais Caterina lui avait dit qu'il existait des choses cachées, invisibles. Les apparences pouvaient être trompeuses, songea-t-elle avec une certaine mélancolie.

— Êtes-vous en train de dispenser votre lumineuse sagesse, Caterina ? s'enquit Giuliano en apparaissant soudain à côté d'elle avec, dans les mains, un plateau chargé de fraises brillantes, de grappes de raisin et d'un pichet de vin.

D'autres amis le suivaient, tout sourires. Ils souriaient tout le temps, contrairement à Orlando, se dit Isabella. Était-ce leur façon à eux de se leurrer ?

— Seriez-vous en quête de sagesse aujourd'hui, Giuliano ? demanda Caterina. C'est une heureuse nouvelle ! Hélas, je crains de ne pas avoir grand-chose en ma possession pour vous aider.

— Bien au contraire, dit-il en s'agenouillant près d'elle et en lui tendant une superbe fraise rouge et brillante. Ma sublime Caterina, vous avez tout ce dont je peux rêver.

Caterina s'empara du fruit et le tint devant elle. Sa couleur écarlate contrastait de manière presque sinistre avec sa robe en soie blanche.

— Je mettais simplement Isabella en garde contre les jeunes hommes flatteurs, expliqua-t-elle. Surtout par une si belle journée d'été, où la lumière peut facilement donner le tournis et faire paraître certaines choses pour ce qu'elles ne sont pas.

Une vague crainte envahit Isabella tandis qu'elle observait la scène inondée de lumière blanche à l'extérieur de leur pavillon ombragé. Était-elle seulement éblouie par tout cela ? Aveuglée par son entrée si soudaine dans un monde si différent du sien ? Ou bien était-elle séduite par son apparente beauté ?

Elle regarda passer un couple qui riait, tels deux paons bleu et vert. Ils tournèrent sur eux-mêmes, esquissant spontanément un pas de danse qui donna le vertige à Isabella. Ils paraissaient si heureux, si désinvoltes, comme toutes les autres personnes présentes. Comme si la laideur ou la tristesse ne pouvait pas les atteindre, pas dans une ville aussi joyeuse et insouciante que Florence.

Isabella ferma les yeux, confuse. Elle éprouvait un sentiment étrange. Derrière l'ombre de ses paupières, elle vit apparaître une image. Celle d'Orlando. Elle se rappela le moment où ils étaient dans la cathédrale, seuls au-dessus de ce monde en marbre blanc.

Avec lui, elle avait l'impression d'avoir un aperçu de vérités plus profondes. Elle avait discerné dans ses yeux une émotion pure et vibrante, aussi brillante que la lame d'une épée. Puis elle avait disparu. Elle s'était évanouie au milieu des rires derrière lesquels tout le monde ici se cachait. Et Orlando lui-même avait disparu dans la foule de la cathédrale.

Était-il seulement réel ?

Un éclat de rire vint mettre un terme à son trouble, à ce moment où elle aspirait de tout son être à quelque chose qu'elle ne pouvait même pas nommer. Elle ouvrit les yeux et aperçut Caterina qui secouait la tête en écoutant Giuliano la taquiner. Elle entendit son rire étudié. Elle sentit l'odeur des fraises et des fleurs blanches. Le vin fort qu'elle avait bu lui monta à la tête. Soudain, c'en fut trop. Elle avait besoin de prendre l'air.

Isabella se leva et s'efforça de plaquer un sourire sur ses lèvres.

— Je reviens dans quelques instants, Caterina, déclara-t-elle.

Caterina leva les yeux vers elle, l'air surpris.

— Tout va bien, ma cousine ?

— Oui, j'ai juste besoin… de m'absenter quelques minutes, répondit Isabella en espérant que sa cousine comprendrait qu'elle était prise d'une envie pressante et qu'elle ne pousserait pas plus loin son investigation.

Sa manœuvre sembla fonctionner. Caterina hocha

la tête et se tourna de nouveau vers Giuliano pendant qu'Isabella sortait du pavillon, en pleine lumière.

Elle ignorait où aller. Elle savait juste qu'elle avait besoin de s'éloigner un peu et de trouver un endroit tranquille où elle pourrait mettre dans l'ordre dans le tourbillon de ses pensées. Elle souleva l'ourlet de sa belle robe toute neuve pour la garder de l'herbe humide et emprunta un chemin qui longeait le pré et s'éloignait du fleuve.

Bientôt, le bruit de la musique et des rires s'évanouit derrière elle. Elle gravit à pas lents le chemin escarpé qui menait tout en haut d'une butte et découvrit au sommet un bosquet de cyprès où elle pourrait se mettre à l'abri du soleil. Là, elle s'adossa à l'écorce rugueuse d'un arbre et essaya de reprendre son souffle tout en contemplant la ville en contrebas. Du haut de cette colline, même le superbe dôme ocre de la cathédrale paraissait minuscule.

— Je vois que vous cherchez de nouveau à vous cacher.

Ces paroles, prononcées d'une voix calme, un peu amusée, firent bondir son cœur. Surprise et heureuse à la fois, elle fit volte-face et découvrit Orlando, debout près d'un arbre.

Il avait adopté une pose nonchalante, la main posée sur le tronc et l'autre légèrement resserrée autour du pommeau ciselé de sa dague. Une fois de plus, il était habillé tout en noir. Sur le velours et la soie de ses vêtements, quelques nuances de bleu foncé se détachaient et mettaient en valeur ses cheveux d'ébène.

En revanche, son regard n'était pas sombre, comme dans la cathédrale. Elle y vit distinctement un éclat, une lueur d'amusement qui lui donna envie de rire à son tour. Avant de comprendre ce qu'elle faisait, elle fit un pas vers lui.

— C'est vous qui apparaissez toujours devant moi aussi brusquement qu'un magicien, *signor*, protesta-t-elle. Et qui disparaissez tout aussi vite. Je commence à me demander si vous ne seriez pas un esprit.

— Un esprit ne pourrait pas faire ceci, *signorina*.

Il s'empara subitement de sa main. Ses doigts étaient chauds et forts au contact des siens.

Isabella observa leurs doigts enlacés d'un œil émerveillé. La main tannée et élégante d'Orlando, légèrement calleuse, contrastait avec sa peau pâle et toujours tachée de peinture. L'éclat d'une chevalière ornée d'une améthyste brillait à son doigt. Il lui sembla la voir dans les moindres détails, comme sur un tableau qu'elle contemplerait de loin et, pourtant, elle ne ressentait entre eux aucune froideur ni aucune distance. Elle vivait même intensément chaque émotion de cet instant.

— Je n'ai jamais rencontré d'esprit, en réalité, murmura-t-elle. Mais je suis prête à parier que ce n'est pas cela que j'éprouverais si c'était le cas.

Il serra sa main plus fort et elle se surprit à désirer qu'il s'approche encore plus près d'elle.

— Que ressentez-vous, Isabella ?

Elle ne pouvait pas lui dire comment elle se sentait vraiment quand il la touchait. Elle avait l'impression d'être plus légère que l'air, comme si elle volait au-dessus de la terre, très haut dans le ciel. Elle avait envie de rire et de pleurer en même temps. Et elle désirait tout vivre, à condition que ce soit avec lui.

— J'ai l'impression que je n'en aurais jamais assez, avoua-t-elle.

Le regard d'Orlando s'assombrit et son sourire moqueur s'évanouit tandis qu'il la scrutait.

Isabella sentit la terre se dérober sous ses pieds. Elle

vacilla. Aussitôt, il enlaça sa taille, la serra contre son torse puissant et, soudain, elle eut l'impression que plus rien n'avait d'importance en dehors de lui et de son regard merveilleux. Orlando la dévisageait comme s'il n'existait qu'elle. Comme s'ils étaient seuls au monde.

Personne ne l'avait jamais regardée ainsi, en lui donnant le sentiment de pouvoir lire au plus profond de son âme.

Lentement, elle leva la main vers le visage d'Orlando et caressa sa joue. Sa peau était chaude et lisse comme du satin, tannée par le soleil, rugueuse uniquement sur la ligne franche de sa mâchoire recouverte par des favoris. Elle passa les doigts sur ses lèvres et s'étonna de leur douceur. Orlando prit sa main, comme s'il était surpris par son geste.

Puis il pencha la tête vers elle et effleura sa bouche.

Il titilla délicatement ses lèvres avant d'exercer de petites pressions sur sa lèvre inférieure. Ces caresses très légères éveillèrent quelque chose de profondément enfoui en elle, un désir dont elle ignorait l'existence et qui devenait soudain la chose la plus urgente au monde. Elle s'agrippa aux revers de son pourpoint en velours et s'y accrocha en se laissant entraîner dans un monde à la fois nouveau et magique.

Orlando poussa un grognement et, brusquement, son baiser changea. Il se fit plus impérieux, plus fougueux. Plus exigeant aussi.

Ce baiser était si intime… Elle l'enlaça et, à travers les multiples couches de velours et de cuir, elle sentit ses muscles durs qui bougeaient et la force brute qui se dégageait de son corps. Dans la brume qui s'était abattue sur ses sens, elle sentit la main d'Orlando glisser le long de son dos et l'attirer plus près de lui.

Ses lèvres quittèrent sa bouche pour descendre le

long de sa joue en suivant les contours de son visage comme pour les mémoriser. Il mordilla ensuite un point très sensible juste sous son oreille et Isabella soupira de bonheur. Le plaisir qui l'envahissait lui rappelait celui d'un fruit mûr et juteux, doux et sensuel, dont elle rêvait de goûter éternellement l'exquise saveur.

Soudain, ils entendirent des voix résonner en contrebas et Isabella se souvint d'où elle était. Si quelqu'un les voyait, le scandale ne pourrait que rejaillir sur Caterina. Orlando parut le comprendre, lui aussi, car il releva la tête et prit une inspiration saccadée.

Isabella ferma les yeux et posa le front sur l'épaule d'Orlando en essayant de reprendre son souffle. Elle attendit que le monde autour d'elle cesse de tourner. Elle entendait le cœur d'Orlando battre rapidement contre son oreille, comme si c'était le sien, aussi fort que les tambours qui résonnaient au loin.

Au moins, lui aussi était-il en prise avec ses émotions, songea-t-elle en l'entendant prendre une profonde inspiration. Elle n'était pas la seule à éprouver un désir aussi brutal et aussi violent.

Se pouvait-il que… qu'elle soit en train de tomber amoureuse de lui ?

Cette idée s'abattit sur elle comme une soudaine et violente averse par un jour d'été. Non ! Elle ne pouvait pas tomber amoureuse de lui. Elle ne pouvait pas avoir de sentiments pour un homme qu'elle venait tout juste de rencontrer. Elle ne connaissait que trop bien la douleur qui accompagnait l'amour.

Elle ne vivait pas dans un monde de poésie. Ces amours-là n'étaient pas faites pour de simples mortels, et encore moins pour des personnes ennuyeuses et sensées comme elle. Et pourtant…

Quel était ce sentiment ?

Stupéfaite, elle leva les yeux vers lui. Il était tellement beau, avec ses cheveux qui retombaient sur son front et ce demi-sourire aux lèvres, mais pas à la manière d'un homme ordinaire. Il l'observa en plissant les yeux.

— Isabella, murmura-t-il.

Son prénom était si beau, si doux, quand il était prononcé de sa voix grave et profonde. Jamais elle ne l'avait entendu ainsi auparavant. Il leva la main et toucha sa joue. Sa caresse était légère comme un murmure. Ses doigts étaient chauds sur sa peau et elle eut envie de s'appuyer contre lui. De le serrer contre elle et de ne jamais le laisser repartir.

De tels désirs l'effrayèrent. Elle s'arracha à cette caresse qui la troublait trop. Il laissa tomber sa main et fronça les sourcils.

— Isabella, que se passe-t-il ? demanda-t-il.

Elle secoua la tête.

— Je… Rien. Je viens juste de m'apercevoir que je me suis absentée trop longtemps. Ma cousine doit être en train de me chercher.

— Elle doit être très occupée avec tous ses prétendants, dit-il.

Manifestement, Orlando essayait de la taquiner, d'introduire dans leurs échanges un peu de la légèreté de cette journée parfaite et de la joie de ses danses.

— Nous avons le temps, conclut-il.

Isabella avait envie de revenir à leur danse, elle aussi. De revivre ces instants où elle s'était sentie si merveilleusement bien, si parfaitement heureuse. Mais, comme tant de choses à Florence, c'était sûrement une illusion et elle ne voulait pas risquer de s'y perdre.

— Je dois m'en aller, murmura-t-elle.

Elle tourna les talons, mais il la rattrapa et saisit sa main avant qu'elle s'enfuie. Il la serrait doucement et, pourtant, Isabella craignit de ne jamais pouvoir se libérer de son étreinte.

— Pardonnez-moi, Isabella, dit-il.

Sa voix solennelle était réellement sincère, comme dans la cathédrale où elle avait brièvement entraperçu son chagrin.

— Je n'ai jamais eu l'intention de vous offenser. Je me suis oublié l'espace d'un instant. Je n'avais encore jamais rencontré personne comme vous.

Elle le regarda par-dessus son épaule et il lui décocha un sourire qui se voulait désinvolte. Ses yeux étaient si brillants. Ils étincelaient comme des émeraudes sous le soleil.

— Je ne me sens pas offensée, je vous le promets. Et moi non plus, je n'avais jamais rencontré personne comme vous.

Son sourire se teinta d'espoir.

— Dans ce cas, puis-je vous revoir ?

Elle en avait envie. Beaucoup trop envie. Elle acquiesça.

— Quand ? demanda-t-il.

— Je ne sais pas, répondit-elle, plus désireuse que jamais de s'éloigner de lui, de peur de ne plus être capable de s'en aller. Elle reprit :

— J'ignore ce que me réserve l'avenir. Il y a peu de temps, je ne savais que trop ce que chaque jour allait m'apporter. Mais maintenant…

Maintenant, elle le savait de moins en moins chaque minute qui passait.

Il hocha la tête et la lâcha.

— Je ferai en sorte de m'assurer que vous avez retrouvé

votre cousine saine et sauve. Nous nous reverrons très bientôt, Isabella.

Elle tourna les talons et se dépêcha de descendre la butte en direction de la foule bruyante et des pavillons. Elle ne se retourna qu'une seule fois, mais Orlando n'était plus là. Il s'était évanoui, exactement comme dans la cathédrale. Pourtant, elle était certaine de sentir encore son regard peser sur elle.

Quand elle eut rejoint le Prato, elle évolua plus lentement au milieu de la fête, passa devant des dames qui jouaient avec leurs chiens en riant, des danseurs qui tourbillonnaient de plus en plus follement et un prêtre qui avançait en titubant.

Elle aperçut bientôt au loin le pavillon de Caterina ainsi que la robe blanche de sa cousine. Caterina regardait des hommes qui jouaient aux boules sur l'herbe. Giuliano de Médicis en faisait partie. Il avait ôté son pourpoint et jouait uniquement vêtu de sa chemise en batiste blanche, certainement pour impressionner Caterina.

Tandis qu'elle passait devant un groupe d'hommes rassemblés autour d'une fontaine à vin, Isabella entendit l'un d'eux marmonner une injure à voix basse. Il parlait des Médicis et du fait qu'ils seraient bien avisés de se montrer prudents.

Surprise, Isabella ralentit le pas et essaya d'en entendre plus. Qui étaient donc ces hommes qui murmuraient de manière aussi malveillante sur les Médicis ? S'agissait-il de ces ennemis cachés dont Caterina lui avait parlé ?

Isabella observa les insignes brodés sur leurs pourpoints bleu et or et reconnut les deux dauphins de la famille Pazzi.

— Ah, voici une jolie jeune fille venue nous distraire de ces perfides Médicis !

L'un d'entre eux tendit soudain la main vers Isabella au moment où elle passait devant lui, comme pour lui attraper le bras. Elle fit un bon sur le côté et les doigts de l'homme ne firent que glisser sur sa manche en soie.

Elle s'éloigna à grands pas, poursuivie par le rire aviné de l'homme. Une fois arrivée à une distance prudente, elle regarda derrière elle. Ces hommes, penchés les uns vers les autres comme en conciliabule, fixaient Giuliano et ses amis d'un œil mauvais.

Isabella ne perdit plus de temps pour rejoindre Caterina. Elle tremblait. Elle se laissa tomber sur un coussin avec soulagement et prit le verre de vin qu'un page lui tendait.

Caterina lui sourit. Ses joues étaient roses d'avoir ri des facéties de Giuliano et, heureusement, elle ne fit aucune remarque sur la durée de l'absence d'Isabella.

— Quelque chose ne va pas, ma cousine ? s'enquit Caterina. Vous paraissez un peu agitée.

— Connaissez-vous ces hommes, là-bas ? demanda Isabella.

Elle désigna le groupe rassemblé à côté de la fontaine. Le jeune homme qui avait essayé de prendre sa main avait trouvé une jeune femme mieux disposée qu'elle qui riait avec lui à gorge déployée. Un cardinal les avait rejoints, un homme encore plus jeune qu'eux qui paraissait trop petit pour porter sa lourde robe rouge ou pour tenir sa coupe de vin remplie à ras bord.

Caterina fronça légèrement les sourcils.

— Les Pazzi ? Il s'agit de l'une des familles les plus riches de Florence. Une autre famille de banquiers.

Isabella se souvint d'avoir entendu parler des Pazzi, une vieille et riche famille qui avait beaucoup de relations partout en Italie.

— Les banquiers du pape ?

— Oui. Les comptes du pape étaient gérés de droit par la banque des Médicis jusqu'à ce que le nouveau pape en décide autrement. Ce petit homme blond, à gauche, c'est Francesco Pazzi, et le cardinal, à côté de lui, c'est le neveu du pape, le *Signor* Riario.

— Je vois, dit Isabella à voix basse.

Elle comprenait mieux les messes basses qu'elle avait surprises sur Giuliano.

— Vous ont-ils ennuyée, Isabella ? demanda Caterina, soudain inquiète.

Isabella secoua la tête.

— Non, l'un d'eux a essayé de me parler lorsque je suis passée devant eux, mais je pense qu'il était simplement ivre.

Giuliano poussa un cri en atteignant sa cible avec sa boule et faillit tomber en arrière. Caterina sourit d'un air indulgent.

— Comme beaucoup aujourd'hui. Si vous aviez été blessée…

Isabella secoua la tête. Elle ne voulait pas provoquer une dispute, encore moins un jour comme celui-ci.

— Je suis capable de me défendre.

C'est ce qu'elle avait toujours cru en tout cas, mais aujourd'hui elle n'en était plus aussi sûre.

Caterina reporta son attention sur le jeu et Isabella se mit à scruter la foule tout en sirotant son vin. Orlando était invisible. Elle n'espérait pas qu'il serait là, et pourtant…

Pourtant, elle nourrissait secrètement l'espoir insensé de l'apercevoir.

Chapitre 9

Isabella sortit de sa chambre à pas de loup pour se glisser dans le couloir. Le *palazzo* était plongé dans le silence. La nuit était sombre, mais des bougies allumées sur leurs appliques projetaient leur lueur dans l'obscurité chargée de mystère. Leurs légers sifflements et le vacillement de leurs flammes semblaient être les seuls signes de vie dans le silence parfait de la demeure.

Après la fête, Caterina s'était retirée. Son visage était pâle et tiré par la fatigue. Les domestiques avaient disparu après avoir servi son dîner à Isabella. Matteo n'était pas revenu du tout. La dernière fois qu'Isabella l'avait vu, il s'éloignait en titubant avec ses amis de beuverie, en chantant des chansons paillardes.

Isabella savait qu'il fallait qu'elle dorme. La journée avait été si longue, si pleine de soleil, de vin et d'un tourbillon d'émotions. Elle n'avait pas revu Orlando, pourtant elle l'avait cherché longtemps parmi les danseurs et les joueurs. Elle ne parvenait pas à oublier son baiser, si fougueux, si exubérant, si plein de désir.

C'était comme si elle avait longtemps cherché cet instant parfait et que, soudain, elle l'avait trouvé. C'était si bon ! Puis ce moment avait pris fin et l'avait laissée confuse et de nouveau seule.

Donc oui, il fallait qu'elle dorme. Et qu'elle trouve l'oubli dans les rêves. Sauf qu'elle ne parvenait pas à rester allongée, ni à apaiser son esprit tourmenté. La nuit était chaude, oppressante, et sa chambre lui paraissait trop confinée. Mena lui avait parlé d'une grande terrasse sur le toit du *palazzo*. Depuis cet endroit, la famille pouvait suivre les processions dans la rue ou surveiller les domestiques qui cherchaient à se cacher pour boire un peu de vin à la dérobée. Isabella se dit qu'elle pourrait aller s'y asseoir quelques instants pour prendre l'air et contempler cette ville qui la captivait tant.

Elle passa à la hâte une des robes qu'elle avait apportées avec elle et laissa ses cheveux détachés. Elle s'était débarrassée des vêtements de soie et des bijoux qu'elle avait portés pour la fête. Elle posa un châle léger sur ses épaules et gravit l'étroit escalier de service réservé aux domestiques. Elle ne croisa personne. Le calme était si grand que la maison semblait déserte.

Elle trouva l'accès à la terrasse par une petite antichambre tout en haut de la maison. Ses chaussures tintèrent doucement sur le sol en pierre lorsqu'elle s'avança sur la pointe des pieds jusqu'à la rambarde pour regarder dans la rue en contrebas. Contrairement au *palazzo*, Florence n'était pas complètement silencieuse la nuit. Elle entendait au loin des échos de musique, des éclats de voix et des rires. Elle vit de la lumière briller dans la maison de l'autre côté de la place.

Isabella posa le menton dans sa main et ferma les yeux avant de se laisser bercer par le charme de la nuit.

Elle pensa à Orlando, à ses mains sur elle pendant qu'ils dansaient ensemble, à son baiser. Jamais elle n'avait imaginé qu'un baiser puisse lui faire un tel effet…

Soudain, un craquement sonore lui fit ouvrir les yeux.

Surprise, elle se redressa, juste à temps pour voir la lueur d'un feu d'artifice au-dessus des toits de tuiles de la ville. Des étincelles rouges, blanches et vertes éclairèrent le ciel avant de disparaître.

Étonnée par cette soudaine explosion de beauté, elle rit en voyant une plume d'argent voler dans le ciel parmi les volutes de fumée. Cette image était comme tant de choses qui étaient survenues depuis son arrivée à Florence : inattendue, inespérée et totalement folle. Un monde entier de possibilités nouvelles s'ouvrait à elle, un monde où tout pouvait arriver.

Submergée par une bouffée de joie, elle tourna sur elle-même en décrivant de larges cercles, les bras étendus comme si elle dansait. Son châle glissa de ses épaules et tomba au sol. Elle sentit alors le vent caresser sa peau et s'engouffrer dans ses cheveux.

Elle finit par s'arrêter pour reprendre son souffle et regarda de nouveau dans la rue. À présent, elle n'était plus déserte. Un homme vêtu d'un manteau à capuchon se tenait de l'autre côté de la rue, le visage levé vers la terrasse.

La joie soudaine et brutale d'Isabella se mua en peur. Elle se souvint des avertissements de Caterina sur les dangers cachés de Florence et se sentit stupide de l'avoir encore oublié. Elle fit un pas en arrière et s'apprêtait à fuir lorsque quelque chose l'arrêta. Cet homme, sa stature, la façon dont il se tenait l'interpellaient.

L'homme rejeta son capuchon en arrière et la torche de la rue éclaira soudain son visage. C'était Orlando qui la regardait, Orlando qui était venu jusqu'à elle. Pour la retrouver ?

Isabella osait à peine espérer qu'il était venu pour elle. Peut-être ne faisait-il que passer par là, et s'était-il arrêté pour regarder une fille à l'allure tapageuse. Et pourtant… Elle se souvenait très bien de son baiser si doux, si tendre au début, avant de devenir fougueux et passionné. De la manière dont le cœur d'Orlando s'était emballé, tout comme le sien. Il était peut-être venu pour elle.

Incapable de s'en aller, elle se pencha de nouveau au-dessus de la balustrade pour le regarder.

— Orlando ? appela-t-elle.

— N'ayez pas peur, Isabella, s'il vous plaît, dit-il d'une voix étouffée.

Il s'avança plus près, le visage levé vers elle. Puis il lui décocha ce sourire charmeur qui faisait immanquablement battre son cœur plus vite.

— Que faites-vous ici ? demanda-t-elle en retenant son souffle tandis qu'elle attendait sa réponse, le cœur battant et pleine d'espoir.

— Je sais que c'est ridicule, répondit-il.

Il lui lança un sourire radieux qui brilla à la lueur de la torche. Isabella sourit à son tour.

— Mais j'entretenais l'espoir de vous apercevoir ce soir, ajouta-t-il. Il semblerait que les dieux et la chance m'aient souri.

Enchantée par sa réponse, Isabella rit doucement.

— Comment saviez-vous que je vivais ici ?

— Je connais beaucoup de choses sur Florence et sur ses habitants, Isabella, et je suis prêt à les partager avec vous, si vous le voulez bien.

Les partager avec elle avant de disparaître encore ? songea-t-elle, dubitative. Pourtant, Isabella était tellement heureuse, tellement ivre de bonheur de le voir qu'elle ne voulait plus accorder d'importance au mystère qui entourait Orlando. Pas maintenant, alors que lui aussi semblait partager sa bonne humeur.

— Je suppose que c'est vous qui avez organisé un feu d'artifice pour que je puisse voir la ville la nuit, plaisanta-t-elle.

— C'était l'œuvre des Médicis, j'en suis sûr. Ils aiment étaler leur richesse et leur pouvoir dès qu'ils en ont l'occasion. Mais je suis prêt à m'en attribuer le mérite si vous le voulez.

— Le simple fait de votre présence ici me ravit, avoua Isabella en oubliant toute précaution.

— Puis-je monter, dans ce cas ? Ou bien dois-je rester à crier dans la rue jusqu'à ce que les voisins soient tous réveillés et qu'il y ait un scandale ?

— Vous ne pouvez pas monter jusqu'ici, protesta Isabella en riant. Et je doute que vous sachiez voler.

Après tout, il était Hadès et non Icare. Pourtant, ce soir, il paraissait trop jeune et trop joyeux pour être le dieu des Enfers. Orlando pouvait changer de visage si rapidement. Comme cet homme l'intriguait !

— Je n'ai pas besoin de me fabriquer des ailes, répliqua-t-il.

Soudain, il fit un bond et saisit une branche de lierre grimpant qui pendait du mur en pierre.

Isabella le regarda d'un œil stupéfait se servir du lierre pour se hisser vers elle.

— Non ! cria-t-elle en sursautant de frayeur. Vous allez tomber !

— Vous avez bien peu de foi en moi, belle Isabella, dit-il sur un ton léger.

Il atteignit un tout petit balcon en contrebas de la terrasse et monta sur la balustrade.

— Je crois surtout que vous n'êtes pas un oiseau, dit-elle d'une voix inquiète.

Elle le regarda poursuivre son ascension, le souffle coupé par tant d'audace.

— Je ne suis pas non plus le citadin pataud que vous imaginez, objecta-t-il.

Orlando ne paraissait pas du tout essoufflé et continuait son ascension sans le moindre effort.

— J'ai grandi dans la villa de mon père à la campagne où j'ai nagé, fait du bateau…

— Et où vous avez appris à monter aux arbres ?

— Oui, aussi. Je sais également manier l'épée et écrire des poèmes. Comme vous le constatez, je suis un homme aux multiples talents.

— C'est ce que je commence à voir, dit Isabella.

Elle savait que les nombreux aspects de sa personnalité pourraient la fasciner pendant très longtemps. C'était d'ailleurs ce qu'elle redoutait le plus.

Il finit par s'agripper à la balustrade de son balcon et se hissa par-dessus la rambarde. Il atterrit à côté d'elle avec l'agilité d'un chat et lui sourit en se redressant.

— Puis-je avoir une récompense pour mes exploits ? demanda-t-il.

Il écarta les bras et Isabella ne put se retenir : elle se jeta vers lui en riant. Orlando l'enlaça et la serra contre lui, comme elle en rêvait depuis qu'ils avaient dansé ensemble sous le soleil.

— Un baiser vous paraît-il être une récompense suffisante ? murmura-t-elle.

Pour toute réponse, il l'attira encore plus près de lui et posa ses lèvres sur les siennes, d'abord doucement, puis plus impérieusement. Isabella lui répondit avec fougue. Elle aimait qu'il l'embrasse et cela se reproduisit de nouveau : le monde autour d'eux disparut comme par magie. Cette magie qu'Orlando savait créer autour de lui. Sa bouche avait le goût du vin et de la menthe, un goût puissant et sombre comme la nuit.

Il fit glisser ses mains le long du dos d'Isabella tout en approfondissant encore son baiser. L'air du soir était frais, mais Isabella ne sentait que la chaleur du corps d'Orlando. Soudain, sa main ferme vint se poser, d'une manière aussi choquante que merveilleusement délicieuse, sur ses fesses à travers le fin tissu de sa robe. Orlando la serra tout contre lui. Isabella gémit contre sa bouche.

Il la souleva et la fit pivoter avant de la coincer contre le mur en pierre du *palazzo*. Tout à coup, elle se sentit libre, comme si elle volait, et elle osa enrouler les jambes autour de sa taille pour l'attirer contre elle.

Elle sentait son sexe tendu par le désir à travers son pourpoint, et elle fut secouée par un frisson de la tête aux pieds. Orlando avait envie d'elle comme elle avait envie de lui. Elle rejeta la tête en arrière et poussa un rire joyeux.

Les lèvres d'Orlando suivirent la ligne de son cou et, du bout de la langue, il caressa la naissance de sa gorge. Isabella sentait son pouls battre à tout rompre. Quelque chose de profondément enfoui en elle, de sombre et de primitif, appelait Orlando à grands cris.

— Isabella, *cara*. J'ai envie de…

— Je sais, haleta-t-elle en passant les doigts dans ses cheveux emmêlés avant de l'attirer de nouveau vers elle.

Elle frémit pendant qu'il embrassait sa gorge. Son souffle était chaud et elle poussa un petit cri lorsqu'il la caressa de nouveau.

— Vous êtes si belle. Je n'ai jamais rencontré de femme comme vous.

Il l'embrassa de nouveau et elle entendit leurs souffles hachés et les propos incohérents d'Orlando. Elle avait oublié la ville étendue à ses pieds pour ne plus penser qu'à lui, et à son baiser.

La main d'Orlando glissa toujours plus bas pour se poser sur sa hanche, puis sur sa cuisse repliée, avant de saisir sa jupe à pleines mains. Il la remonta et promena sa paume sur sa peau nue. Isabella s'accrocha désespérément à Orlando et enroula encore plus fort ses cuisses autour de lui.

— J'ai tellement envie de vous, *bella*, dit-il. Mais je ne peux pas… Pas ici. Pas comme cela…

Un frisson de déception glacial s'empara d'elle, même si elle savait, bien sûr, qu'il avait raison. Ce n'était ni le lieu ni le moment. Orlando éprouvait certainement des sentiments pour elle, les mêmes qu'elle ressentait pour lui. Leur relation ne pouvait pas s'arrêter là. C'était impossible. Tout son univers avait changé depuis qu'il y était entré.

Elle ouvrit les yeux et étudia son beau visage tout en reprenant son souffle. Orlando la fixait avec, dans le regard, une étrange lueur de plaisir et de douleur mêlés. Était-ce du regret ?

Non, songea-t-elle. Il ne pouvait pas regretter une telle chose.

— Oui, dit-elle. Je vous reverrai très bientôt, Orlando. Mais le fait que vous soyez venu ici, ce soir…

Il sourit et la lueur sombre dans son regard s'évanouit. Il se pencha vers elle pour l'embrasser de nouveau furtivement. Tendrement.

— Nous nous reverrons bientôt, *cara*. Je vous en fais la promesse.

Orlando resta caché juste au coin de la rue, de l'autre côté du *palazzo* des Strozzi. Il contempla la lumière qui brillait à la fenêtre de la chambre qu'il savait être celle d'Isabella. Il aurait dû partir. Il aurait dû tourner le dos à cette maison maudite et ne jamais revenir. Ne plus jamais revoir Isabella.

Mais une force puissante et irrésistible le retenait. Il ne pouvait détourner les yeux de cette lueur. Il avait l'impression de fixer la lumière du dernier phare dans un monde sombre et désolé.

Voilà, c'était exactement ce qu'Isabella était pour lui. Le scintillement d'une étoile brillante, pure et argentée, qui dansait au-dessus du gâchis qu'était sa vie.

Il s'appuya contre le mur en pierre froide tout en songeant à la chaleur d'Isabella dans ses bras. À cette merveilleuse vague de vie et de passion qui avait déferlé sur lui. Lorsqu'il était avec elle, il ne pensait plus aux souillures du passé, aux erreurs qu'il avait commises ni aux personnes qu'il avait blessées. La vie lui semblait nouvelle, et pleine d'espoir.

Peut-être n'était-ce qu'une illusion, la plus cruelle qui soit. Mais elle était tellement grisante. Il en voulait toujours plus, et désirait Isabella plus que toute autre chose.

C'était ce qui l'avait poussé à se rendre chez elle ce soir. Même s'il savait que c'était le dernier endroit où il devait aller, il s'était senti attiré par elle comme par une force irrésistible. Et lorsqu'il avait vu Isabella sur la terrasse, comme si elle n'attendait que lui…

Il n'avait pu s'empêcher d'aller la retrouver. Il était même prêt à mourir pour pouvoir la prendre dans ses bras. Et quand il l'avait enfin embrassée, il avait eu le sentiment de glisser dans un paradis qu'il ne méritait pas.

À présent, sa douleur était dix fois plus grande. Il avait entrevu ce qu'il pouvait avoir à travers elle, tout en sachant qu'il était beaucoup trop tard.

Lucretia avait raison. Isabella lui avait permis d'entrer dans la demeure des Strozzi, mais la douceur de son regard lui avait fendu l'âme.

Il frappa de toutes ses forces le mur en pierre avec son poing, en espérant que la douleur l'aide à chasser les tourments de son cœur. Mais il ne pouvait s'y soustraire, pas plus qu'il ne pouvait trouver d'échappatoire dans la boisson ou avec d'autres femmes. Isabella était ce qui le portait à présent. Isabella était la femme qu'il voulait.

Et elle était la seule qu'il ne pouvait pas avoir.

Il entendit un bruit derrière lui, d'abord lointain, puis de plus en plus sonore. C'était un mélange de rires et de cris. Orlando s'adossa contre le mur, la main instinctivement serrée sur sa dague.

Un groupe d'hommes manifestement ivres avançait en titubant dans l'étroite ruelle. Ils se bousculaient en riant et en se passant un flacon. L'un d'entre eux était Paolo, un ami d'Orlando qu'il voyait souvent dans le salon de Lucretia.

— Orlando ! cria Paolo. Où te cachais-tu ces derniers temps ? Toutes les filles des tavernes sont éplorées de ne plus te voir. Je ne peux pas toutes les satisfaire à moi tout seul !

Orlando relâcha légèrement la pression sur sa dague. Il ne pouvait faire confiance à personne à Florence, et même pas, surtout pas, à ceux qui prétendaient être ses amis.

— J'ai eu beaucoup d'affaires à régler, répondit Orlando.

— Des affaires ? Bah ! s'écria Paolo.

Il s'avança en titubant vers Orlando et le prit par l'épaule. Tout le groupe le suivit en parlant fort et en criant. Les hommes sentaient très fort le vin.

— Le plaisir passe avant tout. Nous allons chez Céleste. Viens avec nous.

Orlando secoua la tête. Autrefois, il apaisait sa colère et son chagrin dans de tels endroits, mais ils ne l'attiraient plus. Plus après Isabella, la douceur et la joie qu'il trouvait dans ses bras. Pas après avoir eu un aperçu de ce que pourrait être sa vie.

Mais il ne pouvait pas avoir Isabella. Pas comme il l'aurait voulu, pas pour toujours.

Il regarda une dernière fois vers sa fenêtre, à présent plongée dans l'obscurité. Isabella était partie.

Et son ancienne vie aussi. Peut-être cette femme lui était-elle inaccessible, mais il pouvait au moins essayer de devenir un homme digne d'elle. C'était le présent qu'elle lui avait fait.

— Non, dit-il à Paolo. Pas ce soir. J'ai d'autres affaires à régler…

Chapitre 10

— J'ai trouvé des informations sur cette mystérieuse Isabella, dit Lucretia tout en se promenant le long de l'Arno au côté d'Orlando.

Elle avait tiré son voile en soie sur son visage pour se protéger du soleil de l'été, mais Orlando distinguait son sourire espiègle.

— Vous êtes rapide en besogne, Lucretia.

— Bien sûr, *caro*, rétorqua l'ancienne courtisane. Pour une femme comme moi, une information ne sert à rien si elle est éventée. Mais je crains que cette femme ne présente pas un grand intérêt pour vous. Elle ne semble pas du tout être votre genre.

Son genre ? Orlando poussa un petit rire narquois en songeant à certaines femmes qu'il avait fréquentées par le passé. L'élégante et sophistiquée Lucretia était une exception par rapport à certaines courtisanes plus vulgaires et plus sombres, certaines filles de taverne, certaines femmes plus âgées en quête de diversion, tout comme lui l'avait été. Des femmes capables de lui faire oublier Maria Lorenza, même pour une heure.

Non, Isabella n'avait certainement rien à voir avec elles. Elle n'avait rien à voir avec aucune femme qu'il avait connue. Elle était un mélange fascinant d'artiste et d'innocence. Et la nuit dernière, lorsqu'il l'avait tenue dans ses bras et qu'il avait enfoui son visage dans ses cheveux parfumés, il avait éprouvé un sentiment inédit. Il s'était senti propre. Libre.

Heureux.

Orlando secoua la tête. Il ne se souvenait plus de ce que c'était qu'être heureux. Lorsqu'il était enfant, peut-être avait-il eu ce sentiment, à l'époque où sa mère et Maria Lorenza étaient encore de ce monde et où la vie ressemblait à un été sans fin. Mais c'était avant. Avant que son existence ne devienne froide et sombre. Avant que son âme ne se fasse aussi noire que la nuit. Depuis, il ne pensait à rien d'autre qu'à la mort et à la vengeance.

Pourtant, lorsqu'il était avec Isabella, sa simple présence effaçait tous ces souvenirs. À ses côtés, quand il regardait le monde à travers ses yeux d'artiste, il voyait l'espoir d'un avenir nouveau s'offrir à lui.

Il avait toutefois compris qu'il arrivait beaucoup trop tard. Son destin était tracé et il ne pouvait pas le changer. Il avait fait une promesse à Maria Lorenza. Le sort semblait déterminé à se jouer de lui en faisant surgir Isabella dans sa vie juste à ce moment-là.

Il sentit que Lucretia l'observait de très près et réalisa qu'il avait gardé le silence trop longtemps.

Il se tourna vers elle et lui lança un sourire désinvolte, tout en sachant pertinemment qu'elle le connaissait trop bien pour se laisser duper.

— Dites-moi donc ce que vous avez entendu, belle Lucretia, dit-il.

Elle haussa les épaules et sa robe pâle en soie dorée ondoya sous la lumière.

— Comme je vous l'ai déjà dit, il n'y a pas grand-chose à savoir, dit-elle d'un air dégagé. Soit cette femme est aussi ennuyeuse et irréprochable qu'une sainte, soit elle sait très bien garder ses secrets. Elle est apparentée aux Strozzi, après tout.

Orlando sentit monter une bouffée de colère en se rappelant ses liens de parenté avec les Strozzi. Une autre ironie du destin.

— Elle n'est pas comme eux.

— Ah ! C'est une sainte, alors.

Orlando se souvenait comment elle s'était blottie en toute confiance contre lui, comment elle l'avait serré dans ses bras, comment elle avait répondu avec fougue à ses baisers, avec passion et sans aucune retenue. Il ne put s'empêcher de sourire à ce souvenir.

— Non, elle n'est pas cela non plus.

— Si elle arrive à vous faire sourire ainsi, Orlando, c'est qu'elle est plus intéressante qu'elle ne le paraît, dit Lucretia en riant. Il semblerait que sa mère, morte depuis longtemps, soit la sœur du père de Matteo et de Caterina Strozzi. Elle s'était installée à la campagne et avait épousé un érudit du nom de Spinola. Elle ne revenait que rarement à Florence. Le *Signor* Spinola est connu dans son milieu d'intellectuels pour ses travaux. Il correspond avec de nombreux philosophes et artistes, même si rares sont ceux qui l'ont rencontré. Il ne quitte jamais sa villa.

Elle s'interrompit quelques secondes et reprit son souffle avant d'ajouter :

— Mario a passé quelques jours avec lui l'année dernière et je l'ai vu hier. Je l'ai interrogé sur les Spinola.

Mario était jeune et beau, même s'il était surtout connu pour sa timidité et sa passion pour les livres. Avait-il fait la connaissance d'Isabella lorsqu'il avait rendu visite à son père ? Lui avait-il parlé, s'était-il promené avec elle à travers les collines ? Lui avait-il fait la cour ?

Orlando faillit rire de lui-même. Non, il n'avait pas le droit d'être jaloux de ceux qui parlaient à Isabella. La jalousie était d'ailleurs un sentiment qui lui était étranger. Pourtant, il s'aperçut avec étonnement qu'il aurait volontiers étranglé Mario s'il apprenait qu'Isabella avait autrefois badiné avec lui.

— Et que vous a dit Mario ? demanda-t-il d'une voix tendue.

— Il m'a beaucoup parlé de la grande sagesse du père, mais ne m'a presque rien dit à propos de la fille, répondit Lucretia. Juste qu'elle aimait peindre et qu'elle était une bonne compagne pour son père. Elle est venue à Florence pour tenir compagnie à la *Signorina* Caterina jusqu'à ce que celle-ci retrouve la santé, si elle se remet un jour. Je parierais que ses cousins ont également l'intention de lui trouver un mari.

Orlando fronça les sourcils.

— Ils ont trouvé quelqu'un ?

Lucretia secoua la tête.

— Pas encore. J'ai entendu dire qu'elle était assez jolie pour avoir des admirateurs, mais, malheureusement, ses cheveux sont noirs et elle n'a pas une grande fortune. Les Strozzi sont prêts à tout pour nouer des alliances. Si vous avez jeté votre dévolu sur elle…

— J'étais juste curieux, mentit-il.

Lucretia se mit à rire.

— Je vous connais mieux que vous ne le croyez, Orlando, dit-elle en lui lançant un regard en coin. Jamais vous ne m'avez posé de questions sur une dame respectable avant aujourd'hui, et la façon dont vous cherchez à cacher votre intérêt pour elle en dit long.

Orlando sourit tristement.
— Suis-je devenu si transparent ?
— Seulement pour moi, avoua-t-elle. Personne d'autre ne sait rien sur vous. C'est pourquoi la plupart de mes amies sont tellement intriguées par votre personne. J'ignore pourquoi vous détestez tant les Strozzi et je ne veux pas le savoir : cette ville est pleine de vieilles querelles. Mais si vous admirez Isabella Spinola, peut-être pourrait-elle être un moyen de vous réconcilier avec eux…
— Non, la coupa vivement Orlando en songeant au visage blanc de Maria Lorenza dans son cercueil. Ce n'est pas possible.
Lucretia haussa les épaules.
— Si vous le dites. Les hommes peuvent être si têtus. Si j'entends autre chose sur votre belle artiste, je ne manquerai pas de vous écrire.
— M'écrire ?
Les cloches de la cathédrale sonnèrent lentement l'heure et leur son résonna sur les tuiles des toits et sur les vaguelettes étincelantes du fleuve. Lucretia pencha la tête comme pour les écouter.
— Je quitte Florence pour me rendre dans ma villa à la campagne, déclara-t-elle.
— Vous ? Vous avez l'intention de quitter la ville ? demanda Orlando sans cacher sa surprise.
— La saison pénitentielle est arrivée et l'heure de la réflexion est venue, annonça-t-elle. Je pense que j'ai besoin d'air frais.
Elle leva son beau visage vers lui, l'air soudain grave et solennel.
— Je sens que quelque chose d'étrange arrive sur notre belle ville, mon cher Orlando.

— Qu'avez-vous entendu ? demanda-t-il en sentant un frisson lui parcourir l'échine.

Il se rappela alors ce que lui avait dit son contact et les confidences qu'il lui avait faites à propos des Pazzi et de leurs vieilles rancunes. Et il devait reconnaître que dernièrement, au cours de ses sorties, il avait senti une étrange tension dans les rues de Florence.

— Rien de particulier. Mais il y a beaucoup de colère, surtout à l'égard des Médicis. Ils ont tellement pris, et lésé tant de personnes. Et maintenant, ils fréquentent un cardinal qui est le neveu du pape, alors que tout le monde sait que le pape les déteste. Je n'aime pas cela. C'est pourquoi je préfère me retirer pendant la période de Carême.

Orlando fronça les sourcils. Si Lucretia avait l'intention de quitter la ville, quelque chose planait vraiment dans l'air. Était-ce quelque chose qui pourrait blesser Isabella ? Il ne le permettrait jamais. Et pourtant, par une étrange farce du destin, il était justement celui qui pouvait lui faire plus de mal.

Lucretia caressa doucement sa joue.

— Soyez prudent, Orlando.

Il lui sourit tout en espérant qu'elle ne s'apercevrait pas de son désarroi.

— Je suis toujours prudent.

— Pas toujours, je pense. La passion peut parfois nous égarer.

Elle prit son bras et ils continuèrent à longer le bord du fleuve en silence, accompagnés par le tintement lointain des cloches.

Orlando leva les yeux vers le ciel et adressa une prière muette pour que rien de grave n'arrive à Isabella. Mais il n'était pas prêt à se laisser détourner de son sombre dessein.

— Isabella, que voyez-vous de si fascinant à travers cette fenêtre ? demanda Caterina.

Isabella rit d'elle-même car elle ne pouvait s'empêcher de lorgner toutes les cinq minutes par la fenêtre.

Elle se tourna vers Caterina, occupée à broder.

— Absolument rien. Je n'arrive pas à rester en place aujourd'hui, voilà tout.

Ni à cesser de penser à Orlando et elle sur la terrasse, en train de s'embrasser et de se serrer l'un contre l'autre avec passion. Elle avait eu l'impression de rêver cet instant magique.

Elle se sentait grisée par tout ce qui lui était arrivé. Tous les hommes de grande taille aux cheveux bruns qui passaient dans la rue faisaient battre son cœur, mais il ne s'agissait jamais d'Orlando.

La nuit sans sommeil qu'elle venait de passer lui embrouillait les idées.

Caterina lui adressa un sourire indulgent.

— C'est à cause de la fête d'hier, affirma-t-elle. Je sais ce que c'est : la musique hante votre esprit et ne vous quitte plus. Ou peut-être l'un des beaux amis de Matteo vous a-t-il tapé dans l'œil ?

Isabella sentit ses joues s'enflammer et détourna les yeux vers la fenêtre.

— Pas du tout, protesta-t-elle.

— Allons, ma cousine ! s'écria Caterina en riant. Je sais reconnaître les signes d'une amourette naissante. Florence est remplie d'hommes charmants et il serait complètement naturel, voire souhaitable, que vous vous soyez entichée de quelqu'un.

Entichée de quelqu'un ? Était-ce donc ce qu'elle ressentait pour Orlando ? Ce qu'elle vivait avec lui n'était-il qu'une simple amourette ? Peut-être bien. Et celle-ci s'estomperait avec le temps à mesure qu'elle gagnerait en expérience et qu'elle rencontrerait d'autres hommes.

Pourtant, elle craignait fort qu'il ne s'agisse pas de cela. Les sentiments qu'elle éprouvait pour Orlando ne pourraient pas s'effacer avec le temps. Lorsqu'elle le regardait, elle ressentait les mêmes émotions vibrantes qu'en contemplant un tableau de Botticelli.

Elle était tellement transportée par sa beauté qu'elle avait envie de pleurer.

— Personne n'a attiré mon attention de cette manière, Caterina, objecta-t-elle. Et je suis certaine que les amis de Matteo ne m'ont même pas remarquée. Jamais ils ne me verraient ainsi.

— Bien sûr que si ! s'écria sa cousine. Vous êtes jolie comme un cœur. Et vous avez un lien de parenté avec Matteo, ce qui est certainement un atout considérable pour de nombreuses familles florentines. Beaucoup rêveraient d'être apparentées avec nous.

Isabella fut surprise par ce discours, mais, très vite, elle comprit qu'elle n'avait pas de quoi être étonnée. Caterina ne lui avait-elle pas parlé de mariage dès le jour de son arrivée ? N'avait-elle pas évoqué l'idée de nouer des liens avec une autre famille ?

Elle songea alors à Orlando. Qui était-il vraiment ? Cet homme mystérieux était capable de s'évanouir dans les airs, comme un fantôme. Elle ignorait tout de lui et, pourtant, il occupait toutes ses pensées. Il la faisait frémir, il la faisait rêver.

— Vous pourrez les regarder de plus près à l'église, demain, annonça Caterina. Il y a une cérémonie à la cathédrale pour célébrer Pâques. Toute la ville sera présente, d'autant que c'est le cardinal Riario, le neveu du pape, qui dira la messe. Vous porterez votre nouvelle robe en satin bleue.

— Caterina…, intervint Isabella avant de s'interrompre brusquement.

Que pouvait-elle lui dire ? Florence représentait pour elle un monde entièrement inédit, comme une nouvelle et joyeuse danse dont elle commençait à peine à apprendre les pas. Elle savait juste quel partenaire elle voulait pour cette étrange pavane.

— Oui, se reprit-elle, il me tarde d'y être.

Chapitre 11

— *Pange, lingua, gloriosi ! Corporis mysterium…*

Isabella et Caterina avançaient d'un pas lent en direction de la majestueuse cathédrale de Santa Maria del Fiore. Au milieu des fidèles qui se pressaient, elles gravirent les marches et s'arrêtèrent sur le seuil des imposantes portes en bronze. Isabella se signa avec de l'eau bénite, puis contempla le spectacle qui s'offrait à elle, frappée par son étrange beauté.

Elle avait l'impression d'être devant l'une des toiles colorées et surnaturelles du *Signor* Botticelli.

Une fois à l'intérieur de la cathédrale, le souvenir du jour où elle était montée sur le balcon du chœur avec Orlando lui revint en mémoire. À ce moment-là, l'église était pleine et, pourtant, elle lui avait paru vide et sonore.

Aujourd'hui, les fidèles s'entassaient dans la nef. Ils se parlaient à voix basse et riaient derrière leurs éventails. L'éclat de leurs beaux vêtements et de leurs bijoux se fondait avec celui des vitraux qui projetaient leur lumière brillante sur les sols en mosaïque et les murs en pierre de taille de chaque côté de la nef.

Caterina prit le bras d'Isabella et l'entraîna avec elle dans la foule. Des dames et des messieurs bien mis la saluèrent et elle s'arrêta pour les embrasser sur la joue, leur sourire et rire avec eux. Elle était pâle et un peu affaiblie depuis la fête au Prato, mais, aujourd'hui, ses joues étaient aussi roses que sa robe rebrodée de perles.

Isabella était heureuse de voir sa cousine de nouveau enjouée, mais elle ne savait rien sur les commérages qui couraient sur les habitants de Florence et elle préféra ne pas faire de commentaires ; il était plus prudent de garder le silence.

En attendant que sa cousine ait terminé de s'entretenir avec ses connaissances florentines, elle inspira profondément les effluves d'encens et de coûteux parfums qui se mélangeaient dans l'air — des odeurs de rose, de jasmin et de violette —, puis elle étudia la scène autour d'elle. Elle aurait aimé avoir son carnet de croquis pour pouvoir la peindre plus tard.

Tous les Florentins semblaient avoir sorti leurs plus beaux atours pour se rendre à l'église aujourd'hui. Après tout, c'était un jour saint et le cardinal, qui était le neveu du pape en personne, dirigeait la messe. Toutes les grandes familles de la ville étaient présentes.

Mais pas encore les Médicis.

Isabella se hissa sur la pointe des pieds pour observer les visages autour d'elle. Lorenzo de Médicis et son frère Giuliano n'étaient pas encore arrivés, pas plus que Matteo. Son cousin n'était plus beaucoup rentré chez lui dernièrement. Caterina avait raconté à Isabella que Giuliano s'était blessé à la jambe après la fête au Prato et que Matteo et leurs amis s'étaient relayés pour le distraire. En revanche, ils ne manqueraient pas de venir assister à une messe aussi importante.

Isabella ne vit pas non plus Orlando et son cœur se serra un peu de déception. Elle n'osait pas s'avouer à quel point elle désirait apercevoir, même furtivement, son beau visage de dieu grec.

Au-dessus des murmures de Caterina et de ses amis, la cathédrale résonnait de mille bruits : le chœur qui chantait, le tintement des cloches, le cliquetis des épées dans leurs fourreaux et celui des bracelets, le bruissement des tissus précieux.

Le silence se fit enfin dans la foule lorsque les portes en bronze s'ouvrirent pour laisser place à Lorenzo de Médicis et à sa suite.

Le puissant chef des Médicis n'était certainement pas un bel homme, songea Isabella en le regardant avancer à grands pas pour prendre place devant la rambarde dorée de l'autel. Pourtant, elle aurait aimé le dessiner tant ses traits étaient intéressants.

Son visage était vérolé et dominé par un nez aplati et une mâchoire lourde et proéminente. Il portait un luxueux pourpoint en velours vert sombre. Pourtant, malgré son air peu amène, chaque parcelle de sa personne vibrait d'énergie. L'homme paraissait conscient de tout ce qui l'entourait.

Giuliano le suivait, somptueusement vêtu mais un peu pâle. Il s'appuyait lourdement sur l'épaule d'un jeune homme blond de petite taille qu'Isabella avait aperçu au Prato. Il s'agissait de Francesco Pazzi, l'informa Caterina à voix basse.

Giuliano prit la direction opposée à celle de son frère et disparut dans la foule, près des portes.

Leur apparition sembla donner le coup d'envoi de la messe. Des dizaines de cloches en argent retentirent près de l'autel et le neveu du pape se présenta dans une robe écarlate, précédé d'une dizaine d'acolytes qui balançaient des encensoirs.

— *Corporis mysterium…*

Isabella essaya de se concentrer sur l'office, de ne pas chercher Orlando des yeux. À genoux sur son prie-Dieu, elle ne put s'empêcher de balayer de nouveau la foule du regard, aussi discrètement que possible, dans l'espoir de l'apercevoir. Tout son esprit était obnubilé par l'idée de le revoir, et elle était bien obligée de s'avouer que cela avait été beaucoup trop souvent le cas ces derniers temps.

La messe se poursuivait, rythmée par la voix monocorde du prêtre. Tour à tour, les fidèles se levaient et s'agenouillaient, répondaient aux sollicitations du prêtre, plongés dans le recueillement. Une cloche sonna de nouveau et le cardinal leva solennellement l'hostie au-dessus de sa tête.

Soudain, un cri rauque brisa le silence parfumé d'encens de l'église.

— Liberté pour le peuple ! cria quelqu'un.

— Que se passe-t-il ? Qui a crié ? s'écria Caterina en s'accrochant au bras d'Isabella.

Elle avait pâli et tout son corps se mit à trembler.

Isabella ne voyait rien d'autre que les fidèles qui s'agglutinaient autour d'elle. La panique se propagea dans la foule comme un raz-de-marée, balayant sur son passage la paix qui régnait dans ce lieu sacré. Les paroissiens se dispersèrent dans tous les sens en criant, en pleurant et en se bousculant. Isabella se sentait prise au piège. Tout son corps était figé.

— Le dôme est en train de s'écrouler ! hurla quelqu'un avant de partir en courant.

Sous le choc, Isabella leva les yeux. De l'endroit où elle était, elle ne distinguait pas le dôme, mais elle n'entendait ni craquements ni le moindre signe d'effondrement. Uniquement les cris paniqués des fidèles qui fuyaient. C'était sans doute une fausse alerte.

Elle resta cramponnée à Caterina et lutta pour voir ce qui se passait et trouver le moyen de s'enfuir. Le cardinal Riario était toujours debout devant l'autel, aussi immobile qu'une statue. Elle vit Lorenzo de Médicis, de dos, que ses amis poussaient vers la sacristie avant de refermer ses lourdes portes derrière eux.

Désespérée, incapable de décider ce qu'il fallait faire dans l'ignorance de ce qui se produisait réellement et de l'origine du mouvement de panique, Isabella releva la tête et aperçut Giuliano de Médicis étendu de tout son long dans une flaque de sang sur le sol en mosaïque. Francesco Pazzi, l'homme qui le soutenait à son arrivée, se tenait au-dessus de lui et brandissait une dague maculée de sang. Son visage était pâle et il tremblait. Un autre homme s'abattit sur lui avec une frénésie et une violence terrifiantes.

Horrifiée par la scène de cauchemar qui se déroulait sous ses yeux, Isabella tira Caterina près d'elle pour l'empêcher de voir Giuliano. Soudain, elle avisa un paravent en tissu doré placé à côté du mur en marbre et poussa Caterina sans ménagement devant elle pour se cacher avec sa cousine derrière ce maigre abri.

La foule avançait et Isabella serra Caterina très fort contre elle pendant que sa cousine sanglotait sur son épaule.

Par-dessus la tête de Caterina, Isabella observa le chaos qui venait de transformer ce beau sanctuaire de paix en un lieu laid et terrifiant. Les gens se bousculaient rudement dans leur fuite désespérée. L'odeur lourde et métallique du sang couvrait à présent celle des parfums et de l'encens.

Soudain, Isabella aperçut les cheveux blonds de Matteo. Elle ouvrit la bouche pour l'appeler, mais les mots s'étranglèrent dans sa gorge lorsqu'elle le vit dégainer sa dague. Elle reconnut alors l'homme en face de lui.

C'était Orlando.

Orlando, dont le beau visage de dieu vivant était déformé par la haine tandis qu'il regardait le cousin d'Isabella.

Elle peinait à le reconnaître, et le monde qui l'entourait lui semblait tout aussi étranger. Tout paraissait bouger au ralenti, dans une sorte de brouillard, et elle était même incapable d'ouvrir la bouche pour crier. Le pire de ses cauchemars était en train de prendre forme sous ses yeux, et elle restait impuissante. Mais tout était beaucoup trop réel. Et elle ne pouvait rien faire pour arrêter le cours des événements.

Orlando bondit vers Matteo, la dague à la main, et Isabella finit par crier. Et, une fois que le premier hurlement franchit ses lèvres, elle ne put s'arrêter.

Orlando avait planifié sa vengeance, il l'avait imaginée depuis très longtemps. Mais Matteo Strozzi était toujours trop bien protégé, trop bien entouré par ses amis et ses mercenaires armés jusqu'aux dents. Or Orlando voulait avoir le temps de s'assurer que ce voyou saurait pour quel crime il allait payer. Il voulait le regarder droit dans les yeux et faire en sorte qu'il regrette ce qu'il avait fait à sa sœur innocente. Il voulait qu'il regrette d'avoir laissé la petite Maria seule au monde et couverte de honte. Il voulait qu'avant de mourir de sa main, Matteo fasse repentance.

Et maintenant, dans le désordre de la soudaine

échauffourée qui agitait la cathédrale, Orlando se rendait compte qu'il tenait enfin sa chance. Matteo Strozzi était seul, à sa merci. Ses amis s'étaient enfuis. L'air hagard, il se tournait de tous les côtés en brandissant sa dague, cherchant désespérément un moyen de s'enfuir.

Orlando dégaina son arme et avança furtivement vers lui. Il ne voyait plus la foule qui courait autour de lui en criant, ne la sentait pas le bousculer, il ne détectait pas l'odeur de sang qui imprégnait l'air. Poussé par sa colère, il ne pensait à rien d'autre qu'à Maria Lorenza et à la promesse qu'il lui avait faite. À sa vengeance.

— Matteo Strozzi ! cria-t-il.

Les mots retentirent sous le haut plafond voûté de l'église, et l'homme pivota sur lui-même pour lui faire face, la dague levée. Un sourire terrible fendit son visage couvert de sueur, comme s'il jouissait de toute cette violence.

— Orlando Landucci, dit-il avec un rire étrange. Êtes-vous mêlé à cette conspiration ? Vos amis ne pourront jamais être vainqueurs face aux Médicis…

— Vous ne vous souvenez plus de Maria Lorenza ? demanda Orlando d'une voix glaciale.

Une lueur vacilla dans les yeux de Strozzi et son sourire s'élargit.

— La petite garce blonde, vous voulez dire ? Pourquoi cela ? Vous l'aurais-je volée ? D'après ce que je sais, vous aviez Lucretia. Pourquoi auriez-vous eu des vues sur cette petite catin blafarde ?

En entendant ces paroles, Orlando sentit sa fureur se figer. Il s'était imaginé ce moment, l'avait planifié depuis si longtemps. Mais il n'avait pas la saveur à laquelle il s'attendait. Toute cette scène lui paraissait vaine et malsaine. L'homme ignorait à quel point son discours était répugnant et, en l'affrontant, Orlando ne faisait que se mettre au même niveau que lui. Voulait-il vraiment tomber si bas ? Était-ce digne du souvenir de Maria Lorenza ?

— Vous avez provoqué sa mort, expliqua-t-il d'une voix froide et détachée.

Strozzi haussa les épaules.

— Les traînées dans son genre sont légion. Une de perdue, dix de retrouvées. Si elle était trop faible pour connaître les règles de ce monde, ce n'est pas ma faute. Vous, en revanche, je serais heureux de me battre contre vous. J'attends ce moment depuis très longtemps.

— Ce n'était pas une traînée, dit Orlando d'une voix étrangement calme.

Il regarda Matteo fixement et serra les lèvres de colère.

— C'était ma sœur, ajouta-t-il.

Strozzi sembla enfin comprendre ses paroles. L'honneur d'une famille était quelque chose que même un gredin comme lui pouvait saisir. Et il savait comment y répondre.

Strozzi s'élança vers Orlando en brandissant sa dague, et Orlando lut dans son regard que Matteo avait la ferme intention de le tuer. Qu'il y prendrait même un certain plaisir. La pointe aiguisée était dirigée tout droit vers le cœur d'Orlando.

Orlando riposta en y mettant toute sa force et bloqua le coup fatal de Strozzi avec sa dague. Les deux lames en acier se heurtèrent avec fracas et crissèrent durement l'une contre l'autre. Puis elles s'éloignèrent pour mieux revenir à la charge. Leur bruit se perdit dans la mêlée générale.

Strozzi était habile au combat et tout indiquait qu'il aimait la violence et le sang. Orlando parvint à le tenir à distance, guidé par son instinct et soutenu par sa colère pour Maria Lorenza.

Mais Strozzi était lui aussi un redoutable adversaire. Ses attaques gagnaient en vitesse et en brutalité. Il fit mouche et toucha le bras d'Orlando de la pointe de sa lame avant que ce dernier ne puisse s'écarter. Une douleur aiguë l'envahit et une fine traînée de sang apparut.

L'atmosphère de la cathédrale, naguère si fraîche et si calme, remplie de l'odeur de l'encens, était lourde du parfum du sang et de celui plus vif de l'acier, de la peur, de la panique.

Orlando parvint à repousser Strozzi, mais il sentit que ses muscles fatiguaient dans ce combat acharné. Le sang coula de nouveau. Assez pour provoquer de la douleur, pour distraire les esprits, mais pas pour porter un coup fatal. Combien de temps pourrait-il tenir encore ?

Le sol en marbre maculé de sang sous leurs bottes était devenu poisseux et rendait dangereux chacun de leurs pas. Soudain, Matteo glissa dans une flaque et tomba. Orlando comprit alors que l'heure de sa vengeance avait sonné. Chaque instant sembla durer une éternité.

Et pourtant, au moment de porter le coup fatal, quelque chose arrêta le bras d'Orlando. Le sourire d'Isabella, accompagné de son regard sombre, lui apparut brusquement.

Cet homme était son cousin. Il avait fait du mal à sa sœur, mais à présent lui aussi lui en avait fait. L'âme d'Orlando était finalement devenue aussi noire que celle de Strozzi, et il se dégoûtait lui-même. Il se dégoûtait aussi pour avoir mêlé Isabella à toute cette laideur.

Laissant Strozzi étalé de tout son long sur le sol, il tourna les talons pour essayer de se frayer un chemin à travers la foule paniquée. Il était temps de tourner la page et d'en terminer avec toute cette histoire.

— Revenez vous battre ! cria Matteo.

En entendant cet appel, Orlando se retourna. Strozzi poussa un cri sauvage en se remettant sur ses pieds, puis il brandit sa dague avant de l'abaisser d'un mouvement brusque dans le cou d'Orlando.

Ce dernier baissa la tête pour parer l'attaque et leva la main pour riposter. Sa lame s'enfonça durement dans les côtes de Strozzi et la force du coup envoya son adversaire sur le sol de pierre. Mais Strozzi se releva et continua de se battre. Ses attaques devenaient plus agressives, plus désespérées.

Strozzi s'élança vers Orlando en poussant un cri sauvage. Orlando battit en retraite pour l'esquiver et brandit sa lame pour une riposte dont l'intensité se propagea dans son bras, puis à l'ensemble de son corps. Son sang se remit à bouillir en songeant à Maria Lorenza. Il attaqua, répondant à chaque assaut brutal par un autre coup encore plus dur. Son cœur battait furieusement dans sa poitrine et il peinait à reprendre son souffle. Finalement, porté par la fureur et son désir de vengeance, il enfonça profondément sa dague dans l'épaule de Strozzi, une dernière fois.

La lame entra puis sortit en une fraction de seconde, mais suffisamment profond pour l'envoyer au sol. Et, cette fois, Matteo ne se releva pas. Son sang coula de la plaie béante pour se mélanger à celui qui souillait déjà le sol de l'église.

Il regarda Orlando fixement, l'air à la fois stupéfait et furieux, puis ses yeux devinrent vitreux et immobiles.

Maria Lorenza était enfin vengée.

Orlando contempla le corps de Strozzi étalé à ses pieds.

Il tenait sa vengeance et, pourtant, il se sentait froid et vide à l'intérieur. Strozzi était revenu pour l'attaquer. Il n'avait pas à éprouver de remords pour un homme de son espèce. Maintenant, il était mort, comme Maria Lorenza qui avait commis la folie de lui faire confiance.

Mais Isabella avait aussi commis l'imprudence de faire confiance à Orlando.

Isabella. Elle était son ange, et il venait certainement de la perdre à tout jamais.

— *Vivano le palle !* cria un homme au-dessus de lui. Levez-vous pour les Médicis ! Sus à nos ennemis !

Orlando vit qu'il s'agissait de Sigismondo della Stuffe, un ami de Lorenzo de Médicis qui les exhortait à se battre depuis le balcon du chœur. Le même balcon que celui où il s'était tenu avec Isabella, croyant qu'un monde nouveau et plein d'espoir s'offrait à lui.

Tout cela avait disparu maintenant, et il fallait qu'il sorte de la cathédrale. Son combat était achevé et il ne voulait pas être mêlé à un autre.

Il lâcha sa dague tachée de sang sur le corps de Strozzi, sortit de l'église et se fondit parmi la foule des fidèles sur le parvis. La petite Maria avait besoin de lui à présent, et il devait aller la retrouver.

Pourtant, son cœur était froid et il se sentait tout engourdi. L'image d'Isabella hantait toujours son esprit, de même que son sourire et ses caresses, mais il savait qu'il l'avait perdue à tout jamais. Si seulement il pouvait s'amender auprès d'elle…

Hélas ! il avait commis l'impensable. Il avait tué son cousin et l'avait perdue en même temps.

Chapitre 12

— *Palle ! Palle ! Vivano le palle !*

Les cris perçants résonnaient dans l'air chaud et lourd de la cathédrale et gonflaient comme une vague hystérique. La soif de sang se répandait dans les rues et les champs de Florence comme une force inexorable réprimée depuis trop longtemps, tapie de longue date derrière les paisibles façades en pierre et les persiennes des balcons. Cette frénésie de violence sévissait déjà depuis deux jours et rien ne semblait pouvoir la contenir.

Isabella se fraya un passage parmi la foule et passa devant des hommes agités armés de piques et d'épées. Elle chassa d'un coup de coude tous ceux qui osaient se mettre en travers de son chemin.

Elle avançait dans un brouillard teinté de gris à travers son voile noir, mais elle sentait dans la brise chaude l'odeur piquante du sang et sa puanteur poisseuse. Celle-ci se mélangeait aux odeurs habituelles de la ville : le parfum écœurant de l'Arno et celui des fruits et du poisson qui pourrissaient au soleil au Mercato Vecchio, sans oublier le parfum nauséabond des abats dans les caniveaux que les chiens errants disputaient aux petits mendiants. Isabella devinait aussi les effluves sucrés des parfums des nobles et ceux de l'encens qui s'échappaient en volutes argentées des églises disséminées dans la ville.

Aujourd'hui, ce relent de sang et de mort imprégnait tout, comme une nappe inéluctable et fatale.

— *Palle ! Palle !* entendait-elle partout où elle allait.

Les cris montaient au-dessus du carillon incessant des cloches.

Isabella finit par atteindre un petit espace vide et tranquille, un minuscule renfoncement sur le seuil d'une porte loin de la cacophonie et du bruit métallique des épées. Elle s'adossa contre le mur en stuc rugueux pour reprendre son souffle, puis elle écarta son voile pour laisser l'air frais passer sur ses joues rouges et apaiser sa nausée et sa peur. Non loin d'elle, la foule, se pressait, toute à ses envies de meurtre. Mais ses rugissements étaient étouffés, comme si Isabella les entendait dans un cauchemar lointain déconnecté de ce qu'elle vivait.

Un cauchemar. C'était ce qu'était devenue sa vie depuis cet horrible instant dans la cathédrale où le prêtre avait levé l'hostie vers le ciel et où l'enfer s'était déchaîné. Le moment où les conspirateurs de Pazzi s'étaient soulevés pour essayer d'assassiner Lorenzo de Médicis. Ils avaient réussi à tuer son frère.

Était-ce seulement hier ? Pour Isabella, ces événements s'étaient déroulés dans une autre vie, un siècle plus tôt. Et pourtant elle en gardait un souvenir très vif. Un souvenir qui ne cessait de hanter son esprit tourmenté.

Car elle avait aussi vu Orlando, son bel Orlando, et l'horreur à laquelle il avait pris part.

Était-il un allié des Pazzi ? songea-t-elle en humectant ses lèvres sèches. Lui avait-il menti pendant tout ce temps ? Elle ne savait que penser et se sentait perdue.

Elle tira un mouchoir de sa manche ajustée en soie

noire et le porta à son front fiévreux et douloureux. L'odeur fraîche de la verveine citronnée qui se dégagea du tissu l'aida à se revigorer un peu. Elle s'adossa quelques instants contre le mur afin de prendre des forces pour affronter ce qui allait suivre.

Cette demeure sombre et silencieuse était fermée à double tour, comme presque toutes les autres maisons de Florence. Les volets étaient tirés et les portes barricadées. D'ordinaire, en cette période sainte, une fois les privations du Carême passées et la promesse du Christ ressuscité célébrée, des fêtes et des banquets, des danses et de la musique résonnaient dans les quatre *quartieri*.

À la place, il n'y avait que des larmes et du sang. Du sang dans la cathédrale sacrée, des corps pendus aux fenêtres de la Signoria et traînés sans ménagement dans les rues en une procession macabre.

Isabella pressa fort son mouchoir sur ses lèvres pour étouffer un sanglot. Qu'était-il arrivé à cette belle ville, le cœur de toutes les civilisations et de tout ce qu'elle aimait ? Tout s'était évanoui, l'art, le savoir et la galanterie, au profit d'une barbarie ancienne qui avait gagné la ville et la recouvrait de sa houle violente comme une marée écarlate. Même Orlando y avait cédé sous ses yeux horrifiés.

Isabella était seule, coincée sur un petit îlot au centre de cette rivière de sang. Aujourd'hui, Matteo était mort, Caterina était alitée et Orlando… Orlando avait tout ravagé sur son passage.

Comme elle avait été stupide ! Stupide de l'avoir embrassé, d'avoir rêvé de lui. D'avoir eu foi en lui. Il y avait tant de morts…

Mais elle était encore là, songea-t-elle. Elle était la seule à connaître la vérité. La seule à connaître l'identité du meurtrier de son cousin. La seule à pouvoir réparer les choses.

Cette idée lui redonna des forces. Oui, il ne restait plus qu'elle. Elle seule pouvait retrouver la paix et il fallait qu'elle se hâte. Il ne fallait pas qu'elle cède à la faiblesse. Pas maintenant.

Isabella prit une profonde inspiration et remit son voile en place. Ses doigts étaient tachés de peinture rose et ses ongles étaient striés à la base d'un bordeaux plus sombre. Elle avait beau frotter, elle avait beau appliquer la crème parfumée de Caterina, cette peinture ne partait pas. L'espace d'un instant, en les regardant, elle eut l'impression de lire dans l'avenir et de voir sur ses mains encore plus de sang.

Elle chassa vivement ces horribles pensées. Elle n'avait pas le temps de rêvasser. Prudemment, elle se pencha vers la rue et regarda de tous les côtés.

La foule était moins dense à présent. La plupart des gens étaient partis, soit vers la cour de la Signoria pour continuer de profaner les corps pendus des Pazzi, soit en direction des *palazzi* des traîtres pour prendre part à des orgies sauvages et à des pillages. Elle entendait encore crier au loin « *Vivano le palle !* ».

Elle quitta son minuscule havre de paix et s'élança dans la rue en relevant l'ourlet de sa robe noire pour ne pas qu'elle frotte contre les pavés humides et glissants. Cette fois, elle avait passé de solides bottes et laissé derrière elle ses beaux chaussons en velours, ainsi que tous les domestiques apeurés. C'était un voyage qu'elle devait entreprendre seule.

Le trajet entre la demeure de sa cousine et l'église de San Lorenzo, une simple promenade, ne lui prenait d'ordinaire que quelques minutes. Mais pas aujourd'hui.

Aujourd'hui, il lui avait fallu presque une heure pour arriver jusqu'à l'église et, au bout, aucun sanctuaire de paix ne l'attendait.

Isabella finit par arriver devant le lieu sacré. Un autre groupe s'y était rassemblé, beaucoup plus calme toutefois que la foule d'hommes aux visages sombres et gris qu'elle avait croisés.

Les grosses cloches de San Lorenzo tintaient lentement, lourdement, couvrant les murmures et les jurons étouffés. Le groupe d'hommes en noir s'écarta pour laisser passer Isabella, sans la bousculer et sans essayer de lui arracher son voile comme d'autres l'avaient déjà fait, ailleurs dans les rues de la ville au cours de son trajet. La gorge douloureusement serrée, elle gravit à la hâte les marches de pierre en direction de la façade en marbre.

Deux soldats portant la livrée des Médicis encadraient les portes en bois fermées. Leurs lances croisées barraient le chemin à tous ceux qui osaient manifester l'envie d'entrer dans ce lieu sacré.

— Pardonnez-nous, *madonna*, dit l'un des deux gardes sur un ton austère.

Isabella se souvint de l'avoir vu à la fête sur le Prato. C'était un ami de Giuliano.

— Nous avons pour ordre de ne laisser entrer personne aujourd'hui, précisa-t-il.

Isabella recula d'un pas et écarta son voile pour montrer son visage.

— Personne, *signor* ? demanda-t-elle d'un air grave. Pas même une Strozzi ?

— *Signora* Spinola, dit le garde d'une voix teintée de surprise. J'ignorais que…

— S'il vous plaît, je veux juste le voir avant qu'ils

ne le descendent dans le caveau. Je ne vous causerai aucun problème. Le *Signor* Lorenzo ne m'aurait pas refusé cette faveur.

Les deux soldats échangèrent rapidement quelques regards et finirent par lever leurs lances après un long moment pesant.

— Bien sûr, *madonna*.

— *Grazie*.

Isabella se faufila entre les gardes. Dès qu'elle eut poussé les lourdes portes, les deux gardes croisèrent leurs lances derrière elle dans un tintement métallique, interdisant à quiconque de troubler la paix qui régnait dans l'église.

Isabella cligna des yeux pour s'habituer à l'obscurité du lieu après la lumière aveuglante de la pleine journée. Elle abaissa son voile sur ses épaules et laissa son regard s'accoutumer à cet immense espace sombre.

De nombreux cierges brûlaient le long des allées et projetaient une lueur pâle et dorée sur le sol en pierre et sur les visages sereins des saints. L'air était frais, légèrement parfumé par l'odeur douceâtre de l'encens et de la cire. Mais derrière ces effluves planait quelque chose de plus profond, et de plus sombre.

L'odeur de la mort. De la décrépitude. D'un chagrin infini.

Un unique sanglot semblant venir de nulle part troubla le silence et monta vers les hauts plafonds peints pour y rester, comme une note de désespoir suspendue, avant de se dissiper comme la fumée de l'encens. Isabella frémit en entendant ce cri résonner en elle et qui paraissait refléter son propre chagrin.

L'espace d'un instant, elle eut envie de tourner les talons et de traverser en courant les rues secouées par la violence de la ville pour se mettre à l'abri dans sa maison. De se cacher loin de toute cette tragédie.

Mais elle ne pouvait pas le faire. Où qu'elle aille, son sentiment la poursuivrait partout, à tout jamais. Elle ne pouvait qu'aller de l'avant, lentement, douloureusement, pas après pas. Orlando serait toujours là pour la hanter.

Comme il le faisait à présent, dans cette église où ils s'étaient autrefois embrassés avec passion. Elle remonta prudemment l'allée centrale, accompagnée par le bruit sinistre de ses pas qui venaient troubler le silence total.

Le corps de Giuliano de Médicis gisait devant l'autel, entouré d'une rangée de moines qui priaient en silence, la tête recouverte d'un capuchon noir. Giuliano était le rayon de soleil des Médicis. Âgé de seulement vingt-cinq ans, il avait été fauché dans la fleur de l'âge. Et Caterina était terrassée par le chagrin.

Isabella se signa devant son cercueil drapé de velours. Ses blessures étaient dissimulées sous une épaisse robe en fourrure et par les bords du linceul opaque qui attendait de le couvrir. Son beau visage, encadré par ses épais cheveux noirs et brillants, était intact. Ses traits pâles dégageaient la sérénité d'un saint martyrisé. Même s'il avait été loin d'avoir mené la vie d'un saint.

Isabella se tourna vers l'une des chapelles qui bordaient les allées, celle de la Sagrestia Nuova. Elle était occupée par deux cercueils moins imposants que celui de Giuliano, mais drapés eux aussi de velours et entourés de bougies. Francesco Nori, le grand ami de Lorenzo de Médicis, gisait dans l'un d'eux.

L'autre cercueil, posé un peu plus loin dans la pénombre, contenait le corps de Matteo.

Isabella ralentit le pas et s'immobilisa en essayant de percer du regard l'ombre de la chapelle, le ventre noué par la douleur. Elle sentit monter en elle une nouvelle nausée et déglutit pour en réprimer le goût amer. Non, elle ne pouvait pas se permettre d'être malade, pas maintenant. Elle ne pouvait pas céder à de folles émotions ni à l'envie irrépressible de crier, de sangloter et de s'arracher les cheveux. Pas encore.

Oh ! Sainte Marie, implora-t-elle en silence, *aidez-moi !*

S'accrochant à l'image de la Vierge qui la fixait et la guidait de son air calme et serein, Isabella plissa les yeux et regarda de plus près.

En apercevant enfin le visage familier de Matteo, elle se mordit les lèvres et réprima un cri. La vérité la heurta de plein fouet comme jamais elle ne l'avait fait avant. Pas même quand elle l'avait vu s'affaisser dans la cathédrale, une dague plantée dans la poitrine.

Son cousin était mort et c'était Orlando qui l'avait tué.

Lentement, Isabella se laissa tomber à genoux sur le sol à côté de l'entrée de la chapelle. Elle sentait à peine le marbre froid et dur. Ses oreilles bourdonnaient comme une nuée d'abeilles affolées.

Elle joignit les mains devant elle pour prier.

— Où que vous soyez, Matteo, souvenez-vous de moi, murmura-t-elle. Et reposez en paix car je vous vengerai, ajouta-t-elle avec ferveur.

Oui, elle se chargerait elle-même de le venger pour l'honneur de la famille. Même si elle risquait d'en avoir le cœur brisé, ce cœur qu'elle ignorait posséder jusqu'à ce qu'elle rencontre Orlando. Dire qu'elle avait osé rêver de lui. Dire que dans ses rêves les plus secrets, il était voué à devenir son amour.

Pourquoi ? Mais pourquoi avait-il fait cela ? Jamais il n'avait évoqué la moindre alliance avec les Pazzi. Elle se souvenait même de l'air dédaigneux qu'il leur avait lancé à la fête près du fleuve. Alors pourquoi ? Cette question la hantait et ne la quitterait jamais. Or elle avait besoin de réponses.

— Orlando, murmura-t-elle, le corps brisé comme si elle allait se casser en deux.

Elle était arrivée à Florence si pleine d'espoirs ridicules, tellement sûre qu'ici, dans cette ville d'art et de beauté, elle se découvrirait. Mais si elle allait jusqu'au bout et accomplissait son devoir de vengeance, elle risquait de tout perdre. Son art, son cœur, mais aussi son âme.

Isabella aurait pu crier son chagrin. Mais il était trop tard. Elle avait perdu tout son élan et toutes ses passions. Elle croisa fermement les bras autour de sa taille pour ne pas trembler et retint le torrent de larmes chaudes qui menaçait de couler.

Elle n'avait pas le temps de pleurer maintenant. Le temps des larmes, comme le temps de l'amour, était désormais révolu.

Orlando immobilisa son cheval au sommet de la plus haute colline hors de Florence et regarda la ville. Même s'il savait qu'il valait mieux partir sans se retourner.

Au loin, les dômes et les tours de la cité se dressaient dans le ciel doré et rose comme dans un rêve lointain.

Il ressentait le besoin profond de saisir cette dernière image de sa ville pour la graver dans sa mémoire, tout en sachant que le temps jouait contre lui. Si on le retrouvait, il serait mis à mort. Il fallait à présent qu'il trouve un refuge sûr, loin de la ville.

Mais là, à Florence, ce n'était pas seulement sa ville et sa vie qu'il laissait derrière lui. Il y abandonnait aussi Isabella.

La nuit tombait vite, comme une couverture de lumière pourpre qui enveloppait lentement la cité. De son point d'observation, tout paraissait calme et serein. Pourtant, il distinguait les lueurs orangées des feux de joie allumés pour célébrer la défaite des conspirateurs de Pazzi, la vengeance des Médicis sur la famille qui voulait les détruire.

Les flammes montèrent soudain vers le ciel comme des phares dans la nuit et explosèrent en une multitude d'étincelles rouges et or qui rappelèrent à Orlando les images atroces des corps qui brûlaient.

Il passa une main nerveuse sur sa joue mal rasée. Dire qu'il avait attendu si longtemps pour se venger. Il avait planifié sa vengeance sans relâche, de manière obsessionnelle. Matteo Strozzi méritait de mourir, et les jeunes filles innocentes étaient un peu plus en sécurité maintenant qu'il n'était plus de ce monde. Et pourtant…

Pourtant, lorsque l'heure de la vengeance était arrivée, il n'avait pas du tout éprouvé le sentiment de satisfaction qu'il imaginait. Son acte n'avait pas effacé les erreurs que d'autres avaient commises par le passé.

Il n'avait fait que les aggraver.

Soudain, une explosion retentit au-dessus des toits de la ville, accompagnée par un éclat de lumière étincelante. Où était Isabella à cet instant ? Était-elle cloîtrée dans la demeure de sa famille, à faire son deuil dans la terreur ? Aurait-elle peur de lui, maintenant ?

Ou bien son cœur était-il désormais rempli de la haine qui infectait la ville tout entière ?

Orlando songea à Isabella telle qu'elle était la première fois qu'il l'avait vue dans l'atelier du *Signor* Botticelli. Il se rappela les étincelles qui éclairaient son regard tandis qu'elle contemplait les œuvres d'art autour d'elle, ainsi que l'éclat de son sourire. Le sourire qu'elle lui avait lancé à ce moment-là, comme s'ils partageaient un secret précieux et merveilleux. Et il le lui avait volé…

— *Maledizione*, jura-t-il entre ses dents.

Dans le chaos de la cathédrale, il avait dû affronter Matteo Strozzi, comme l'exigeaient l'honneur de sa famille et la mémoire de Maria Lorenza. De plus, il n'était pas le genre d'homme à tourner le dos à son devoir, même si sa famille le considérait comme un vaurien.

Mais à présent, son cœur lui paraissait noir et vide quand il évoquait Isabella et les rares et précieux moments qu'ils avaient partagés.

Isabella.

Il reviendrait la chercher. Il le fallait. Il lui expliquerait la vérité, même si c'était la toute dernière chose qu'il faisait sur cette terre.

Chapitre 13

« En peu de temps, passe toute grande pluie et la chaleur fait disparaître les neiges et la glace ; ainsi reprennent leur cours les fleuves superbes à voir. »

La chambre à coucher de Caterina était plongée dans la pénombre. Les volets fermés tamisaient l'éclat du jour. L'air était étouffant et saturé d'odeurs de vin éventé et de nourriture délaissée.

Caterina gisait toujours sur son couvre-lit brodé, le regard rivé au plafond. Elle ne semblait pas entendre Isabella qui lui faisait la lecture, ni les domestiques qui s'affairaient sur la pointe des pieds autour d'elle. Et pourtant, assise sur une chaise à côté du lit, Isabella continuait de lire. Inlassablement.

Elle ignorait quoi faire d'autre. Dès qu'elle arrêtait de parler, ses pensées la submergeaient de nouveau. Des images terribles de sang et de cris resurgissaient. Elle revoyait cette dague dans la main d'Orlando. Et Matteo, mort sur le sol de la cathédrale.

Non, si elle pensait à ces événements, elle craignait de se mettre à hurler et de ne jamais pouvoir s'arrêter. Elle continua donc de lire jusqu'à ce que sa voix devienne rauque et que les lettres se mettent à se chevaucher.

Finalement, alors que le soleil se drapait de rose derrière

les carreaux des fenêtres, Caterina bougea doucement. Elle se tourna sur le côté et ses longs cheveux blonds et emmêlés s'étalèrent autour d'elle comme ceux d'une sirène en train de se noyer.

— Plus de poèmes d'amour, Isabella, s'il vous plaît, murmura-t-elle.

— Vous êtes réveillée ! s'écria Isabella, soulagée de voir un signe de vie chez sa cousine.

Pendant ces longues heures solitaires, elle avait craint d'avoir perdu ses deux cousins. Elle posa son livre pour prendre la main de Caterina. Elle était blanche et froide, comme celle d'un cadavre.

— Nous nous sommes fait tant de souci pour vous, ajouta-t-elle en contemplant le visage pâle de sa cousine d'un air inquiet. Laissez-moi rappeler le docteur…

— Non, plus de docteurs, répondit Caterina.

Elle serra les doigts d'Isabella et la force de son étreinte la surprit. Elle paraissait désespérée.

— Ils ne peuvent plus rien faire pour moi à présent, ajouta-t-elle.

— Mais cela fait des jours que vous n'avez pas bougé, protesta Isabella. Tenez, buvez au moins un peu de vin pour reprendre des forces.

Caterina acquiesça et Isabella la soutint pour l'aider à boire. Puis Caterina se laissa tomber sur les oreillers, le visage aussi blanc que les draps.

Par-dessus son souffle laborieux et haché, elles entendaient les cris qui s'élevaient encore dans les rues. Le tintement des cloches de l'église.

La mort continuait de sévir.

Mais Isabella ne pouvait plus y penser. Elle ne voulait pas réfléchir au fait qu'elles étaient prises au piège dans cette maison, et que la belle et élégante Florence était devenue, d'un seul coup, un véritable champ de bataille. Elle devait songer à Caterina, qui avait perdu à la fois son frère et Giuliano, son prétendant.

Dire qu'Isabella avait osé nourrir de tendres sentiments à l'égard de l'homme qui avait tué Matteo ! Cette idée lui glaçait le cœur. Comment avait-elle pu être aussi aveugle et stupide, au point de se mettre en danger ? Pourquoi n'avait-elle pas vu la vérité dans son regard ? Pourquoi ne l'avait-elle pas senti dans son baiser ?

Mais elle n'avait vu que sa beauté et n'avait ressenti que son propre bonheur quand il la tenait dans ses bras et qu'il l'embrassait.

Aujourd'hui, elle payait le prix de sa stupidité.

— Que puis-je vous apporter ? demanda-t-elle en bordant Caterina. Si vous ne voulez pas voir le médecin…

— Il ne peut rien faire pour moi, répondit Caterina avant de fermer de nouveau les yeux. Nous ne pouvons pas rester ici, Isabella. Dès que les rues seront sûres, nous devrons quitter Florence.

Isabella acquiesça. Elle non plus ne voulait plus voir cette ville. Tout son art et toute sa beauté avaient désormais un goût de cendres.

— Où allons nous aller ?

— Vous devez retourner chez votre père. Je me suis montrée très égoïste en vous enlevant à lui. Pour ma part, j'irai au couvent de Sainte-Ursula, dans les montagnes. J'ai une amie qui y est abbesse. Elle me donnera une place dans sa communauté.

Elle tourna la tête, comme pour cacher son chagrin.

— Peut-être y trouverai-je un jour la paix, conclut-elle d'une voix lasse.

Une grimace de douleur déforma les beaux traits de Caterina.

— Ne puis-je pas venir avec vous ?

Caterina secoua vivement la tête et serra la main d'Isabella.

— Vous pouvez m'y accompagner pour vous assurer que tout va bien. Mais ensuite, Isabella, je devrai vous demander de faire quelque chose pour moi avant que vous ne retourniez chez vous.

— Bien sûr, répondit-elle, un peu inquiète par la fièvre qui éclairait son regard. Je ferai tout ce qui est en mon pouvoir pour vous aider, ma cousine.

— Je suis trop faible pour accomplir mon devoir envers mon frère, murmura Caterina d'une voix hachée. Je vous demande donc de l'accomplir à ma place, pour l'honneur de notre famille.

L'honneur de la famille ? N'était-ce pas justement ce pour quoi tout ce cauchemar avait commencé ? Pourtant, Isabella ne pouvait pas refuser ce service à sa cousine, qui paraissait si malade et si affligée. Il fallait qu'elle fasse son devoir, elle qui l'avait tant négligé à force de rêves romantiques.

— De quoi s'agit-il ? demanda-t-elle.

— Vous devez découvrir qui a tué Matteo et veiller à ce qu'il paye cette dette de sang.

Isabella se figea en entendant cette requête. Comment pouvait-elle dire à sa cousine qu'elle connaissait l'identité du tueur de son frère ?

Mais, une fois encore, comment le lui refuser ? Comme l'avait souligné Caterina, il s'agissait de leur famille. Et d'après les codes de ce monde, Orlando devait payer pour ce qu'il avait fait, quelles qu'aient été ses motivations et ce qu'il pensait maintenant.

— Je… J'essaierai, dit-elle à Caterina.

Caterina hocha la tête et détourna le regard.

— Je veux voir Matteo une dernière fois avant qu'on l'enterre.

— Vous êtes trop fatiguée, dit Isabella. Dormez maintenant. Demain nous partirons pour le couvent de Sainte-Ursula, si vous êtes en état de voyager.

Caterina se contenta de presser faiblement la main d'Isabella. Les plantes mélangées au vin faisaient leur effet et, bientôt, elle s'endormit.

Et, en replaçant son voile noir devant son visage, Isabella se dit qu'elle mettrait très longtemps avant de retrouver le sommeil.

— Vous devez quitter Florence.

Orlando regardait par la fenêtre de l'atelier de son ami Botticelli. Il entendait à peine l'artiste lui parler. Il observait un groupe de garçons qui défilaient dans la rue, une tête sanglante piquée au bout d'une lance. Ils affichaient un air aussi joyeux que si c'était un jour de fête. Toute la ville s'était livrée à un abominable carnage après l'échauffourée qui s'était produite dans la cathédrale.

Et lui aussi y avait pris part.

Il avait lui aussi déchiré le voile de cette belle ville de ses propres mains. Pourtant, il se sentait détaché de tout, comme engourdi. Il ne pensait à rien d'autre qu'à ce qu'il laissait derrière lui. Au trésor qu'il avait perdu alors qu'il venait à peine de le trouver.

Isabella. Il n'y avait qu'avec elle qu'il avait réussi à se dépasser. À transcender sa nature. Et il l'avait perdue. Il avait obtenu la vengeance qu'il attendait depuis si longtemps et, aujourd'hui, Maria Lorenza pouvait enfin reposer en paix.

Pourtant, il sentait un grand vide en lui.

— Oui, je dois m'en aller, répondit-il en se tournant vers son ami.

Botticelli hocha gravement la tête et nettoya ses pinceaux d'un geste calme, comme si le carnage qui avait lieu derrière ses fenêtres n'existait pas.

— Curieusement, je n'entends pas de cris pour dénoncer votre crime. Je ne vois pas non plus de cavaliers lancés à votre poursuite.

— Ce que j'ai fait n'a rien à voir avec les Pazzi et les Médicis.

— Non, je sais. Vous avez accompli ce que vous croyiez être votre devoir. Mais maintenant il est temps que vous partiez mener votre vie ailleurs.

Orlando émit un rire amer. Cela faisait si longtemps qu'il ne vivait que pour se venger. Aujourd'hui, il ne lui restait plus rien. Il n'avait fait qu'entrevoir l'existence qu'il aurait pu avoir, comme dans un rêve, pendant les quelques instants qu'il avait passés avec Isabella.

— Je peux le faire loin de Florence, dit-il.

Botticelli le contempla d'un air dubitatif.

— Où comptez-vous aller ?

— Je vais d'abord me rendre chez un parent, le seigneur de Fiencosole. Je dois y faire quelque chose d'important. Ensuite, je tâcherai de m'engager dans une armée étrangère. Mon bras armé doit bien valoir quelque chose.

Une fois la petite Maria à l'abri, il n'aurait plus grand-chose à perdre.

— Vous voulez devenir mercenaire ?

— Pourquoi pas ?

— Oui, en effet, répondit Botticelli d'un air songeur.

Il mit ses pinceaux de côté.

— Je vous aiderai autant que je le peux, mon ami, dit-il en le regardant fixement. Si vous êtes décidé à gâcher votre vie, alors faites-le. Mais rappelez-vous… Le destin a toujours le don de nous surprendre.

Orlando se mit à rire, d'un rire qui n'avait rien de gai. Jusqu'à présent, le destin n'avait pas franchement joué en sa faveur, et il ne voyait pas au nom de quoi cela changerait à présent qu'il avait tout fait pour attirer sur lui les foudres de la fatalité la plus noire.

— J'espère que le destin me laissera en paix à présent. J'ai suffisamment subi ses caprices.

Botticelli se contenta de sourire.

— On ne sait jamais ce que la vie nous réserve, Orlando. Vous verrez…

Chapitre 14

Isabella contempla le tableau accroché au mur de l'atelier de Botticelli, la même sublime renaissance qui l'avait tant captivée le premier jour où elle était venue avec Caterina. La déesse portait une robe parsemée de fleurs, tandis que ses compagnes dansaient autour d'elle dans une lueur mouchetée qui dégageait une impression de chaleur.

Autrefois, cette peinture lui donnait le sentiment que tout était possible, comme si la vie s'ouvrait devant elle avec toutes ses opportunités infinies.

Mais, aujourd'hui, elle était comme hébétée. Froide à l'intérieur.

L'atelier vide et silencieux résonnait tristement. Tous les apprentis étaient partis, leur travail éparpillé sur les tables et les chevalets. Le domestique qui l'avait laissée entrer, celui qui lui avait promis d'aller chercher Botticelli pour elle, était le seul signe de vie qu'elle avait croisé.

Derrière les fenêtres, Isabella entendait encore les cris : « *Palle ! Palle !* », qui l'avaient suivie lorsqu'elle avait quitté le cercueil de Matteo dans la cathédrale. Un grand fracas et des bruits de vitres cassées se mêlaient aux cris retentissants. Mais, dans l'atelier, tout était étrangement calme.

Isabella contempla le visage si serein de la déesse et son petit sourire mystérieux. Autrefois, elle aussi avait souri ainsi en songeant à Orlando. À ce qu'elle ressentait lorsqu'elle était avec lui.

Vous êtes ma seule famille maintenant, avait sangloté Caterina. *Et la famille prend soin de venger les siens.*

— *Signorina* Isabella, dit Botticelli derrière elle. Je ne m'attendais pas à recevoir de la visite aujourd'hui.

— Je suis d'abord allée à la cathédrale pour voir Matteo, expliqua brièvement Isabella.

— Bien sûr.

Botticelli vint se placer à côté d'elle et l'étudia attentivement. Son beau visage était indéchiffrable.

— Comment va la *Signorina* Caterina aujourd'hui ?

— Elle est toujours alitée. Elle a l'intention de se retirer bientôt dans un couvent.

— Peut-être la paix d'un cloître l'aidera-t-elle à trouver le repos, dit Botticelli. Giuliano l'aimait davantage que ce qu'elle voulait voir, je le crains. Elle ne voyait en lui qu'un débauché, mais, à ses yeux, Caterina était… différente. Au-dessus de toutes les autres.

Comme Isabella l'avait cru d'Orlando. Elle se crispait à présent en se souvenant de la joie naïve que son baiser avait éveillée en elle. Comme elle avait été stupide ! Elle aussi avait pensé qu'il était différent, alors qu'il n'était qu'une partie de la laideur que cachait Florence sous ses tours de marbre et ses fresques lumineuses.

Orlando était vraiment le dieu du monde souterrain, mais pas de la manière sombre, romantique et nostalgique qu'elle avait imaginée. Il était le dieu du sang et de la mort.

Isabella se mordit les lèvres pour retenir un cri de douleur morale en se souvenant de la dague qui brillait dans sa main et du sang rouge répandu sur le sol en marbre. Cette image continuerait de la hanter chaque fois qu'elle fermerait les yeux.

Son cœur était devenu lourd dans sa poitrine, comme si, elle aussi, s'était transformée en pierre.

— *Signor* Botticelli, dit-elle. Vous connaissez un homme appelé Orlando. Je l'ai vu ici, dans votre atelier.

L'expression de l'homme ne changea pas, mais elle crut voir passer une étincelle dans son regard.

— Vous êtes à sa recherche ? demanda-t-il en croisant les bras sur son large torse.

— Je suis certaine qu'il a quitté Florence à l'heure qu'il est, dit-elle. Après ce qu'il s'est passé dans la cathédrale…

— Et que s'est-il passé là-bas, *Signorina* Isabella ?

Isabella sentit monter en elle une bouffée de colère.

— Il a tué mon cousin pendant l'émeute. Je l'ai vu de mes yeux.

Botticelli secoua la tête et Isabella fut surprise de voir une expression de tristesse envahir son visage.

— Êtes-vous sûre de ce que vous avez vu ? Il y avait tellement de confusion. Tant de personnes sont sûres d'avoir reconnu les maraudeurs qui ont profané notre belle ville. Parfois, dans une situation de panique, nos sens peuvent nous jouer des tours.

— Je sais ce que j'ai vu, dit-elle entre ses dents. Matteo faisait partie de ma famille. C'était mon cousin.

— Bien sûr, et sa sœur est une amie chère. Pourtant, réfléchissez bien, *signorina*. Que savez-vous vraiment de Matteo Strozzi ? De ses actes passés, de son caractère ? Vous êtes une artiste, une âme sensible. Vous êtes capable de sonder les esprits mieux que la plupart des gens.

— Je sais ce que j'ai vu ! cria Isabella. Qu'insinuez-vous en parlant des actes de mon cousin ? Qu'a-t-il pu faire pour mériter d'être assassiné ?

Botticelli ouvrit la bouche comme pour dire quelque chose, puis il se ravisa et secoua de nouveau la tête. Son large front se plissa.

— Ce n'est pas à moi de vous l'apprendre, je pense. Mais rappelez-vous ce que je vous ai dit. Fiez-vous uniquement à votre instinct. Ne faites rien sous le coup de la colère. C'est ce qui a conduit tant de gens, ici, à Florence, vers le péché et le chaos.

Isabella leva de nouveau les yeux vers la peinture. Elle y vit alors un espoir, tout en craignant de ne plus jamais le ressentir pour elle-même.

— Savez-vous où se trouve Orlando ? demanda-t-elle.

C'était la raison qui l'avait incitée à se rendre à l'atelier après la cathédrale. Botticelli était un ami d'Orlando et, en tant qu'artiste, il avait de nombreux contacts. Il savait des choses que d'autres ignoraient.

Botticelli garda le silence un long moment.

— Peut-être que, comme votre cousine Caterina, vous devriez prendre un peu de temps pour réfléchir.

Isabella émit un rire rauque.

— Je ne me sens pas prête à me retirer dans un couvent.

— Non, pas vous. Mais il existe de nombreuses façons de se replier en soi. J'ai toujours pensé que la peinture était le meilleur des moyens.

Il se dirigea dans un coin vers une table jonchée de parchemins et de croquis inachevés et s'empara d'une plume et d'un encrier.

— J'ai un ami qui travaille pour le seigneur d'une ville appelée Fiencosole. Il fut autrefois l'un de mes apprentis. Il peignait merveilleusement bien les drapés.

Il sera heureux d'être votre professeur et de vous guider dans votre réflexion. Artistique, bien sûr.

— Fiencosole ? répéta Isabella, confuse.

Elle connaissait cette ville, qui n'était pas très loin de chez son père. Elle savait que sa cathédrale possédait une très belle fresque. Mais elle n'y était jamais allée.

Botticelli haussa les épaules.

— Ce n'est pas une grande ville comme Florence, mais le seigneur est un artiste et un homme de lettres. Sa cour est très raffinée. Vous vous y plairez.

— Je n'ai plus de temps à consacrer à l'art à présent, riposta-t-elle.

— On a toujours du temps pour l'art.

Il s'avança vers elle et lui tendit le parchemin qu'il venait de rédiger à la hâte. C'était une lettre d'introduction.

— Je suis sûr que vous trouverez ce que vous cherchez à Fiencosole, Isabella, si seulement vous vous en donnez la peine.

Isabella le dévisagea attentivement dans l'espoir de comprendre son message, mais les traits de l'homme étaient indéchiffrables. Elle finit par acquiescer et prit la lettre.

— Très bien, dit-elle. Je vous remercie. J'irai là-bas, et je verrai ce que j'y trouverai.

— Elle se porte très bien, *signor*, dit l'abbesse du couvent de Sainte-Claire en guidant Orlando dans les couloirs de pierre en direction des jardins.

— Elle ne fait plus de cauchemars ? demanda Orlando.

Le bruit de ses bottes résonnait sur les dalles en pierre. Il avait toujours l'impression d'être un intrus imposant et brutal dans le silence du couvent, où seuls les murmures et le bruissement des vêtements en laine venaient briser le silence sacré et parfumé. Mais la petite Maria avait besoin de lui.

— Non, plus du tout, répondit l'abbesse. Elle sera heureuse de vous voir. Elle demande si souvent de vos nouvelles.

— Je suis navré d'avoir été tenu éloigné d'elle longtemps, répondit-il.

— Vous prenez si bien soin d'elle, *signor.* Elle ne peut pas se plaindre.

Orlando fit une pause sous l'arche voûtée qui menait au jardin pour contempler la jolie scène qui s'offrait à lui. Maria courait en riant à travers les carrés plantés de belles fleurs blanches, poursuivie par deux sœurs vêtues de noir et de blanc. Son rire d'enfant flotta jusqu'à lui, plus léger qu'un nuage.

Ce bonheur enfantin se déversa sur lui et sembla effacer un peu du sang et de la laideur qui avaient sali son âme depuis les violences de la cathédrale. Il avait commis le plus grand des péchés dans un lieu sacré, tout cela pour venger les erreurs du passé. Pourtant, ce passé lui paraissait plus proche que jamais. Matteo Strozzi avait beau être mort, les conséquences de ses actes perduraient. Orlando n'avait fait qu'ajouter de la terreur à tout cela.

Il songea encore à Isabella, à son bel ange, à sa sainte, à cette femme dont l'innocence l'avait réconcilié avec une partie de son âme noircie, juste avant qu'il ne la perde de nouveau. Les prêtres avaient raison : le mal n'engendre que le mal, à jamais, et il n'y avait pas mis un terme en se battant avec Strozzi.

Il leva les yeux et croisa le regard vide d'une Vierge en marbre. Sa tristesse et son calme, sa main tendue, lui rappelaient Isabella. Il aurait aimé lui prendre la main et la laisser le sauver, mais tout cela n'avait plus d'importance désormais.

— Oncle Orlando ! cria Maria de sa petite voix aiguë d'enfant. Vous voilà enfin !

Il se tourna juste à temps pour l'accueillir dans ses bras. Elle était si petite, si légère, comme un duvet de cygne. Son sourire était un baume qui apaisait un peu ses souffrances. Il les avait enfin vengées, elle et sa mère, exactement comme il avait promis de le faire.

Pourquoi se sentait-il aussi vide, alors ?

Maria passa ses bras frêles autour de son cou.

— Vous allez rester cette fois, oncle Orlando ? Au moins jusqu'à la fin de l'été ?

Orlando rit tristement en embrassant sa joue.

— Je vais rester ici, Maria.

Il ne pouvait plus retourner à Florence. Il fallait qu'il reconstruise sa vie, pour lui-même et pour Maria. Ils étaient tout l'un pour l'autre maintenant. Il n'avait plus qu'elle dans sa vie.

Une vie dans laquelle il ne reverrait plus jamais Isabella. Il savait que le froid glacé et noir de son cœur, celui qu'Isabella avait si fugacement réchauffé de son sourire et de sa joie, ne le quitterait plus jamais.

Chapitre 15

— Tous les élèves de Botticelli sont évidemment les bienvenus à Fiencosole !

Le *Signor* Salle, protégé de Botticelli, était un artiste qui venait tout juste d'arriver à la cour du seigneur de Fiencosole. Il accompagna Isabella le long d'un couloir interminable où s'alignaient des fresques à moitié achevées. Plusieurs apprentis s'affairaient, montaient et descendaient des échelles en portant des palettes et des paniers.

— Comme vous le voyez, dit-il modestement, il y a beaucoup à faire. Notre seigneur souhaite recouvrir de peintures tous les murs de son *palazzo.*

Isabella pencha la tête en arrière pour mieux examiner une scène de banquet. Des dieux grecs vêtus de toges diaphanes étaient assis autour d'une table nappée de blanc. Elle observa attentivement la montagne de fruits brillants et la cruche de vin renversée. Au-dessus des convives et de leurs têtes couronnées de laurier tournoyaient des cupidons espiègles aux joues rebondies. La scène était lumineuse et dégageait une grande impression de joie et de sérénité.

Dans une telle scène, Hadès, le dieu des Enfers,

n'avait pas sa place. Pas plus qu'elle, avec son voile et sa robe noires.

— Je crains de ne pas être réellement une élève de Botticelli, *signor*, protesta-t-elle. Je ne suis qu'une simple amatrice d'art. J'ai juste eu la chance de me lier d'amitié avec le maître. En revanche, je serais tout à fait heureuse de vous aider dans la mesure de mes moyens. Je pourrais mélanger et broyer les couleurs et…

Le *Signor* Salle se mit à rire.

— Le maître me dit dans sa missive que vous pouvez faire bien mieux que cela ! s'écria-t-il. Mais pardonnez-moi. Il dit aussi que vous venez tout juste de perdre un être cher. Vous avez besoin de repos et l'air frais de la campagne vous fera le plus grand bien. Je vois que vous portez le deuil.

— Merci, *Signor* Salle, répondit-elle en appréciant sa compassion. Mon cousin a été tué pendant les… horribles événements qui ont ébranlé Florence. Je vous suis très reconnaissante pour votre hospitalité. Travailler avec vous sera un honneur et me fera le plus grand bien, je pense.

Le travail et aussi la vengeance, songea-t-elle en se rappelant qu'il était de son devoir de Strozzi de la mener à bien. Mais comment allait-elle faire pour approcher Orlando, maintenant qu'elle était ici, à Fiencosole ? Elle ne savait même pas où il se trouvait. Elle ignorait totalement comment accomplir une vengeance, et encore moins si elle avait le courage de le faire. Pourtant, elle n'avait pas le choix : elle était le seul membre de leur famille à en avoir la possibilité.

Isabella se dirigea vers une fenêtre ouverte et contempla la cour en contrebas. Elle aperçut le seigneur de Fiencosole qui se promenait avec ses courtisans.

C'était un homme de grande taille dont les longs

cheveux grisonnants, qui avaient été noirs autrefois, pendaient sous son chapeau. Il portait un manteau en velours drapé sur sa silhouette élancée. Une foule de gens et de chiens marchaient à sa suite.

Fiencosole avait beau être une petite ville, elle comptait son lot de courtisans et de quémandeurs dont les rangs avaient grossi avec tous ceux qui avaient fui Florence.

Sa tâche n'allait pas être aisée.

Le *Signor* Salle s'approcha lentement et regarda par-dessus son épaule.

— Ah, le seigneur est revenu de la chasse. Il va demander à vous voir.

— Ne devrais-je pas changer de vêtements ? s'enquit-elle un peu inquiète en observant les robes en soie finement brodées des dames.

— Vous êtes en deuil, *signorina*, lui rappela-t-il. Tout le monde comprendra. Et nous avons tous envie d'entendre les dernières nouvelles de Florence.

Les dernières nouvelles de Florence, songea Isabella en frémissant. Les dernières choses qu'elle avait aperçues à travers les fentes des rideaux de la voiture de Caterina lorsqu'elles avaient quitté la ville étaient les corps pendus aux fenêtres de la maison des Pazzi. Les pavés étaient encore maculés de sang. Elle avait vivement détourné les yeux avant de se sentir prise de malaise.

En ce moment, Caterina se trouvait à l'abri dans son couvent. Elle pensait qu'Isabella était retournée docilement chez son père, où elle serait en sécurité. C'était en effet ce qu'elle avait prévu de faire, mais pas avant d'avoir rempli sa promesse et accompli sa sombre vengeance.

Mais peut-être aurait-elle dû songer à entrer elle-même au couvent pour passer le reste de sa vie à faire pénitence pour ses péchés ?

Isabella songea une fois encore à Orlando, à son doux sourire sous le clair de lune, à sa beauté et à son calme pendant qu'il contemplait la cathédrale depuis leur balcon.

Pourquoi, mais pourquoi n'était-il pas resté fidèle à l'image de l'homme qui lui était apparu ? Pourquoi l'avait-il plongée dans ce cauchemar ?

— Merci, *Signor* Salle, dit-elle en se détournant de la fenêtre. Vous êtes très aimable.

Ils gagnèrent le bout du couloir et débouchèrent dans le jardin où les courtisans étaient rassemblés. Leurs rires lui paraissaient déplacés après les scènes sanglantes dont elle avait été témoin à Florence. Même les odeurs lourdes de fleurs et de parfums qui s'élevaient et se répandaient à travers les allées du jardin lui semblaient étranges à cet instant.

Isabella scruta attentivement chaque visage, mais Orlando ne se trouvait pas parmi eux. Elle allait avoir le temps de fouiller tous les recoins de la ville dont elle apercevait les flèches et les toits ocre au-dessus des murs du jardin recouverts de lierre. Il ne pourrait pas se cacher indéfiniment, et elle ne connaissait que trop bien son visage et sa silhouette pour qu'il lui échappe.

L'homme qu'elle avait cru qu'il était, celui qui l'avait embrassée sur la terrasse, ne pouvait pas se dissimuler éternellement. Mais, une fois encore, elle réalisa avec un pincement au cœur que cet homme-là n'avait sans doute jamais existé.

— *Signorina* Spinola ! Bienvenue à Fiencosole, s'écria le seigneur de la ville tandis qu'elle le saluait en faisant une profonde révérence. Nous sommes impatients d'entendre de votre bouche les nouvelles de ce qui se fait en ce moment à Florence en matière d'art…

Tandis qu'il la pressait de questions, Isabella sentit

soudain un frisson la parcourir. Aussi discrètement que possible, elle regarda furtivement derrière elle en prenant garde de bien dissimuler son visage avec le bord de son voile.

Orlando se tenait à l'entrée de la cour.

Au début, le choc de le voir ici la paralysa. Malgré la chaleur de la journée, elle se sentit ébranlée par un frisson glacial, et elle ne sut quoi faire. Ni où se cacher.

Mais il ne semblait pas s'être aperçu de sa présence. Dissimulée derrière son voile, Isabella eut tout le loisir de l'observer à la dérobée. Il portait des vêtements sombres, comme à son habitude. Ses cheveux noirs et brillants, soulevés par la brise, voletaient autour de sa tête. Lorsqu'il les repoussa d'un geste impatient, elle découvrit que son beau visage de dieu grec était balafré d'une nouvelle et affreuse cicatrice rouge. S'agissait-il des vestiges des horreurs et des violents combats qui avaient secoué la cathédrale de Florence ?

Pourtant, il souriait. Il souriait ! Isabella n'arrivait pas à croire qu'il ose encore le faire. Puis elle s'aperçut que son sourire s'adressait à une adorable petite fille qui lui tenait la main.

Le cœur d'Isabella se serra dans sa poitrine. Elle ne pouvait plus respirer. Avec sa robe bleu ciel et son petit manteau à capuche, la fillette ressemblait en tout point à un ange. Ses boucles dorées tombaient librement sur ses épaules. Elle serrait très fort la main d'Orlando et sautillait d'excitation. Il paraissait évident qu'un lien d'amour et de tendresse les unissait.

Qui était-ce ? Sa fille ?

Isabella mit une main devant sa bouche pour étouffer un cri de surprise. Si Orlando avait un enfant, comment pouvait-elle accomplir la promesse qu'elle avait faite à la sœur de Matteo ? Comment pourrait-elle le supporter ? Elle ne pouvait pas priver une fille de son père ! Et pourtant, comment oublier le vœu qu'elle avait prononcé ?

Elle sentit ses résolutions vaciller et préféra se soustraire à ce spectacle.

— J'espère que vous viendrez au bal masqué que nous donnons demain soir, *signorina*, dit soudain le seigneur en détournant son attention d'Orlando, de l'enfant et de ses pensées confuses. J'ai appris que vous étiez en deuil, mais j'ai invité les meilleurs musiciens que l'on peut trouver en dehors de Florence et je suis certain que cette distraction ne pourra que vous faire du bien. Comme je le dis toujours, la musique, comme la belle peinture, a le don de réchauffer le cœur.

Un bal ? Où pourrait-elle mieux se cacher que derrière un masque pour mener son enquête ?

— Je serai très honorée de venir à votre fête, murmura Isabella en baissant la tête.

— Parfait ! répondit-il en tapant dans ses mains. Et peut-être pourrez-vous étudier les œuvres qui sont en cours dans mon palais et me dire comment elles peuvent se comparer au travail du *Signor* Botticelli…

Suivi de ses courtisans, l'homme continua son chemin dans le jardin. Lorsque Isabella se retourna, Orlando et la petite fille avaient disparu.

Chapitre 16

Du majestueux escalier en marbre qu'elle descendit à petits pas et dans les couloirs sinueux du *palazzo* qui devaient la mener dans la salle de bal, Isabella entendait déjà la musique dont les accents joyeux semblaient se jouer de ses pensées sombres et confuses. Elle revoyait Orlando qui souriait à cette petite fille qu'il tenait par la main. Et le même Orlando, dague à la main, debout à côté du corps sans vie de son cousin dans la cathédrale.

Lequel de ces deux hommes était le vrai ?

Isabella s'arrêta à côté d'un miroir vénitien serti dans un riche cadre d'argent pour ajuster son masque. Elle se reconnaissait à peine dans son nouveau costume ; une robe drapée de style antique, taillée dans un tissu diaphane couleur crème et abricot et retenue aux épaules par des broches en or.

Dans cette tenue, elle avait l'impression de ressembler à Aphrodite ou à Artémis. Elle portait une perruque blonde aux boucles savamment coiffées et retenues par une couronne de feuilles de laurier dorées. Ses traits étaient dissimulés derrière un loup en satin également doré et ses lèvres étaient fardées de rouge.

Si elle-même ne se reconnaissait pas, Orlando ne le

pourrait pas non plus. À condition qu'il soit présent à ce bal bien sûr…

À l'idée d'être confrontée à lui, Isabella sentit son estomac se nouer douloureusement et craignit de se trouver mal.

S'il vous plaît, donnez-moi la force de continuer, pria-t-elle en silence. La force de faire ce qui était son devoir. Ce qui était juste.

Mais qu'est-ce qui était vraiment juste ? La vue de cette petite fille avait changé beaucoup de choses et, depuis, le doute s'était installé dans son cœur. Il fallait qu'elle se fasse confiance. Elle saurait certainement quoi faire lorsqu'elle se trouverait face à face avec Orlando. Et rien ne prouvait qu'elle le trouverait ce soir.

Isabella pivota dans un froissement de jupes et hâta le pas en direction de la musique qui s'échappait par les portes ouvertes du grand salon. La ville de Fiencosole n'était pas une place imposante, mais son seigneur vivait confortablement avec sa cour et ne se refusait rien, surtout les jours de fête. Des tapis turcs recouvraient presque entièrement le sol de pierre et des médaillons finement sculptés surplombaient la salle et semblaient contempler la fête.

Lorsqu'elle franchit le seuil de la porte à double battant, Isabella eut l'impression de pénétrer dans un monde enchanté. C'était comme si les peintures de Botticelli avaient pris vie.

Des guirlandes de lierre vert sombre et de fleurs claires s'enroulaient autour des épaisses colonnes de marbre. Sur les tables couvertes de nappes en damas, toutes sortes de mets étaient disposés en abondance : des plats de pâtes, des poulets et des faisans rôtis, des poissons ornés de citrons et des gâteaux blancs surmontés de meringue et glacés de sucre. Des pages vêtus de tuniques grecques argentées allaient et venaient, et remplissaient inlassablement les verres d'un vin couleur rubis.

Isabella leva les yeux vers les musiciens qui jouaient avec enthousiasme sur leur estrade, au-dessus de la foule. Sur la piste, les danseurs tourbillonnaient en suivant un pas compliqué. Leurs toges claires se détachaient sur les décorations végétales tandis que leurs bras se croisaient et se déliaient avec grâce.

Isabella détailla attentivement chaque visage en essayant de voir à travers les masques. Elle désirait de tout son cœur trouver Orlando, tout en le redoutant. Elle n'avait toujours pas de plan établi, si elle le trouvait. Elle se laisserait guider par son instinct.

Elle s'empara d'un verre de vin sur un plateau tenu par un page et le sirota en restant en lisière des danseurs. Puis elle étudia chaque visage, chaque silhouette masculine. Les invités étaient nombreux, de toutes les tailles et de toutes les allures. Certains dansaient, d'autres faisaient la conversation par petits groupes, mais aucun d'eux ne ressemblait de près ou de loin à Orlando.

— *Signora !* s'écria un Adonis apparemment ivre en la prenant brusquement par le bras et en la faisant tournoyer sans qu'elle puisse protester. Dansez avec moi, ma déesse ! Nous sommes faits l'un pour l'autre !

Isabella se mit à rire. Elle n'était pas vraiment d'humeur à danser, mais s'il y avait bien une chose qu'elle avait apprise à Florence, c'était à cacher ses émotions et à donner le change.

— Je ne peux pas danser ce soir, *signor*, objecta-t-elle en espérant qu'il comprendrait qu'elle portait le deuil.

— Tout le monde doit danser par une nuit comme celle-ci, lança l'homme d'un air joyeux.

Il enlaça Isabella et la fit tournoyer. Pendant qu'elle essayait de se dégager de son étreinte, tout autour d'elle devint flou.

Pendant qu'elle tourbillonnait avec son cavalier inconnu, elle aperçut soudain une tache noire parmi la foule bigarrée des danseurs. Elle repoussa brusquement son Adonis, qui n'eut pas la force de protester, et pivota pour voir de qui il s'agissait.

Orlando se tenait sur le seuil de la porte.

Comme tout le monde, il portait un masque. Ses cheveux noirs étaient sévèrement coiffés en arrière, mais aucun déguisement n'aurait pu la tromper. C'était lui, elle en était sûre ! Aucun autre homme n'avait cette carrure imposante. Soudain, il se retourna et quitta la pièce avant même d'avoir rejoint les danseurs. Isabella s'élança désespérément derrière lui.

Il se perdit dans la foule des invités qui envahissaient le couloir et dégustaient des friandises en badinant. Isabella regarda d'un côté puis de l'autre tout en essayant de se frayer un chemin parmi les courtisans, et en évitant de jouer des coudes pour ne pas provoquer une scène. Elle finit par apercevoir Orlando qui franchissait une porte et courut pour le rejoindre.

Elle s'arrêta sur le seuil et le vit qui se dirigeait vers un couloir plus étroit, décoré de tapisseries qui étouffaient le bruit de la fête. Il se déplaçait vite, de son pas assuré de toujours. Pourtant, elle sentait une certaine prudence dans sa démarche.

— *Signor !* appela-t-elle d'un ton impérieux.

Orlando se raidit et porta la main sur le pommeau de la dague accrochée à sa ceinture. Il pivota avec la grâce d'un félin et se retrouva face à elle. Son visage avait beau être indéchiffrable derrière son masque, elle crut le voir se figer de surprise. Au moins ne chercha-t-il pas à partir.

Maintenant qu'elle était enfin de nouveau face à lui, Isabella ne sut plus quoi faire. Elle tenta de se souvenir de Caterina, de la manière dont elle souriait à Giuliano en balançant les hanches et en le regardant par en dessous. Contrairement à elle, sa cousine savait s'y prendre pour séduire les hommes.

Isabella prit une profonde inspiration et s'obligea à sourire. Puis elle avança lentement vers Orlando en essayant d'imiter Caterina et en espérant que sa robe traîne avec grâce derrière elle.

Pourvu qu'il ne parte pas de nouveau, songea-t-elle. S'il le faisait, il faudrait qu'elle se lance une nouvelle fois à sa recherche.

Il la regarda approcher d'un air méfiant, la main toujours sur sa dague.

— Vous partez sans même avoir dansé ? murmura-t-elle d'une voix grave et sensuelle.

Elle se voûta de manière à paraître plus petite, tout en espérant que sa perruque et son maquillage suffiraient à la cacher dans la pénombre. Heureusement, à Florence, elle avait très bien appris à dissimuler sa véritable personnalité.

Orlando lui adressa un étrange petit sourire en coin.

— Je crains de ne pas être d'humeur à danser, *signora*, répondit-il poliment.

— Rien ne pourrait vous persuader ?

Elle tendit la main vers lui pour caresser doucement sa manche en velours, avant de comprendre l'immense erreur qu'elle commettait.

Il n'était pas simplement un monstre sorti tout droit de son imagination, le meurtrier de la cathédrale.

C'était Orlando, l'homme qui l'avait embrassée, et à qui elle avait osé rêver. Il était son héros, son poète, celui qui escaladait les balcons pour elle. Il n'avait pas beaucoup changé depuis qu'il l'avait prise dans ses bras sur la terrasse. Il avait toujours la même odeur.

Et sa présence lui faisait toujours le même effet.

Non ! songea-t-elle en se réprimandant sévèrement. Il ne fallait pas qu'elle se laisse attendrir. Elle chassa cette bouffée d'émotions, étouffa les sentiments que la vue d'Orlando avait ravivés et s'efforça de se rappeler à la place le sang, la violence et la panique qui avaient déchiré la paix du sanctuaire de la cathédrale.

Orlando lâcha un rire rauque.

— Je suis venu assister au bal pour faire plaisir à mon parent.

— Votre parent ?

— Le seigneur de cette maison.

Voilà pourquoi Orlando était venu à Fiencosole : pour se mettre à l'abri des violences de Florence. Mais qui était cette petite fille ? Et pourquoi avait-il tué Matteo ? Il lui fallait des réponses, sans quoi elle deviendrait folle.

— Je dois partir maintenant, dit-il.

Il prit sa main et la porta à ses lèvres pour la saluer. Son geste était désinvolte et impersonnel, et ne ressemblait en rien à la façon dont il l'avait touchée auparavant. Pourtant, Isabella frissonna.

— Merci pour votre aimable invitation, ajouta-t-il en s'inclinant vers elle.

Isabella ne pouvait pas le laisser partir. Pas avant d'avoir obtenu d'autres réponses. Elle le retint par le bras.

— C'est une trop belle nuit pour rester seule, susurra-t-elle, alors que nous avons de la belle musique, des mets délicieux et du bon vin…

Soudain, un groupe de personnes bruyantes et avinées s'engagea dans le couloir. Spontanément, Isabella prit Orlando par la main et l'entraîna avec elle à l'abri derrière une tapisserie.

— *Signora*..., dit-il en riant.

Isabella était prête à tout pour l'empêcher de partir.

— La nuit est trop belle pour rester seul avec ses pensées, vous ne trouvez pas ?

Elle posa les mains sur ses épaules pour l'obliger à prendre appui contre le mur en pierre. Sous le satin fin de son pourpoint, son corps paraissait si dur, si fort. Orlando ne la repoussa pas.

Son regard s'obscurcit derrière son masque.

— Qui êtes-vous ?

— Personne d'important, répondit-elle. Juste quelqu'un qui essaie de se perdre derrière ces masques, *signor*. Je pense que vous pouvez le comprendre.

Son corps se raidit à son contact.

— Je ne vous comprends pas, *signora*.

Isabella le regarda fixement. Dans ses prunelles, elle ne vit pas la noirceur qu'elle attendait, seulement de la curiosité. Et une certaine circonspection. Ne sachant pas quoi faire, prise d'une soudaine inspiration, elle se hissa sur la pointe des pieds et l'embrassa.

Son geste n'avait été motivé que par l'envie désespérée de le garder près d'elle, mais, dès que ses lèvres effleurèrent les siennes, dès que leur goût éveilla ses sens, elle se rappela à quel point ses baisers étaient enivrants. Chaque fois qu'ils se touchaient, un brasier naissait entre eux.

Orlando l'enlaça et la serra fermement contre lui. Isabella gémit en sentant sa langue caresser la sienne. Son baiser était si merveilleux, si parfait, qu'elle eut l'impression d'être revenue chez elle, dans son foyer, qu'elle avait trouvé sa place.

Et c'était horrible car elle savait quelle était sa mission. Où était son devoir. Pourtant, elle n'arrivait pas à se détacher de lui, pas encore.

Orlando le fit pour elle.

— *Signora !* s'écria-t-il en la repoussant.

Il la tint à distance sans lâcher ses bras. Il ne la laissait pas se rapprocher, mais ne lui permettait pas de partir non plus. Elle attrapa ses poignets.

— J'ignore à quel jeu vous jouez, poursuivit-il d'une voix calme. Vous me paraissez très intéressante, mais je crains que mon cœur ne soit très loin d'ici ce soir.

Que voulait-il dire par là ? Insinuait-il que…

Les mains d'Isabella, soudain trop faibles pour le retenir, le lâchèrent et elle le laissa partir. Orlando s'inclina devant elle et la laissa derrière la tapisserie. Elle entendit le bruit de ses pas s'évanouir sur le sol en marbre et posa le front contre le mur froid. Elle ferma les yeux et tenta de maîtriser le flot de ses pensées.

Mais dans sa tête se bousculaient encore plus de questions qu'avant, et elle n'avait aucune réponse. Elle prit une profonde inspiration et quitta sa cachette. Soudain, elle aperçut un page qui passait à la hâte devant elle, un pichet de vin à la main.

— Pardonnez-moi, appela-t-elle. Dans quelle chambre loge cet homme en pourpoint noir ?

Orlando jeta négligemment son pourpoint sur le coffre à vêtements au pied de son lit d'emprunt et tendit la main vers le verre de vin laissé sur la table. Il le vida d'un trait, mais le breuvage ne parvint pas à chasser son étrange humeur. Il revoyait encore les yeux de cette femme masquée, des yeux d'un noir infini, aussi profonds que la nuit.

Quelque chose en eux le hantait et semblait raviver un souvenir encore vif.

Il se versa un nouveau verre de vin et se dirigea vers la fenêtre. Il se faisait tard et les noceurs s'étaient éparpillés dans les jardins. Des lanternes accrochées dans les arbres projetaient une lueur ambrée sur les silhouettes costumées qui dansaient sur l'herbe. Elles ressemblaient à ces personnages anciens figés sur les urnes grecques.

Leurs rires montaient jusqu'à lui, sans pouvoir l'atteindre ni pénétrer la carapace qu'il avait façonnée autour de son cœur.

Isabella l'avait brisé en mille morceaux avec ses doigts délicats tachés de peinture, son sourire et la lueur innocente qui éclairait son regard. L'espace d'un instant, il avait cru qu'il pourrait voir de nouveau le soleil et il avait laissé l'espoir lui emplir le cœur. L'espace d'un instant, il avait cru qu'une vie normale, une vie heureuse était accessible. Mais non, il était maudit.

Tout s'était envolé lors de ce terrible jour dans la cathédrale. En devenant un meurtrier, il avait obtenu sa vengeance, mais il avait perdu toute possibilité d'amour. Son honneur était sauf et son cœur était déchiré. Maintenant, il fallait qu'il prenne soin de sa nièce et qu'il veille à son avenir. Il le devait à sa sœur, mais aussi pour donner un sens à ses actes. Maria était la seule chose qui le motivait pouravancer. Désormais, il ne vivrait plus que pour elle.

Il contempla les danseurs et se demanda si l'un d'eux était cette femme masquée qui l'avait embrassé si brusquement. Mais il ne vit personne avec une robe de cette couleur. Elle paraissait avoir disparu aussi subitement qu'elle était arrivée, ce qui était heureux. Il n'était pas enclin à céder aux artifices d'Éros.

Pourtant, en s'écartant d'elle, il avait vu quelque chose dans son regard qui éveillait sa mémoire et ses sens. Se pouvait-il que…

Orlando fronça les sourcils et termina son verre de vin, les yeux perdus dans les jardins qu'il apercevait par la fenêtre. L'alcool se propagea rapidement dans ses veines, lui apportant enfin un peu de chaleur et d'oubli. Peu lui importait qui était cette femme et ce qu'elle attendait de lui. Son cœur était mort et il se sentait vide.

Il ôta sa chemise et s'affala en travers du lit. Ce soir, il ne pouvait que prier pour sombrer dans un sommeil sans rêves…

Chapitre 17

Isabella sortit de sa chambre sur la pointe des pieds. Le palais était plongé dans un silence étrange. Elle avait la dérangeante impression que la nuit avait refermé ses tentacules noirs autour de ses habitants et leur avait jeté un sort pour les plonger dans un profond sommeil. Le salon était désert, peuplé d'ombres et parsemé de verres oubliés et de fleurs fanées. Sous les tables, des lévriers se disputaient les restes du festin.

Isabella frémit. Il n'y avait rien de plus sinistre que les reliefs d'une fête lorsque tout le monde était parti. Elle avait éprouvé le même sentiment de malaise lorsqu'elle avait quitté Florence en compagnie de Caterina. Fiencosole pouvait-il à son tour connaître le même sort ?

Elle sentit son ventre se nouer douloureusement au souvenir du sang répandu et de la terreur qui régnait à Florence. Toute sa vie avait été tournée vers l'art, vers l'objectif de rendre le monde plus beau et plus paisible. Et aujourd'hui, pour venger la mort de son cousin, elle était prête à tout gâcher, comme les Pazzi l'avaient fait.

Isabella regarda derrière elle en direction de l'escalier plongé dans le noir. Elle n'était pas vraiment elle-même ce soir. Elle avait l'impression de flotter au-dessus du sol et d'observer de loin ses mouvements dans les couloirs déserts. Elle ne se reconnaissait plus, ne reconnaissait plus le monde autour d'elle.

Mais elle avait fixé son destin le jour où elle avait tenu la main de Caterina et lui avait promis qu'elle se chargerait de tout. Il fallait qu'elle finisse ce qu'elle avait commencé. Il fallait qu'elle découvre la vérité sur Orlando et sur Matteo. Et sur elle-même aussi.

Elle ferma les yeux quelques instants et se rappela le regard d'Orlando, juste avant qu'il ne la quitte derrière la tapisserie, plus tôt dans la soirée.

Était-elle devenue folle ou bien avait-elle lu dans ses yeux que quelqu'un lui manquait ? Se pouvait-il que ce soit elle ? Regrettait-il aujourd'hui ce qui s'était passé ? Mais peut-être tous les sentiments qu'elle avait éprouvés pour lui lorsqu'elle était à Florence n'étaient-ils que le fruit de son imagination. De simples fantasmes.

Pourquoi diable avait-il commis cet acte abominable dans la cathédrale ? Elle se répétait inlassablement cette question sans pouvoir trouver l'ébauche d'une réponse.

Isabella carra les épaules. Ce soir, elle était fermement décidée à le découvrir. Elle remonta son capuchon sur sa tête et pressa le pas.

Le couloir que lui avait indiqué le page était aussi silencieux que le reste du *palazzo*. Des torches brillaient dans leurs appliques et éclairaient son chemin. Au mur, les épaisses tapisseries étouffaient tous les bruits, y compris celui de ses pas. Elle distingua toutefois un léger halètement vite réprimé et un cri derrière une porte. Mais is ne venaient pas de la chambre d'Orlando.

Celle-ci se trouvait tout au bout du couloir. Une impression de nausée ne quittait pas Isabella, qui pouvait à peine respirer. L'espace d'un instant, elle rêva de s'enfuir, d'oublier tout ce qui s'était passé. Mais il était trop tard pour faire marche arrière.

Elle saisit la poignée d'une main qui ne tremblait pas et ouvrit doucement la porte de la chambre d'Orlando.

La fenêtre à moitié ouverte laissait entrer quelques rayons de lune projetés sur le parquet ciré. La pièce était de petite taille, mais magnifiquement décorée de meubles sculptés, d'un tableau représentant une sirène et d'une vierge drapée de bleu sur le mur lambrissé, le tout rehaussé de splendides rideaux en damas aux fenêtres.

Isabella se détourna du sourire triste de la Madone et avisa un grand lit sur une estrade. Une bougie allumée sur la table de chevet projetait des ombres sur les tentures vertes.

Des vêtements noirs étaient posés en vrac sur le coffre à vêtements au pied du lit. Les rideaux brodés du baldaquin étaient à moitié tirés. À la faveur du clair de lune, elle aperçut un drap blanc froissé, des oreillers dispersés et une main qui pendait. Les doigts longs et élégants dont elle ne se souvenait que trop bien étaient fermés en un poing crispé, comme si Orlando se battait même dans ses rêves.

Les sentiments qu'elle éprouvait à l'égard de cet homme étaient si confus ! Elle le désirait et le détestait en même temps.

Elle s'efforça de respirer profondément pour repousser ses peurs et tâcha de prendre ses distances avec ce qu'elle ressentait. Il ne fallait pas qu'elle se laisse distraire par le moindre sentiment. Elle essaya de se convaincre que son cœur était froid. Elle prit une profonde inspiration, sortit une dague d'entre les plis de son manteau et s'approcha du lit à pas de loup.

Ce soir, d'une façon ou d'une autre, elle aurait les réponses à ses questions.

Elle monta sur l'estrade et tendit la main vers Orlando. Le temps parut se suspendre. Isabella avançait comme dans un brouillard.

Soudain, tout s'accéléra en un instant. La main qui lui avait paru si immobile se referma violemment autour de son poignet comme un serpent autour de sa proie. La douleur se propagea dans son bras comme une flèche brûlante, et Isabella ne put retenir un cri de surprise.

Orlando l'attira sur le lit et abattit sa main libre sur la bouche d'Isabella pour étouffer ses cris. Elle le regarda fixement, les yeux écarquillés, certaine que son heure était venue.

Elle ne voyait pas son visage. La lueur de la bougie derrière lui projetait un halo de lumière autour de ses cheveux noirs emmêlés par le sommeil et de son torse nu. Il serra le poignet d'Isabella jusqu'à ce qu'elle cède et qu'elle lâche sa dague.

— Qui êtes-vous ? gronda-t-il en la serrant encore plus fort. Qui vous a envoyée ?

Isabella secoua désespérément la tête. Elle ne pouvait pas parler avec sa main sur sa bouche. Ce mouvement fit glisser le capuchon de son manteau et découvrit son visage. Le choc chassa la fureur des traits d'Orlando.

— Isabella ? dit-il d'une voix rauque.

Orlando ôta la main de sa bouche.

— Que faites-vous ici ?

Il paraissait sincèrement étonné de la voir. Il reprit :

— L'idée que ce puisse être vous m'a effleuré, mais je ne vous croyais pas assez stupide pour commettre un acte pareil.

— Je vous ai vu ! cria-t-elle en se débattant, à la fois

furieuse et confuse. Dans la cathédrale. Je vous ai vu vous battre avec Matteo…

Soudain, ce qui s'était passé ce jour-là et l'acte qu'Orlando avait commis lui apparurent dans toute leur horreur. Un sanglot s'échappa de ses lèvres et elle tourna la tête sur le côté pour ne pas le voir. Pour ne pas qu'il aperçoive ses larmes de honte.

— Isabella…, dit-il d'une voix confuse. Vous avez vu ce qui s'était passé ?

Elle ne put qu'acquiescer.

— Ce n'était pas ce que vous croyez, protesta-t-il. Je vous le jure.

— Et quoi d'autre ? Je vous ai vu le poignarder. Étiez-vous de mèche avec les Pazzi ?

— Jamais. Je n'ai fait que mettre Strozzi face… à un événement qui s'est produit il y a très longtemps. Je voulais qu'il me donne des réponses. Ce qui s'est passé n'était pas prévu.

Pas prévu ? Cela rendait-il toute cette violence meilleure ou pire ? Essayait-il de se trouver des excuses ? Dans sa surprise, Orlando avait un peu desserré son étreinte. De ses poings, Isabella frappa son torse et ses épaules nues, et toutes les émotions qu'elle retenait depuis de si longs jours et de si longues nuits s'échappèrent.

Autrefois, elle avait cru en lui, elle l'avait désiré. Maintenant, elle le détestait pour cela.

— Je vous hais, cria-t-elle. Vous n'êtes pas l'homme que je croyais. Vous n'êtes pas…

— Isabella !

Il saisit violemment ses poignets et la plaqua sur le lit. Elle ne pouvait plus bouger.

— Isabella, calmez-vous et écoutez-moi.

Mais elle était incapable de l'écouter. Incapable de

toute émotion, de toute pensée rationnelle. Trop de choses étaient arrivées.

— Vous êtes une ordure ! Vous…

Soudain, comme s'il ne pouvait plus entendre ses insultes, il se pencha vers elle et étouffa ses cris furieux en écrasant cruellement ses lèvres sur les siennes. Sa langue plongea profondément dans sa bouche. Ses mains caressèrent durement son corps lorsqu'il la serra contre lui.

Choquée, Isabella se débattit, partagée entre la colère et le désir. Mais ce baiser était trop irrésistible, trop parfait, et elle se surprit à s'accrocher à lui de toutes ses forces. Elle lui ouvrit ses lèvres et l'embrassa passionnément. La colère et le désir les submergèrent tous les deux et les entraînèrent dans leur sillage.

Elle glissa les mains sur son dos nu et griffa sa peau tiède avec ses ongles. Son corps était si dur, si fort sous ses mains. Il grogna et son baiser devint dur et fougueux, incontrôlable.

Il approfondit son baiser, basculant sa tête en arrière, et elle lui répondit avec la même ardeur. Puis elle l'enlaça et planta vigoureusement ses ongles dans son dos.

Elle était partagée entre l'envie de trouver le plaisir et celui de lui infliger de la douleur.

Orlando la renversa sur le lit, au milieu des draps froissés, et les jupes d'Isabella remontèrent sur ses cuisses. Les lèvres d'Orlando descendirent le long de sa gorge, parcoururent son épaule, et il goûta sa peau du bout de la langue. Isabella frémit sous le flot de sensations qui déferlaient sur elle sans qu'elle puisse les contenir.

— Mon dieu des Enfers, murmura-t-elle.

— Si vous restez ici avec moi, vous ne reverrez plus jamais la lumière du jour, gémit-il contre son épaule.

D'une certaine façon, elle savait maintenant que l'obscurité lui convenait. Tout dans le monde avait changé, et elle ne le reconnaissait plus. Elle ne *se* reconnaissait plus. Elle caressa son dos, puis posa les mains sur ses hanches étroites. Il était nu entre les draps et elle frémit en sentant sa peau tiède.

Elle frôla son sexe. Elle en avait déjà vu, sur les statues et les peintures, mais elle éprouva un étonnement en le touchant. Son membre était chaud et dur, comme du satin sur de l'acier brûlant.

Il se figea au-dessus d'elle, le souffle court.

— Vous aimez ? murmura-t-elle.

— Beaucoup trop, dit-il d'une voix rauque.

Isabella rit doucement, envahie par un merveilleux sentiment de pouvoir. Un peu plus téméraire, elle le caressa de haut en bas et sentit son sexe durcir encore plus sous sa main.

Orlando ne la repoussa pas. Elle n'eut pas le temps de réfléchir ni de se demander ce qui pouvait arriver ensuite. Orlando fit glisser sa robe le long de ses épaules et la dénuda. La mousseline glissa le long de son dos et de ses jambes.

— Vous sentez la rose, chuchota-t-il.

Elle frissonna lorsqu'il se pencha de nouveau sur elle. Il effleura son épaule de ses lèvres, puis la douce courbe de son sein. Il s'attarda sur la pointe jusqu'à ce qu'elle se mette à trembler entre ses bras.

Ses mains fiévreuses ôtèrent les épingles de ses cheveux et laissèrent ses épaisses boucles noires se répandre sur les oreillers. Il les contempla, comme fasciné, en les étalant doucement sur les draps blancs.

Incapable de penser ou de prendre la moindre décision, Isabella se contenta de le regarder. Elle ne pouvait que sentir. Comme il était beau ! Comment pouvait-il être capable de la moindre mauvaise action ? Rien ne lui semblait mal à présent. Tout était juste, et merveilleux.

Orlando caressa délicatement son corps nu, d'une main douce et sensuelle. Il la touchait légèrement, la frôlait ici et là, sans jamais s'attarder, jusqu'à ce qu'elle se mette à gémir. Puis il fit quelque chose de terriblement choquant. Il s'agenouilla entre ses cuisses et embrassa sa peau nue juste à son entrejambe.

— Orlando…, haleta-t-elle.

— Chut, murmura-t-il, tout contre elle. Faites-moi confiance. Laissez-moi faire.

Du bout de la langue, il caressa son sexe avant de plonger plus profondément en elle.

Isabella poussa un cri de plaisir. Jamais elle n'avait rien imaginé de pareil ! Lorsqu'elle était venue retrouver Orlando ce soir, elle ignorait ce qui arriverait, ce qu'elle ferait, et ne s'attendait sûrement pas à cela. Elle savait juste qu'elle devait trouver des réponses.

Or elle semblait en avoir trouvé, mais ce qu'elle vivait là ne ressemblait en rien à ce qu'elle avait imaginé, même dans ses nuits peuplées de rêves.

Soudain, elle comprit qu'elle n'avait plus peur.

La langue d'Orlando devint plus hardie. Il paraissait prendre beaucoup de plaisir à la lécher au plus intime. Isabella craignit d'être submergée par le flot de sensations nouvelles qui l'envahissaient.

Elle saisit les doux cheveux d'Orlando entre ses doigts et le fit remonter vers elle afin de pouvoir le regarder de nouveau dans les yeux. Elle n'y lut rien d'autre que la passion et le désir qui faisaient écho aux siens.

En appui sur les coudes, Orlando se tint au-dessus d'elle. Elle savait qu'il se retenait pour ne pas l'écraser de tout son poids. Mais elle le voulait plus près d'elle, au point de se perdre en lui et de ne plus avoir à affronter de nouveau la réalité de la vie.

Elle enroula les jambes autour de ses hanches et l'attira vers elle, jusqu'à ce que leurs corps s'emboîtent, douceur contre force. La peau d'Orlando était si chaude, si humide, aussi douce que du satin. Elle caressa son dos musclé, son flanc, et s'émerveilla de ce contact. De la force qu'il dégageait.

On aurait dit un dieu, capable à la fois de destruction et d'un plaisir infini.

— Orlando, murmura-t-elle juste pour le plaisir de prononcer son nom.

Elle appuya les lèvres contre son épaule et savoura le goût salé de sa peau. Elle désirait tellement s'enivrer de sa chaleur, elle qui avait ressenti un tel froid pendant si longtemps.

— Isabella, dit-il d'une voix rauque.

Il enfouit son visage dans le creux de son cou et elle sentit son souffle saccadé contre elle.

— Je sais que je ne devrais pas faire ça, poursuivit-il d'une voix hachée. Je vous ai déjà fait tant de mal. Mais je ne peux pas me retenir plus longtemps…

— Je sais.

Elle prit une courte inspiration et s'imprégna du parfum enivrant d'Orlando. De son essence sombre dont elle rêvait depuis l'instant où elle l'avait vu.

Il l'embrassa dans le cou, la bouche ouverte, et glissa de nouveau le long de son épaule comme s'il voulait la goûter, comme elle venait de le faire avec lui. Il continua jusqu'à la courbe de son sein.

— Je n'ai jamais rencontré une femme aussi merveilleuse que vous, dit-il.

— Ni moi un homme comme vous. Nos péchés sont

donc faits l'un pour l'autre, murmura-t-elle sans vraiment savoir ce qu'elle disait.

Elle était incapable de réfléchir.

Il repoussa quelques mèches de cheveux pour embrasser son oreille. Elle sentit son souffle, la douce morsure de ses dents sur son lobe, et frémit. Elle se cambra contre lui et frôla son sexe avec ses hanches. La preuve ardente de son désir pour elle.

Il pressa les lèvres sur ce point si sensible juste sous son oreille, et elle poussa un petit cri.

— Vous aimez ? souffla-t-il contre sa peau.

— J'ai l'impression de tomber dans un gouffre, répondit-elle, sincère.

De tomber, encore et encore, vers un endroit qu'elle ne connaissait pas du tout.

— Je vous rattraperai, la rassura-t-il. Laissez-vous aller, *bella*.

Elle obéit. Elle osa faire ce bond vers l'inconnu, vers cette brume étincelante. Elle caressa avec bonheur son torse nu, son dos, savourant chaque parcelle de son corps. Elle éprouvait un immense sentiment de liberté, sensation qui, comme Icare, lui donnait des ailes.

Orlando frémit lorsqu'elle toucha de nouveau son sexe. Il durcit encore plus et elle referma les doigts autour de lui. Il frissonna et repoussa sa main. Avant qu'elle ne puisse protester, il caressa son intimité du bout du pouce, ce qui lui arracha un cri de plaisir. Puis elle écarta plus largement les cuisses afin de mieux lui laisser sentir l'ampleur de son désir.

Cela devait arriver, elle le savait. Depuis qu'ils s'étaient rencontrés, le destin ne cessait de les pousser l'un vers l'autre. Orlando semblait le sentir, lui aussi.

Il s'agenouilla entre ses cuisses. Puis il effectua un

petit mouvement de hanches et elle sentit soudain une brûlure, tandis qu'il la pénétrait lentement.

En même temps, une sensation nouvelle de plénitude l'envahit au moment où ils s'unissaient. Elle étouffa un cri.

— Je suis désolé, murmura-t-il.

Il s'immobilisa, en équilibre au-dessus d'elle, les bras tendus. Les muscles de son dos se tendirent tandis qu'il se retirait.

— Non, s'écria-t-elle. Ne partez pas.

Elle resserra fermement les cuisses autour de lui pour le retenir, afin de mieux le sentir. Sentir qu'ils étaient enfin pleinement réunis.

À mesure que son corps s'habituait à lui, la douleur s'estompa pour laisser place à une exquise sensation d'épanouissement. Elle distingua une lueur faible et lointaine, qui semblait annoncer quelque chose qu'elle ne saisissait pas. Quelque chose de merveilleux et qu'elle ne pouvait ressentir qu'avec lui.

Orlando se retira en un lent et délicieux mouvement, centimètre par centimètre. Il sortit presque complètement avant de la pénétrer de nouveau très profondément.

— Oh ! haleta-t-elle en sentant qu'il recommençait encore et encore, de plus en plus vite.

Au creux de son ventre, le petit noyau de plaisir se mit à grossir, à s'épanouir et à grandir jusqu'à ce que tout son être s'embrase au contact du corps d'Orlando, uni à elle de toutes les façons possible.

D'instinct, elle adopta son rythme, bougea avec lui, leurs deux êtres s'emboîtant à la perfection.

Tout l'univers paraissait réduit au corps d'Orlando contre le sien. Ses oreilles se mirent à bourdonner, comme une musique accompagnant leur danse. Elle en voulait plus, toujours plus. Elle rêvait que cela ne s'arrête jamais.

Soudain, toutes ses pensées et ses sensations, tout ce qu'elle était et avait toujours été, s'éparpillèrent en une explosion d'étoiles brûlantes. Elle s'envola vers le ciel, comme si tout son ancien moi se consumait entièrement avant de renaître à nouveau.

Au-dessus d'elle, Orlando cria son nom et se tendit. Il quitta son corps et elle sentit sa semence couler sur sa hanche. Il s'effondra à côté d'elle, emmêlant ses bras et ses jambes avec les siens.

Isabella revint peu à peu sur terre, toujours dans un brouillard d'étoiles. Jamais elle ne s'était sentie aussi légère, aussi épuisée, aussi confuse. Elle ignorait ce qui arriverait demain, ou même dans l'instant qui allait suivre, mais être avec Orlando était inévitable.

À côté d'elle, elle entendit son souffle saccadé et sentit le poids de son torse tandis que lui-même se ressaisissait. Elle ouvrit les yeux et se tourna sur le côté pour étudier Orlando à la lueur vacillante de la bougie. Ses yeux étaient mi-clos et il ne souriait pas. L'heure n'était pas au rire, car tout venait de changer.

— Avez-vous toujours envie de me tuer, Isabella ? demanda-t-il d'une voix rauque.

Choquée par ses propos, elle secoua la tête.

— Je n'en sais rien, répondit-elle, sincère. Je ne sais plus ce que je veux, ni ce qu'il faut que je fasse. Autrefois, je savais ce qui était juste, mais désormais…

— Ce qui est juste est toujours compliqué, dit-il d'un air grave.

Oui, il avait raison. Tout ce qui s'était passé à Florence avait bouleversé ce en quoi elle croyait, et maintenant elle était certaine de vivre dans un monde différent. Un monde souterrain et obscur, dont Orlando était le seigneur.

Pourtant, son corps était certain que ce qui venait de se produire était juste. Elle embrassa tendrement la commissure de ses lèvres.

— Je ne peux pas vous tuer ce soir, murmura-t-elle. Je dois retourner dans ma chambre.

— Non, pas tout de suite. La nuit est encore noire et j'ai beaucoup de choses à vous dire, répondit Orlando.

Isabella se redressa sur un coude pour contempler son beau visage aux traits fins. Elle aurait tant aimé pouvoir lire en lui, comme elle le faisait si facilement avec les autres. Mais il avait le don de se dissimuler parfaitement à son regard d'artiste.

— Je le pense aussi.

Orlando se leva et avança, complètement nu, vers une table près de la fenêtre sur laquelle se trouvaient une assiette de fruits, des cruches de vin et des gobelets en argent. Isabella admira la ligne puissante de son dos et ses longues jambes. Si seulement elle avait eu son carnet de croquis ! Peut-être qu'à travers l'art, elle pourrait le capturer, mais, même ainsi, Orlando se tiendrait loin d'elle et demeurerait indéchiffrable.

Il revint vers le lit avec deux verres et lui en tendit un. Isabella but une petite gorgée de vin qui adoucit sa gorge sèche en essayant de ne pas regarder Orlando. Elle se sentait trop émue à l'idée de croiser son regard. Ce qui venait de se passer entre eux était encore trop frais, trop irréel.

— Vous connaîtrez très bientôt la vérité, Isabella, je vous le promets, dit-il.

Isabella tenta d'acquiescer, mais, soudain, elle se sentit prise de vertiges. Sa tête était lourde. Les images se brouillèrent et le verre lui tomba des mains. Orlando la prit dans ses bras avant de l'allonger sur le lit.

— Je suis navré, dit-il.

Elle comprit ce qui venait de se produire, mais il était trop tard.

Finalement, Orlando était vraiment un bandit, et elle s'était comportée comme la dernière des idiotes en lui accordant sa confiance.

Elle essaya de crier, mais aucun son ne sortit de sa bouche. Ses yeux se fermèrent malgré elle, la chambre s'évanouit et, bientôt, elle fut avalée par l'obscurité.

Chapitre 18

Isabella poussa un grognement en sentant derrière ses paupières closes un trait de lumière aveuglante qui l'obligeait à quitter l'obscurité paisible de son sommeil. Tout son corps lui paraissait extrêmement lourd. Comme elle aurait aimé revenir au pays des rêves… Au souvenir des baisers d'Orlando et de ses mains sur sa peau nue…

Elle essaya de se tourner sur le côté et de trouver refuge sous les couvertures chaudes, mais une main sur son épaule la retint.

— Isabella, appela quelqu'un.

La voix lui paraissait très lointaine. Elle gémit et tenta de chasser la main qui la secouait doucement, mais on continua de l'appeler.

— Isabella !

Elle ouvrit péniblement les yeux et aperçut un plafond bas, peint à la chaux, strié de poutres sombres. Ce décor ne lui était pas familier. Elle n'était pas dans sa petite chambre chez son père, et elle ne reconnaissait pas non plus les luxueuses tentures brodées qui entouraient son lit dans la demeure de Caterina. Mais où était-elle ?

Soudain, tout lui revint en bloc. La chambre d'Orlando, sa main sur sa bouche, la colère, le chagrin puis le désir, brutal, qui s'était subitement emparé d'elle. Le corps d'Orlando glissant sur le sien et prenant possession d'elle. Et le vin qui l'avait tant étourdie…

Le vin ! Ah, la canaille ! Il l'avait droguée et, comme une idiote, elle avait bu sans se méfier, sans se douter de rien.

Isabella se redressa d'un bond. La couverture sous laquelle elle avait dormi glissa et elle s'aperçut qu'elle portait encore le costume froissé qu'elle avait mis la veille pour le bal. Les plis diaphanes, crème et abricot, de sa tunique lui paraissaient ridicules et déplacés à la lumière du jour. Elle tira la couverture sur ses épaules et se retourna pour faire face à la voix qui l'appelait.

Orlando était assis près du lit étroit sur lequel elle était allongée. Il portait les mêmes vêtements noirs que d'habitude. Ses cheveux étaient coiffés en arrière. Une barbe naissante obscurcissait ses joues, mais son visage n'avait rien perdu de son austérité et de son élégance. Son pouvoir de séduction exerçait toujours la même force sur elle. Qu'il soit maudit.

Orlando la regarda avec méfiance.

Isabella parcourut rapidement la pièce des yeux. Elle était de petite taille et plutôt dépouillée. Une unique fenêtre cintrée s'ouvrait sur un petit coin de ciel bleu, et les seuls meubles étaient un tabouret et une table de toilette à côté du lit. Au-dessus de la fenêtre, une fresque écaillée représentant la Vierge, la tête penchée sur le côté, habillée d'une robe bleu pâle, était le seul ornement de la pièce.

Quel genre de prison était-ce ? L'avait-il enfermée ici pour la punir de ce qu'elle avait fait ? Comment osait-il, alors que c'était lui qui lui avait inspiré de si mauvaises pensées, lui qui avait semé la discorde dans sa vie ?

— Vous m'avez droguée ! s'écria-t-elle, furieuse. Comment avez-vous osé !

Elle se redressa trop vite et une vague de vertiges l'arrêta dans son élan.

Orlando lui prit le bras. Le contact de sa main était chaud sur sa peau nue. Elle le repoussa, mais il ne la lâcha pas. Orlando l'obligea doucement à s'adosser contre les oreillers. Il resta penché au-dessus d'elle jusqu'à ce que son parfum frais d'agrumes lui fasse encore plus perdre ses moyens.

— Je suis désolé, Isabella, dit-il d'une voix trop calme, trop douce. Ce n'étaient que des herbes pour vous aider à dormir, rien de bien méchant. Je ne voyais pas d'autre moyen de vous persuader de venir avec moi et nous n'avions pas beaucoup de temps.

— Où sommes-nous ? s'enquit la jeune femme, tandis que les souvenirs de tout ce qui s'était passé la nuit dernière l'assaillaient.

Elle se sentait confuse et n'arrivait pas à comprendre ce qui lui arrivait ni où il voulait en venir.

— Que se passe-t-il ? demanda-t-elle.

— Nous sommes au couvent de Sainte-Claire, expliqua-t-il sans la quitter des yeux. Je vous promets qu'il ne peut rien vous arriver de mal ici.

— Pourquoi devrais-je vous croire ?

Elle le regarda fixement et essaya de lire en lui. Mais elle ne distingua absolument rien dans ses prunelles émeraude, sombres et solennelles. D'une certaine façon, cela l'effraya un peu.

— Pourquoi m'avez-vous amenée ici ? insista-t-elle. Voulez-vous que je me repente pour le restant de mes jours d'avoir tenté de vous tuer ?

Orlando rit durement.

— Si quelqu'un doit se repentir ici, c'est certainement moi. Je vous ai caché la vérité trop longtemps, Isabella, et ce, par pur égoïsme.

— Quelle vérité ?

Elle avait le sentiment étrange d'avoir perdu cette vérité depuis très longtemps, et elle ignorait où la chercher à présent.

Il lui tendit la main et lui sourit tristement lorsqu'elle le regarda d'un air suspicieux.

— Venez, laissez-moi vous montrer quelque chose.

Isabella se leva prudemment. Elle préféra dédaigner la main tendue d'Orlando et serra fermement la couverture contre elle. Elle n'avait pas d'autre choix que de l'écouter maintenant. Les choses n'étaient jamais ce qu'elles semblaient être dans le monde sens dessus dessous dans lequel elle vivait depuis qu'elle avait quitté la maison de son père. Peut-être les paroles d'Orlando pourraient-elles enfin les remettre en ordre.

À condition qu'elle ose le croire, et même qu'elle accepte de l'écouter. Il lui avait caché tant de choses pendant si longtemps. Qu'est-ce qui avait changé ? Pourquoi serait-ce différent, maintenant ?

Isabella se rappelait très nettement la soirée qu'ils avaient passée la veille. Elle avait éprouvé une telle sensation de légèreté, de sécurité étrange lorsqu'il l'avait tenue dans ses bras. Elle voulait croire qu'il y avait eu une certaine vérité dans ses baisers. Pendant cette heure passée avec lui, plus rien ne lui avait paru important. Non, cela, elle n'avait pas pu le rêver.

En outre, Orlando ne pouvait pas lui mentir dans un lieu sacré comme celui-ci, au risque de mettre son âme en danger. Même les bandits ne faisaient pas une chose pareille.

Il la conduisit jusqu'à la petite fenêtre et elle se hissa sur la pointe des pieds pour regarder dehors. Elle aperçut un jardin de petite taille, joliment entretenu. Il était composé d'un espace verdoyant formé d'allées et parsemé de statues en pierre représentant des saints et des saintes au visage placide. Un peu plus loin, elle distingua des arches et les galeries couvertes de la promenade du cloître. Les rayons du soleil étincelants sur les briques jaunâtres et crème donnaient à la fois de la vie et une impression de sérénité au lieu.

Un groupe de nonnes entièrement vêtues de noir marchait lentement dans le jardin, les mains jointes, la tête penchée. Elles parlaient à voix basse. Devant elles, une petite fille en robe blanche bondissait joyeusement. Ses cheveux dorés brillaient au fil de sa danse et de ses cabrioles. On aurait dit un esprit de l'air et de la lumière qui aurait atterri dans la quiétude endormie du cloître.

— C'est l'enfant que j'ai déjà vue avec vous, dit aussitôt Isabella.

Elle sentit le regard d'Orlando peser sur elle.

— Vous l'avez déjà vue avec moi ?

— Au *palazzo*.

Elle se souvenait de la manière dont Orlando et l'enfant se souriaient.

— Êtes-vous en train de me dire que cette enfant est votre fille ? reprit-elle.

— Ma fille ? Non. Il s'agit de… Oui, Maria est mon enfant maintenant. Je prends soin d'elle du mieux que je le peux, car elle n'a plus que moi au monde. C'est ma nièce. Mais je dois vous dire que son père naturel était votre cousin, Matteo Strozzi.

Matteo ? Sous le choc, elle leva vivement les yeux vers Orlando. Il se tenait devant elle, solennel et silencieux, et elle ne lut dans son regard qu'un éclair de vérité. Mais pourquoi Orlando en était-il venu à prendre soin de l'enfant de Matteo, à la traiter avec autant de tendresse, alors qu'il venait de tuer son père ? Pourquoi ?

Pourquoi Matteo ne lui avait-il jamais parlé de cette enfant ? Elle contempla de nouveau la petite fille qui s'était mise à cueillir des fleurs pour en faire un bouquet. Elle s'aperçut soudain que ses cheveux avaient la même couleur magnifique que ceux de Caterina et de Matteo. Même les bâtards pouvaient faire naître des alliances entre les familles. Et aussi être aimés.

— Dites-moi tout, murmura-t-elle.

— Ce n'est pas une très belle histoire, fit-il d'une voix triste, l'air un peu sur ses gardes.

— Comme tout ce qui s'est passé dernièrement, riposta-t-elle.

Il acquiesça, l'air grave.

— Vous avez raison, répondit-il en hochant la tête. La mère de Maria était ma petite sœur. Notre père l'avait fiancée à un voisin avant sa mort, mais elle n'aimait pas cet homme. Elle avait des rêves plus... romantiques. Elle est partie en voyage à Florence avant son mariage, ce qui fut pour elle une terrible erreur.

— Elle est tombée amoureuse de Matteo ? demanda Isabella en se souvenant des poèmes de Pétrarque qu'elle lisait à Caterina.

Et de leur fin tragique.

— Vous vous êtes vengé de lui pour l'avoir volée au fiancé qu'elle détestait ? ajouta-t-elle.

— Je vois que vous avez beaucoup lu, dit Orlando. Et vous avez presque raison, mais je crains que son histoire ne soit pas aussi belle et romantique que vous l'imaginez. Maria Lorenza est tombée amoureuse de Matteo. Elle n'avait jamais quitté la campagne et, comme beaucoup d'autres jeunes filles avant elle, elle s'est laissé éblouir par Florence. Strozzi l'a séduite et, lorsqu'elle s'est retrouvée enceinte, il l'a abandonnée. Il s'est même moqué d'elle, m'a-t-elle avoué. À cette époque, il était fiancé à une jeune femme de la famille Riario, apparentée avec le pape. Il ne voulait pas prendre le risque de compromettre ce mariage pour une petite campagnarde. Mon père a également condamné Maria Lorenza et l'a reniée avant de mourir.

Isabella contempla la jolie fillette si joyeuse et essaya de se représenter sa mère. Belle, jeune, désespérée. Sa vie avait été gâchée parce qu'elle avait placé sa confiance et son amour dans la mauvaise personne. Elle s'était retrouvée seule et terrifiée. C'était facile à imaginer. Mais était-ce la vérité ?

— Que lui est-il arrivé ? demanda-t-elle d'une voix douce.

— Elle était désespérée. Elle est venue me trouver pour solliciter mon aide.

Surprise, Isabella leva vivement les yeux vers Orlando.

— Elle est venue vous trouver, vous, son frère, tout en sachant que vous voudriez à coup sûr venger l'honneur de la famille ?

Le visage d'Orlando était sombre, indéchiffrable, tandis que lui aussi gardait les yeux rivés sur l'enfant.

— Nous étions frère et sœur mais aussi amis. Maria Lorenza était une jeune femme douce et aimable. Elle ne méritait pas d'être traitée de cette manière par votre cousin. Il fallait bien que quelqu'un prenne soin d'elle et de son enfant innocent.

— Et c'est ce que vous avez fait, le coupa Isabella en le regardant d'un air sceptique.

Combien d'hommes, soucieux de leur honneur, auraient fait la même chose ? Pourtant… Orlando ne ressemblait pas aux autres hommes. Elle en avait déjà amplement eu la preuve.

— La tante de notre mère, qui est maintenant décédée, était abbesse dans ce couvent. Je lui ai demandé d'accueillir Maria Lorenza le temps de sa grossesse et de l'aider à mettre son enfant au monde.

— Maria Lorenza est ici ? demanda Isabella, à moitié effrayée par la réponse d'Orlando.

Il fronça les sourcils et, avant qu'il ne puisse détourner les yeux, Isabella aperçut une émotion profonde, à peine contenue, dans son regard. Était-ce de la colère, du chagrin ? Elle qui avait l'habitude de lire les émotions avant de les transcrire dans ses peintures n'était jamais sûre de rien avec Orlando.

— Elle est morte peu de temps après la naissance de Maria, dit-il brusquement. Même son bébé ne pouvait plus la rattacher à la vie après ce que Matteo Strozzi lui avait fait. Son cœur était brisé par le chagrin et la honte. Elle s'est empoisonnée.

— Empoisonnée ! balbutia Isabella, choquée. Elle s'est suicidée, ici, dans ce lieu sacré ?

La bouche d'Orlando prit un pli dur.

— Ma tante l'a caché afin que Maria Lorenza puisse être enterrée en terre consacrée, dans le cimetière des sœurs, mais ce n'était certainement pas un accident.

— Et depuis ce jour, c'est vous qui vous occupez de la petite ?

— Il fallait bien que quelqu'un le fasse. Elle n'est pas responsable des péchés de ses parents.

Isabella se tourna de nouveau vers l'enfant et se souvint de la manière dont Orlando tenait sa petite main. Des sourires qu'ils s'échangeaient. Il était si tendre avec elle, si aimable, et, pourtant, il avait tué Matteo dans la frénésie sanglante de la cathédrale. Elle était venue ici pour se venger de cet acte. Comment pouvaient-ils se réconcilier ?

Elle se rappela les livres de son père, sa façon de marmonner quand il s'agissait d'honneur et d'honnêteté, les enseignements des vieux philosophes qui étaient censés guider les pas des hommes. Comment Orlando avait-il fait pour se trouver exactement sur ce chemin, là où il pouvait la rencontrer ? Que devait-elle comprendre ?

Elle n'était pas préparée à affronter une telle chose, et elle craignait de faire de nouveau le mauvais choix.

— Depuis tout ce temps, vous planifiez votre vengeance contre Matteo ?

— Je le détestais vraiment, reconnut Orlando. Comment aurait-il pu en être autrement ? Mais je voulais qu'il confesse son crime, qu'il se repente. Il s'est contenté de rire, comme il l'avait fait avec Maria Lorenza. Elle n'était rien pour lui, pas même un souvenir. Il a voulu se battre dans la cathédrale. Il ne voulait ni se repentir ni entendre raison. Nous nous sommes donc affrontés.

— Je vous ai vu le tuer, murmura Isabella. Chaque fois que je ferme les yeux, je vous revois la dague à la main.

Oui, Matteo était son cousin. Mais à quel point le connaissait-elle ? Elle mit la main devant sa bouche dans un geste de réflexion, et tâcha de convoquer ses souvenirs. Elle se rappela son rire désinvolte avec ses amis, le regard inquiet de Caterina lorsqu'elle le regardait.

Avait-il pu commettre un acte aussi horrible ? Oui,

songea-t-elle. Les hommes étaient capables de tant de mal, elle avait pu le voir de ses propres yeux à Florence. Mais avait-il été lui aussi cruel à ce point ?

— Comment puis-je être sûre que vous dites la vérité ? demanda-t-elle. Où est la justice ?

Orlando écarta les plis de son manteau et sortit un petit parchemin. Il le plaça en silence entre les mains d'Isabella.

— Voici les lettres que Maria Lorenza m'a envoyées. Je me suis dit que je ne les montrerais à personne, que je ferais mieux de les brûler, mais vous méritez de connaître son histoire, dit-il d'un air solennel.

Il recula d'un pas et lui sourit tristement.

— Une sœur va venir vous apporter des vêtements propres et de quoi vous restaurer. Je vais vous laisser à présent. J'ai déjà beaucoup trop abusé de votre temps et de votre patience, et je vous prie de m'en excuser.

Stupéfaite, Isabella le regarda tourner les talons et se diriger vers la porte. Lorsqu'il posa la main sur la poignée, elle s'écria :

— Vous partez ?

Elle n'arrivait pas à imaginer qu'il puisse s'en aller si vite.

Orlando ne se retourna pas.

— Il le faut. Vous devez réfléchir à tout cela seule, ma douce Isabella. Je suis désolé de vous avoir amenée ici de cette façon, et de vous avoir dit toutes ces horribles choses. Si j'avais pu, je vous aurais toujours gardée comme pendant ces moments que nous avons partagés à Florence, alors que vous étiez tellement convaincue de la beauté de ce monde.

Il lui décocha un sourire d'une tristesse à fendre le cœur.

— Vous m'avez fait le plus grand des présents, Isabella. Vous m'avez apporté une paix intérieure que je n'avais jamais connue. J'aurais aimé pouvoir vous rendre la pareille. Sachez que je serai là pour vous si vous avez besoin de moi. À condition que vous puissiez me pardonner un jour.

Il partit et ferma la porte doucement derrière lui. Spontanément, Isabella voulut se précipiter vers lui. Elle voulait en savoir plus, mais quelque chose dans la tristesse qu'il dégageait la retint. Jamais elle ne s'était sentie aussi seule qu'à cet instant.

Elle regarda de nouveau par la fenêtre et aperçut la petite fille assise sur un banc en pierre à côté d'une nonne, la tête penchée sur un livre. Ses cheveux blonds brillaient. Elle ressemblait tellement à Matteo à cet instant.

Isabella se retourna et ouvrit la première lettre qu'elle tenait dans la main. C'était une courte note dont l'encre formait des taches par endroits, comme si la personne qui avait tracé ces lignes avait pleuré en l'écrivant. Les lettres étaient formées avec soin, l'écriture était laborieuse, comme si Maria Lorenza n'avait pas reçu beaucoup d'éducation. Mais ses émotions étaient limpides lorsqu'elle décrivait son cœur brisé et sa peur à son seul ami. À son frère Orlando.

Son histoire était telle qu'Orlando la lui avait décrite, en plus triste encore. En plus désespérée. Isabella pouvait sentir distinctement la détresse de la jeune fille. Son chagrin d'amour. Les lettres paraissaient authentiques. Il était impensable qu'elles fassent partie d'un complot visant à la tromper.

Sidérée par la tristesse de cette histoire, Isabella faillit laisser tomber les lettres au sol tandis que les remords l'assaillaient.

Elle s'élança vers la porte. Elle ignorait où elle allait ou ce qu'elle devait faire, mais elle ne pouvait pas rester dans cette chambre à ne rien faire. Elle savait seulement qu'il lui fallait trouver Orlando. Le prendre dans ses bras et lui dire qu'elle ne douterait plus de ses propres sentiments. Qu'elle ne le laisserait pas partir.

En ouvrant la porte, elle tomba nez à nez avec une nonne qui arrivait les bras chargés d'une longue robe en laine bleue. Isabella réalisa qu'elle ne pouvait pas s'aventurer dans le couvent vêtue comme elle l'était. Elle accepta donc de procéder à une rapide toilette, avec l'aide joviale de la nonne. Elle n'arrivait pas à rester en place, assaillie par tant de questions, tant de doutes et d'émotions qu'elle ne comprenait pas.

Une fois correctement habillée, elle s'élança vers le jardin pour s'apercevoir que la petite fille était partie. Orlando était introuvable. Seules les lettres qu'elle serrait dans sa main prouvaient qu'il avait été là.

Elle courut vers l'extrémité du jardin jusqu'aux allées qui le prolongeaient. Il n'était pas là non plus.

— Êtes-vous la *Signorina* Isabella ? s'enquit doucement une voix de femme.

Isabella fit volte-face et découvrit une jeune nonne qui lui souriait timidement.

— Oui, répondit Isabella.

La sœur lui tendit une lettre pliée.

— Le *Signor* Landucci a laissé ceci pour vous. Il m'a demandé d'attendre avant de vous la donner, mais vous avez l'air d'en avoir besoin maintenant.

Isabella prit le pli et la nonne disparut aussi soudainement qu'elle était apparue. Isabella décacheta la lettre et la parcourut rapidement. Orlando l'avait certainement écrite avant de l'amener ici, car la cire était dure et l'encre sèche.

Ma belle Isabella,

Mon secret est désormais entre vos mains. Faites ce que vous pensez être votre devoir. Vous m'avez fait un grand présent dans une vie que je sais avoir gâchée. Vous m'avez apporté de la paix et de la beauté, la vision d'une vie telle qu'elle mérite d'être vécue. Maintenant, je vous rends ce cadeau et je vous implore de l'accepter. Les sœurs veilleront à ce que vous rentriez chez votre père saine et sauve, comme je pars mettre Maria en sécurité. Si vous tenez encore à vous venger, je reviendrai bientôt pour vous satisfaire.

Ma vie vous appartient.

Orlando

Isabella froissa la lettre et sentit sa gorge se serrer sur un cri qui ne parvenait pas à sortir. Il était parti. Il lui avait livré son secret, sa vie et celle de cette enfant. Il lui avait fait confiance. Mais sur qui, sur quoi pouvait-elle s'appuyer, si ce n'était que sur elle-même ?

— Où allons-nous, oncle Orlando ? demanda Maria de sa petite voix joyeuse tandis qu'il la hissait sur le bateau qui les emmenait loin de Fiencosole.

Chez nous, faillit-il répondre. Mais où était leur foyer, désormais ? Il ne pouvait pas revenir à Florence, ni à la vie vaine qu'il avait menée. Il s'était enfin vengé de Matteo Strozzi et, pourtant, il se sentait comme une coquille vide. Isabella avait tout changé. Elle avait transformé son monde. Maintenant, il fallait qu'il trouve un moyen de le reconstruire, mais sans elle.

— Nous partons à l'aventure, ma petite chérie, dit-il en se forçant à rire afin qu'elle ne remarque rien de son mal-être.

Il devait prendre soin de Maria, et ses yeux étaient beaucoup trop chargés d'inquiétude pour une petite fille comme elle.

— N'est-ce pas merveilleux ? ajouta-t-il.

Maria tapa dans ses mains en riant.

— Comme dans les histoires que sœur Benedicta me lit, qui parlent d'un chevalier qui cherche sa princesse, son seul joyau, à travers les forêts enchantées et les mers houleuses ?

— Cela m'a tout l'air en effet des histoires qu'une nonne comme sœur Benedicta pourrait lire, rétorqua Orlando en chargeant les bagages de Maria.

Cette sœur au grand cœur partageait le même amour pour la poésie romanesque que Lucretia. Il songea avec amertume au joyau rare que le prince cherche en vain au cours d'une vie gâchée.

Orlando contempla derrière lui les tours blanches de Fiencosole qui s'élevaient au-dessus des épais murs bordant le fleuve. Lui aussi abandonnait un joyau, la seule chose qui lui aurait permis de se racheter.

Il avait laissé sa vie, et aussi celle de Maria, entre les petites mains maculées de peinture d'Isabella. Maintenant, sa quête était sur le point de recommencer. Une fois Maria en sécurité, peut-être repartirait-il et son joyau lui tendrait-il la main dans un geste de pardon.

À moins que cette même main ne tienne une dague acérée, prête à frapper. Orlando sourit tristement en se rappelant à quel point sa douce Isabella pouvait se montrer farouche. Fougueuse et passionnée.

Non, sa quête n'était pas encore terminée.

— Viens, Maria, dit-il en montant dans le bateau. L'aventure nous attend !

Chapitre 19

« En peu de temps, passe toute grande pluie et la chaleur fait disparaître les neiges et la glace ; ainsi reprennent leur cours les fleuves superbes à voir… »

— Vous avez fait beaucoup de progrès, Veronica, je vous en félicite, déclara Isabella en se penchant un peu plus sur son carnet de croquis pour essayer de capturer les derniers rayons du jour.

Elle leva les yeux et aperçut au loin la villa de son père sous le soleil couchant. L'été touchait à sa fin. Les volets verts étaient ouverts et les domestiques accoudées aux fenêtres bavardaient entre elles et échangeaient des commérages. Elles profitaient de ce moment de calme pour prendre un peu de bon temps avant de terminer la préparation du souper.

Tout paraissait si beau, si pastoral, si… familier.

Son père était assis comme à son habitude à sa table sous les arbres, entouré de plusieurs piles de livres. Ses cheveux blancs trop longs voletaient autour de sa tête sous l'effet du vent. Il avait encore oublié son chapeau. Mena l'appela depuis le seuil de la porte, mais il ne leva pas les yeux. Il était perdu dans son monde.

Rien ne paraissait avoir changé depuis qu'elle était partie à Florence, songea Isabella en embrassant du regard cet univers qui était le sien depuis toujours. Et pourtant, dans son cœur et dans son âme, plus rien n'était pareil.

Elle regarda de nouveau son carnet de croquis. Hadès était assis sur son trône, entouré de ses sombres courtisans devant un banquet qui se tenait dans le monde souterrain. Il observait ces réjouissances d'un air solennel et indéchiffrable. Les traits de son visage étaient à la fois austères et élégants. Il appartenait à cet univers fait d'ombres et de fantômes. Malgré la cour qui l'entourait, il dégageait une impression de solitude absolue.

Les lignes grises et noires de son dessin semblaient prendre vie dans l'esprit d'Isabella. Elle percevait des tourbillons de couleurs et de soudains éclairs de lumière parmi les ombres. Au cours des trop courtes heures qu'elle avait passées dans l'atelier de Botticelli, elle avait eu l'occasion d'observer le travail des apprentis et d'apprendre quelques techniques.

Une scène comme celle-ci ne pouvait pas comporter de réalisme, mais plutôt de la sensualité, de l'émotion, quelque chose de rêveur et d'éthéré. Tout le tableau était centré sur Hadès et sur sa profonde solitude. Il mettait aussi en évidence sa beauté.

Hadès. Isabella sentit monter en elle cette pointe de tristesse qui la saisissait très souvent à présent. Cela faisait plusieurs semaines qu'Orlando était parti de Fiencosole et, pourtant, elle revoyait toujours aussi clairement dans son esprit son visage grave et la profonde tristesse qui avait envahi son regard juste avant qu'il ne la quitte.

La nuit, elle restait souvent éveillée sous le clair de lune, à se souvenir à quel point elle aimait ses caresses. À se souvenir comment, pendant ces moments passés ensemble, tout avait paru si parfait.

Et comment tout avait horriblement volé en éclats.

— *Signorina* Isabella ! appela Veronica en la sortant de ses rêveries. Mena dit que vous devez venir souper maintenant.

— Je viendrai tout à l'heure, répondit Isabella.

Dans la maison de son père, sa vie avait repris son cours comme à son habitude, partagée entre les travaux de la ferme, la confection des repas, les lessives, les livres et les lettres. Isabella s'efforçait d'aller de l'avant, de faire semblant d'être la même jeune femme que celle qui était partie pour Florence.

Mais parfois elle avait l'impression qu'elle allait se fissurer sous l'effort, comme l'une des vieilles statues de leur jardin.

Reverrait-elle Orlando un jour ? se demandait-elle inlassablement. Ou bien étaient-ils destinés à n'avoir partagé que ces rares moments à Florence ? Ils n'avaient passé qu'une seule nuit tous les deux et n'avaient eu qu'un aperçu très bref de l'amour et de la beauté qu'ils pouvaient vivre ensemble pour contrecarrer un monde devenu trop laid.

Au moins, il lui restait l'art. Elle pouvait encore revoir Orlando par ce biais et, sur ses toiles, il ne changerait jamais. Il resterait là, dans son éternel monde des Enfers, avant de venir la rejoindre dans ses rêves, la nuit.

Isabella ferma doucement son carnet de croquis et suivit Veronica vers la maison. Les domestiques avaient cessé leurs commérages et étaient occupés à dresser le couvert sur la table installée sous les arbres. Son père était toujours penché sur ses livres et il serait absorbé par son travail jusqu'à ce que Mena le force à venir manger.

Pourtant, lorsqu'elle l'embrassa sur la joue, il leva les yeux vers Isabella et fronça les sourcils.

— Tu as l'air fatiguée, ma chérie, dit-il. J'ai l'impression que ton séjour à Florence ne t'a pas fait que du bien.

Isabella lui sourit tendrement et caressa doucement ses cheveux. Elle ne pouvait pas avouer à son père qu'elle passait ses nuits à penser au bel Orlando. Personne n'avait entendu parler de lui et elle n'avait pas assez de mots pour le décrire.

Mena jaillit soudain de la maison, une soupière brûlante entre les mains. Elle n'avait posé aucune question à Isabella depuis qu'elle était revenue de Florence, mais elle la regardait toujours avec méfiance. Se doutait-elle de quelque chose ? Elle ne lui avait rien demandé, et continuait de lui apporter des verres de vin épicé le soir, dans sa chambre.

— Elle est rentrée à la maison, *signor*, dit Mena, là où elle peut se reposer, et c'est tout ce qui compte. Nous ne tarderons pas à l'engraisser, aussi.

Isabella se mit à rire et se tourna pour aider son père à mettre ses livres de côté. Soudain, son regard fut attiré par une forme mouvante, tout au bout de l'allée du jardin envahi par la végétation. Elle aperçut une grande silhouette tout de noir vêtue et son cœur s'emballa. Voilà que son imagination fertile lui jouait encore des tours !

Certaine d'être en train de rêver, elle cligna plusieurs fois des yeux, mais la silhouette était toujours là.

— Isabella ! appela son père.

Mais sa voix était lointaine. Lentement, elle se leva et avança dans l'allée. Elle craignait que, si elle se déplaçait trop vite, la silhouette ne disparaisse à tout jamais. Mais bientôt, poussée par un fol espoir, elle se mit à courir, de plus en plus vite.

Dire qu'elle croyait qu'elle ne le reverrait jamais !

Pourtant, devant ses yeux ébahis, elle vit qu'il était bien là. Orlando. Son ténébreux dieu des Enfers.

Comme un rêve qui aurait soudain surgi dans la vraie vie.

— Isabella, dit-il tandis qu'elle s'immobilisait devant lui en chancelant.

Sa voix lui parut étrangement rauque et hachée. Il tendit une main pâle et tremblante vers elle.

— Orlando, comment avez-vous fait pour me trouver ? s'écria-t-elle en le dévorant des yeux. Que faites-vous ici ? Vous êtes venu seul ?

Puis elle le regarda de plus près et sentit sa gorge se nouer.

Son pourpoint était défait. Sous l'épais tissu, sa chemise blanche était trempée et sa peau couverte de sueur. Malgré son teint hâlé d'ordinaire, Orlando était d'une pâleur effrayante. Ses cheveux emmêlés étaient coiffés comme à leur habitude en arrière, mais ses prunelles émeraude brillaient d'une lueur inquiétante.

— Vous ne devriez pas vous approcher de moi, prévint-il d'une voix entrecoupée. Il me semble avoir attrapé une mauvaise fièvre.

— Non ! murmura Isabella en sentant sa joie de le voir se transformer en peur.

Elle n'allait pas le perdre maintenant !

Il chancela et elle se précipita vers lui pour le prendre dans ses bras au moment où il tombait. Puis elle caressa tendrement sa tête posée sur ses genoux et contempla son beau visage d'un air horrifié.

Orlando était brûlant.

— Que s'est-il passé ? demanda-t-elle.

— J'ai laissé Maria dans une abbaye non loin d'ici, expliqua-t-il en la regardant à travers ses prunelles opaques. Nous étions sur le point de partir pour Venise, mais il fallait que je vous revoie, haleta-t-il. Il fallait que je vous explique… pourquoi j'étais parti si vite. Je n'ai jamais voulu…

— Chut, taisez-vous maintenant, le pressa-t-elle, la gorge étranglée par la peur. Je sais pourquoi nous devions nous séparer. J'ai compris, en lisant les lettres de votre sœur. Je me suis tellement trompée. Je…

Il leva vers elle une main tremblante et caressa doucement sa joue.

— Isabella, l'interrompit-il. J'aurais dû tout vous dire lorsque nous nous sommes rencontrés. Mais je voulais vous retenir près de moi, juste un peu. Je me suis montré très égoïste.

Il laissa tomber la main et ferma les yeux.

— Orlando, appela-t-elle.

Mais il resta silencieux.

— Isabella, que se passe-t-il ? lança Mena.

La servante avait couru pour la rejoindre.

Isabella leva les yeux vers elle, à la fois confuse et très inquiète.

— C'est Orlando, expliqua-t-elle d'une voix mécanique. Il est venu me chercher. Il est malade.

— Nous ne pouvons pas le laisser là, mon petit agneau, répondit Mena sans l'interroger plus avant. Vous allez le soulever par les épaules et moi par les pieds. Veronica va courir jusqu'au village pour aller chercher le médecin.

Quelque chose dans le ton sec et pragmatique de Mena chassa la peur d'Isabella. Elle hocha la tête et souleva Orlando dans ses bras.

Il avait beau être grand, avec un corps mince et musclé, elles parvinrent à le porter et à remonter l'allée qui conduisait à la maison.

— Que se passe-t-il ? demanda le père d'Isabella, manifestement déconcerté.

Mais elles passèrent devant lui sans une explication et emmenèrent Orlando dans la maison calme et fraîche. Elles l'allongèrent sur un banc à côté des escaliers et Mena s'éloigna rapidement en marmonnant qu'elle allait chercher de l'eau et des couvertures.

Isabella se pencha vers Orlando et étudia son visage terreux et ses lèvres pâles. Il était très calme, mais ses sourcils étaient froncés et sa mâchoire serrée, comme s'il se battait dans des rêves fiévreux.

Son bien-aimé. Isabella ne pouvait détacher son regard de son beau visage, priant de toutes ses forces pour qu'il vive. Si seulement elle n'avait pas été aussi bête, aussi naïve face aux choses de ce monde…

Mais elle ne regrettait rien de ce qui s'était passé entre eux. Elle ne pouvait que garder Orlando auprès d'elle à présent.

Elle prit sa main dans la sienne et porta ses doigts glacés à ses lèvres. Sa peau était légèrement salée sous l'effet de la transpiration mais, dessous, elle sentit la douceur sombre et familière de son Orlando, l'essence dont elle se souvenait si bien après leur précieuse nuit ensemble.

Elle se rappela alors l'homme si passionné, si fougueux, si vivant qui avait partagé son lit. Celui qui l'avait caressée avec tant de tendresse et qui lui avait donné tant de plaisir. Non, elle ne pouvait pas le perdre maintenant, alors que le bonheur était à portée de leur main.

— Ne me laissez pas encore, Orlando, murmura-t-elle. S'il vous plaît, restez avec moi. Retrouvons le chemin pour revenir l'un vers l'autre.

Il ouvrit brièvement les yeux. Pendant quelques

secondes, ses prunelles d'un vert foncé comme la mer restèrent opaques. Puis elles se fixèrent sur Isabella et s'éclaircirent, comme si un vent nouveau venait de balayer un ciel lourd de nuages. Orlando lui serra la main.

— Isabella ? dit-il d'une voix rauque.

— Oui, je suis là, répondit-elle en s'efforçant de lui sourire d'un air rassurant. Vous êtes chez moi. Vous irez bientôt mieux.

Il secoua la tête.

— Vous n'êtes pas un rêve.

— Non, je ne suis pas un rêve, déclara-t-elle avec véhémence. Je suis bien là. C'est la réalité.

— Mais vous me détestez maintenant.

Soudain, il ferma de nouveau les yeux et s'arc-bouta, comme secoué par un spasme de douleur.

— Tenez, buvez, dit Mena en s'agenouillant à côté d'Isabella.

Une domestique la suivait avec une cuvette d'eau chaude. Mena tenait un petit flacon rempli d'un élixir noir qu'elle déboucha.

— Tenez-lui bien la tête, ordonna-t-elle en s'adressant à Isabella.

Tandis qu'Isabella serrait Orlando contre elle, Mena compta minutieusement les gouttes qu'elle versait dans sa bouche. Orlando se calma de nouveau et Mena tamponna doucement son visage avec une serviette imbibée d'eau chaude.

— Il sera bientôt sur pied, mon petit agneau, dit la servante d'une voix rassurante. Vous verrez.

Quelque chose dans la voix calme de Mena apaisa un peu la peur que ressentait Isabella. Mais elle restait inquiète. Était-il trop tard pour eux ?

— Orlando ! Orlando ! Réveillez-vous, s'il vous plaît.

Orlando ouvrit péniblement les yeux. Instinctivement, sa main chercha sa dague. La dernière chose dont il se souvenait était d'avoir laissé Maria dans l'abbaye à l'extérieur du village où vivait Isabella avant d'essayer de trouver où elle habitait. Il voulait implorer son pardon. Même s'il savait qu'il n'était pas l'homme qui lui fallait, il avait aussi compris qu'il ne pouvait pas vivre sans elle. Il s'était approché de sa maison et une immense faiblesse s'était emparée de lui. Soudain, il s'était mis à transpirer et avait eu horriblement chaud…

— Orlando, regardez-moi ! cria une voix désespérée.

Il sentit une main fraîche sur sa joue.

Le visage d'Isabella entra dans son champ de vision, entouré d'un halo diffus. Elle avait les yeux rougis et paraissait épuisée. Ses cheveux noirs étaient relevés en un chignon très lâche et plusieurs mèches étaient tombées sur ses épaules. Mais son sourire était merveilleux et elle lui caressait le visage.

La fièvre lui donnait-elle des visions, ou l'avait-il vraiment retrouvée ? Il n'osait pas espérer.

— Suis-je mort ? demanda-t-il.

Sa gorge était sèche et douloureuse.

Le sourire prudent d'Isabella s'élargit.

— Cela me paraît improbable car je ne suis pas un ange. Vous vous trouvez dans la demeure de mon père. Vous rappelez-vous être venu jusqu'ici ?

Il hocha la tête. Il se souvenait en effet de la bouffée d'espoir qui l'avait envahi à l'idée de la savoir toute proche. Et maintenant elle était là. Il sentait sa main sur sa peau, humait son parfum. Elle le regardait et il ne lisait plus de haine dans ses yeux.

Peu à peu, il prit conscience d'autres éléments. Il était

allongé dans un lit confortable, avec des draps propres et la tête posée sur des oreillers en plume. Au-dessus de lui, le lit était tendu d'un dais en velours vert. Une bougie projetait des ombres étranges sur les broderies qui ornaient les tentures. Plus loin, une fenêtre ouverte laissait entrer la brise chaude de l'été imprégnée d'un doux parfum de fleurs.

Il éprouvait un profond sentiment de sécurité et de paix, des sensations qui lui étaient devenues étrangères depuis très longtemps.

Et tout cela grâce à cette femme qui lui tenait la main. Sa perle rare.

Il serra les doigts et sentit ceux d'Isabella se refermer sur les siens. Il ne voulait plus la perdre. Si seulement il pouvait la convaincre de rester avec lui.

— Quelqu'un d'autre est malade ? demanda-t-il péniblement.

— Non, seulement vous. Mena et moi vous avons veillé et maintenant, heureusement, la fièvre est tombée.

Elle retira sa main et se tourna vers une cuvette remplie d'eau sur la table de chevet. Elle mouilla un linge et tamponna doucement son visage, exhalant au passage un doux parfum de lavande fraîche.

— Avez-vous pardonné mes péchés ? murmura-t-il. C'était ce que j'étais venu chercher au départ. Je voulais vous implorer de me pardonner. Je ne pouvais pas partir sans l'avoir fait.

La main d'Isabella se figea et elle fronça les sourcils.

— Vous avez fait ce qu'il fallait pour cette pauvre enfant et pour sa mère. Mon cousin s'est montré cruel et, aujourd'hui, il a payé pour cela. Mais sa sœur aussi, alors qu'elle est aussi innocente que Maria Lorenza. Je ne peux pas continuer de vivre ainsi plus longtemps. Ce que j'ai vu à Florence m'a rendue malade.

— Isabella…, déclarer Orlando.

La profonde tristesse qu'il vit sur les traits d'Isabella l'arrêta. Il ignorait quoi dire pour la consoler.

— Vous devriez vous reposer, dit-elle d'une voix douce et infiniment triste.

Il était prêt à tout pour lui ôter cette tristesse à tout jamais.

Puis elle lui sourit et il aperçut dans ses yeux l'innocence qui l'avait attiré vers elle la première fois qu'il l'avait vue à Florence.

— Je ne veux pas me reposer, dit-il. J'ai peur que nous ne nous retrouvions plus jamais ensemble. Je veux juste vous regarder.

Le sourire d'Isabella s'élargit.

— Et moi, je veux que vous vous remettiez sur pied. Nous avons tant à faire…

— Que voulez-vous dire ?

Il ne put se retenir. Il leva la main vers elle et enfouit les doigts dans sa chevelure noire et soyeuse pour l'attirer vers lui. Il s'empara de sa bouche avant de l'embrasser fougueusement, désespérément. Il mit tous ses rêves dans ce baiser. Les lèvres d'Isabella étaient fraîches et douces. Elles avaient un goût qui n'appartenait qu'à elle. Un goût de vie et de lumière.

L'espace d'un instant, elle se raidit comme si elle désirait se dégager, puis son corps céda et elle se serra contre lui. Elle gémit doucement et lui rendit son baiser, exactement comme il en avait rêvé.

Il avait l'impression d'être enfin revenu chez lui.

— Allongez-vous à côté de moi.

Isabella lui sourit et s'étendit doucement à côté de

lui sous les couvertures. Orlando l'enlaça et, pour la première fois depuis de nombreuses semaines, elle se sentit en sécurité. Enfin, tout lui semblait juste.

Elle savait que le monde extérieur était toujours là, tout comme la laideur qu'elle avait aperçue à Florence. Mais, maintenant, tout lui paraissait très loin. Orlando était ici, avec elle, en bonne santé et entier. Ils pouvaient remodeler leur avenir ensemble. Ce dernier était encore flou et mystérieux et, pourtant, ils avaient fini par se retrouver. En ce moment parfait, c'était tout ce qui avait de l'importance.

Elle le dévisagea avidement, trait par trait. Elle avait pensé à lui tous les jours depuis qu'elle était revenue chez elle. Elle avait ressassé chaque mot qu'ils avaient échangé, chaque caresse et chaque baiser. À présent, il était vraiment là, de nouveau avec elle.

Il la contempla à son tour, comme si elle aussi lui avait manqué, se dit Isabella. Que s'était-il passé lorsqu'ils avaient été séparés ? Avait-il vraiment pensé à elle ?

À cette pensée, elle sentit quelque chose céder dans son cœur et tout le désir, toutes les peurs, tout l'amour qu'elle ressentait s'échappèrent. Elle déposa un baiser fugace sur ses lèvres, puis un autre, et un autre, le taquinant jusqu'à ce qu'il rie et gémisse à moitié. Il l'attira encore plus près de lui. Si près que plus rien ne pouvait se mettre entre eux.

— Orlando, murmura-t-elle. Vous vous sentez assez bien ? Ne devrions-nous pas…

Pour toute réponse, il grogna contre ses lèvres et approfondit son baiser. Sa langue partit à la recherche de la sienne, et Isabella sentit de nouveau qu'elle se perdait en lui. Il en avait été ainsi à Florence. Ce désir brûlant qui naissait en elle chaque fois qu'il la touchait, et qui les entourait comme un mur de flammes pour les séparer du reste du monde. Elle désirait simplement se sentir de nouveau aussi proche de lui, pour toujours. Faire partie de lui et qu'il fasse partie d'elle.

Cela faisait si longtemps qu'elle s'interrogeait et qu'elle s'inquiétait. À présent, elle voulait juste être avec lui, et ressentir ce qu'il était le seul à pouvoir lui donner. Savoir qu'il y avait un espoir en l'avenir lorsqu'ils étaient ensemble, que ce n'était pas un rêve.

Orlando abandonna ses lèvres et déposa de petits baisers sur sa joue, sur sa mâchoire et sur ce point si délicat sous son oreille, cet endroit si sensible à ses caresses. Elle frémit en sentant son haleine chaude sur sa peau.

Le souffle court, elle rit et posa les bras autour de ses épaules pour s'y agripper. Elle craignait de tomber de nouveau avec lui dans le puits de l'amour et de s'y perdre pour de bon, cette fois.

— Isabella, murmura-t-il d'une voix rauque en posant les lèvres sur ses cheveux. Je vous désire tellement. Lorsque j'ai cru vous avoir perdue, je suis devenu fou.

Elle posa la joue dans le creux de son cou et inspira profondément la merveilleuse odeur familière qui se dégageait de sa peau. Cela avait toujours été quelque chose de vrai entre eux, cette façon dont leurs corps se reconnaissaient et se désiraient. Cette manière qu'ils avaient de se parler comme jamais des mots n'auraient pu le faire.

Isabella comprit à cet instant qu'il fallait qu'elle abandonne ses peurs. En silence, elle prit la main d'Orlando dans la sienne et déposa un tendre baiser dans le creux de sa paume calleuse. Elle voulait sentir ce que seul Orlando pouvait éveiller en elle. Elle voulait se sentir proche de lui de nouveau.

Elle s'assit sur les coussins et le contempla. Ses yeux brillaient et son visage était tendu par le désir qu'il essayait de contenir. Elle leva les bras vers lui dans une invitation silencieuse.

— Isabella, êtes-vous bien sûre ? demanda-t-il d'une voix brusque.

— Chut, Orlando, murmura-t-elle.

Elle ne voulait plus parler. Les mots ne faisaient que rompre le charme qu'elle voulait tisser entre eux. Pour essayer de réparer le mal qu'ils s'étaient fait au nom de la vengeance et d'un prétendu honneur. Leur amour était le seul honneur qui comptait.

Elle porta les mains à ses cheveux et défit les quelques épingles qui les retenaient encore avant de les laisser tomber sur ses épaules. Elle vit son regard s'assombrir tandis qu'il observait chacun de ses mouvements. D'un geste encore plus audacieux, elle secoua sa chevelure qu'il aimait tant et défit lentement le lien qui retenait sa robe. L'air frais effleura ses épaules nues.

— Isabella ! grogna-t-il en frottant ses yeux. À quoi pensez-vous ?

— S'il vous plaît, Orlando, dit-elle.

Elle ravala sa peur et lui sourit.

— Je vous désire. N'avez-vous pas envie de moi ?

— Bien sûr. Je vous ai toujours désirée plus que tout au monde. Mais je…

Ses paroles se perdirent dans le baiser profond et passionné qu'il lui donna, et plus rien ne les retint.

Isabella avait l'impression que son âme avait pris feu. Elle voulait être plus près de lui, encore plus près. Ses mains légères et tremblantes parcoururent son corps dont la mémoire ne les avait pas quittées. La chaleur moite de sa peau, le duvet légèrement rugueux de son torse, les muscles tendus de son ventre, ses hanches minces, tout lui était familier.

Son sexe bandé qui tendait le drap posé sur lui. Oh ! oui, elle s'en souvenait très bien. Pendant qu'ils s'embrassaient et qu'ils s'enfonçaient dans la chaleur humide du désir, elle sentit les mains d'Orlando glisser sur ses épaules et finir de défaire sa robe avant de la lui enlever.

Elle se dégagea de sa jupe et rit tandis qu'ils glissaient ensemble, peau contre peau, et que ses longs cheveux soyeux s'enroulaient autour d'eux comme pour les emprisonner. Le souffle brûlant d'Orlando effleura son cou et toutes ses pensées s'évanouirent pour laisser la place à ses sensations.

Isabella ferma les yeux et se contenta de sentir. Sentir sa main sur sa hanche, sa bouche sur la courbe de son sein. Elle caressa ses puissantes épaules, le contour de son dos. Elle n'arrivait pas à croire qu'ils étaient là, ensemble enfin. Elle écarta les cuisses en sentant le corps d'Orlando peser sur le sien.

Il l'embrassa encore puis, enfin, la pénétra profondément. Cela faisait si longtemps qu'elle ne l'avait pas accueilli en elle qu'elle ressentit une légère douleur, mais qui n'était rien comparée à la merveilleuse sensation de s'unir de nouveau à lui.

Isabella se cambra puis enroula les bras et les jambes autour du corps d'Orlando pour le retenir contre elle.

— Isabella, grogna-t-il.

Et, lentement, il se mit à bouger de nouveau en elle. Plus loin, plus fort, jusqu'à ce qu'ils n'éprouvent plus que du plaisir. Un plaisir merveilleux qui grandissait encore et encore comme un nuage étincelant qui s'étendait autour d'eux.

Elle cria, submergée et émerveillée par tant de bonheur. Comment avait-elle pu vivre tous ces mois sans lui ?

Au-dessus d'elle, elle sentit le corps d'Orlando se tendre. Il renversa la tête en arrière en criant son nom.

Et sa voix résonna en elle et tout autour d'elle.

Elle explosa à son tour, anéantie par le plaisir qu'il lui donnait. Elle s'agrippa désespérément à lui, comme si elle tombait du ciel et que seul Orlando était capable de la retenir.

Un long moment plus tard, une fois qu'elle eut repris son souffle, elle ouvrit lentement les yeux. L'espace d'un instant, elle fut surprise de se retrouver dans la vieille chambre qu'elle connaissait si bien, et non dans une clairière enchantée. Orlando était couché à côté d'elle et l'enlaçait étroitement. Il avait les yeux fermés et son corps était emmêlé au sien, comme dans ses souvenirs. Presque comme s'ils ne s'étaient jamais quittés.

Elle ferma de nouveau les yeux et savoura le doux bonheur d'être près de lui.

— Pouvez-vous vraiment me pardonner, Isabella, pour tout ce que j'ai fait ? demanda-t-il à voix basse.

Elle appuya le visage sur son épaule et inspira profondément pour sentir son odeur.

— Est-ce que vous… m'aimez, Orlando ?

Il cessa de respirer et, l'espace d'une seconde, Isabella craignit d'en avoir trop dit. D'avoir gâché la délicatesse de ce précieux moment.

— Je vous aime tellement, Isabella. Je vous ai aimée dès que je vous ai vue. Je sais que je ne pourrai jamais me libérer de cet amour. Je suis à vous. Faites de moi ce qui vous plaira, pour toujours.

En entendant ces merveilleuses paroles, elle se laissa enfin aller à pleurer. Elle versa des larmes de joie, car tout ce qu'elle avait désiré et redouté était enfin réalisé. Orlando était ici, bien vivant. Et il l'aimait.

Elle leva la tête vers lui et lui sourit. Orlando prit tendrement sa joue dans sa main.

— Je suis à vous, dit-elle, et je vous aime aussi. Je vous pardonnerai tout si vous me promettez de ne plus jamais me quitter.

— Jamais, répondit-il d'une voix ferme. Vous êtes liée à moi pour toujours.

Pour toujours. Jamais elle n'avait entendu de mots plus beaux. Orlando l'embrassa. Ses lèvres étaient douces, tendres et avides. Dans son baiser, elle découvrit tout ce que l'amour voulait vraiment dire. La douleur du passé était révolue et il ne restait plus qu'eux.

Ils s'appartenaient. Pour toujours.

Épilogue

Trois mois plus tard

— Isabella est-elle en train de s'entraîner à peindre un portrait du roi ? murmura la petite Maria à l'oreille d'Orlando.

Isabella rit doucement en l'entendant. Elle était assise sur un rouleau de cordages, son carnet de croquis en équilibre sur les genoux pendant que le bateau fendait les flots. Elle était en train de dessiner son père qui discutait avec un groupe de marins de son livre de Pline l'Ancien et tentait de leur expliquer sa conception de l'histoire naturelle.

Elle avait du mal à croire tout ce qui s'était passé au cours de ces dernières semaines. Orlando et elle s'étaient mariés et étaient allés chercher Maria dans son abbaye. La vie à la villa était assez paisible et ils y avaient vécu une période d'idylle faite de journées ensoleillées. Mais les nouvelles de Florence étaient toujours plus mauvaises. Lorenzo de Médicis avait demandé à ses alliés de l'aider à chasser tous les conspirateurs de la famille Pazzi qui s'étaient enfuis. Chaque semaine, des exécutions avaient lieu, et les maisons des Pazzi avaient été détruites. Il était plus sûr de quitter l'Italie pendant quelque temps. Le parent d'Orlando à Fiencosole, ainsi que Botticelli et le *Signor* Salle avaient obtenu pour Isabella une commande à la cour du roi Édouard d'Angleterre. Pendant un an, elle serait chargée de faire le portrait de ses courtisans et d'aider le monde à voir l'Angleterre comme un pays à la fois puissant et pacifique.

À sa grande surprise, le père d'Isabella avait refusé de rester en Italie.

— Quand aurai-je de nouveau l'occasion de rencontrer des gens aussi étranges que les Anglais ? avait-il insisté en emballant ses livres. J'aimerais beaucoup avoir l'avis des philosophes de ce pays, s'il y en a…

Bien entendu, Mena avait immédiatement adopté le rôle de nourrice de Maria, qui était devenue leur fille à tous.

Isabella était donc partie pour une nouvelle aventure, elle et toute sa famille. Tandis qu'elle offrait son visage aux embruns frais et salés, elle sentit l'excitation de toute une nouvelle vie qui commençait.

— Pas du roi en personne, *bella*, mais des gens de sa cour, précisa Isabella en souriant à Maria. Avec leurs beaux habits, leurs palais…

— Et leurs bijoux ? s'écria Maria. Vous devrez dessiner leurs bijoux.

— Bien sûr, dit Isabella en écartant les bras.

Maria s'élança vers elle. Elle se hissa sur les genoux de sa mère d'adoption et saisit le carnet de croquis pour observer ses dessins.

— J'aime beaucoup comment vous avez dessiné la barbe de grand-père, dit Maria en fronçant les sourcils. Mais ses cheveux ne ressemblent pas à cela…

— C'est déjà une artiste ! s'écria Orlando.

Il déposa un baiser sur la joue d'Isabella et les enlaça, elle et l'enfant, comme pour les protéger même sur la vaste mer. Dans ce nouveau monde qu'ils s'apprêtaient à affronter ensemble.

— Elle sera une grande artiste, déclara Isabella en s'appuyant contre lui, profitant de la force et de la chaleur de son mari. Et elle aimera beaucoup l'Angleterre, j'en suis sûre.

— Nous serons tous ensemble. C'est une nouvelle vie qui commence.

Ensemble pour toujours. Elle ne cessait de se le répéter en contemplant l'horizon. À présent, elle avait sa famille, son mari, sa fille, son amour. Et ils étaient à elle. À tout jamais.

Note de l'autrice

L'histoire d'Isabella et d'Orlando m'est venue alors que j'avais attrapé un très gros rhume. J'ai passé le week-end entier allongée sur mon canapé, à regarder les trois saisons des *Borgia*, captivée par leurs somptueux costumes, leurs palais luxueux, la passion, les meurtres, le danger. Sans compter les yeux de Cesare… J'ai toujours apprécié la Renaissance italienne, sa beauté et ses intrigues. Et j'ai aimé découvrir les personnages d'Isabella et de son Orlando dans les *palazzi* et sur les berges du fleuve à Florence.

Les violences de la Renaissance ont connu leur apogée lors de la célèbre Conjuration des Pazzi en 1478. Ce complot rassemblant quelques membres de la très ancienne famille Pazzi, ainsi que de puissants alliés incluant le pape, visait à destituer Laurent de Médicis de son poste de gouverneur *de facto* de Florence. L'autorité des Médicis sur Florence remontait à leur grand-père Cosme et à leur père, Piero il Gottoso. Les deux hommes s'étaient gardés d'exiger des magistratures pour eux-mêmes, mais ils s'arrangeaient pour qu'elles soient confiées à leurs fidèles alliés.

Le 26 avril 1478, profitant de la messe donnée au Duomo à l'occasion de Pâques, et qui réunissait des milliers de personnes, les Pazzi se soulevèrent et tentèrent d'assassiner Lorenzo et son beau et jeune frère, Giuliano. Lorenzo parvint à en réchapper, mais pas Giuliano.

L'échec de cette conspiration conduisit directement à deux années de guerre contre la papauté qui renforcèrent les pouvoirs de Lorenzo.

J'ai toujours aimé introduire des personnages historiques dans mes fictions. Botticelli est l'un de mes artistes préférés. J'ai autrefois causé quelques désagréments en restant trop longtemps devant son tableau *Le Printemps* afin d'essayer d'en absorber chaque détail. J'ai été si heureuse d'en faire un ami d'Isabella !

Les cousins de cette dernière, Matteo et Caterina, ne sont pas réels, même si Giuliano de Médicis a certainement été très amoureux de la belle et fragile Caterina, dont le personnage s'inspire de loin de son véritable amour, Simonetta Vespucci, morte très jeune de la tuberculose. Elle servit de modèle à de nombreux tableaux de Botticelli et était réputée pour être la plus belle femme de son époque. Je pense toutefois que ma Caterina a encore une histoire à raconter, et doit toujours trouver son amour !

Fiencosole est également une ville fictive, semblable à de nombreux et majestueux fiefs fortifiés de la Renaissance italienne.

Voici les principales sources dont je me suis servie au cours de mes recherches :

CB Schmitt, ed., *The Cambridge History of Renaissance Philosophy* (1988)

Tim Parks, *Medici Money : Banking, Metaphysics, and Art in Fifteenth-Century Florence* (2005)

James Barter, *A Travel Guide to Renaissance Florence* (2003)

Lauro Martines, *April Blood : Florence and the Plot against the Medici* (2003)

Christopher Hibbert, *The House of Medici : Its Rise and Fall* (1974)

Pier Luigi De Vecchi and Daniel Arasse, *Botticelli : From Lorenzo the Magnificent to Savonarola* (2003).

J'ai beaucoup aimé écrire l'histoire d'Isabella et

d'Orlando. J'espère que vous prendrez autant de plaisir à la lire. Pour plus d'informations sur la Renaissance florentine, visitez mon site Internet à l'adresse suivante : http ://ammandamccabe.com.

Vous avez aimé ce livre ?
Découvrez également *L'héritière des Highlands*,
le nouveau roman de Kate Summer,
dans votre collection Les Historiques.

Retrouvez prochainement,
dans votre collection

Les Historiques

Cœur de guerrière, de Sarah Rodi - N°972

Pactiser avec les Saxons ? Une idée impensable pour Svea Ivarsson, une jeune guerrière viking qui préférerait les affronter sur le champ de bataille plutôt que de les fréquenter. Hélas, une alliance a été conclue entre son chef et le roi Eallesborough, et voilà Svea contrainte de voyager au côté de ses rivaux d'autrefois. Pire encore, l'un d'eux ne la laisse pas indifférente : Lord Ashford Stanton, ce colosse aux yeux sombres, fait battre son cœur beaucoup trop fort ! Svea manie le fer comme une valkyrie, mais aucun entraînement ne l'a préparée à désirer son plus grand ennemi…

Fiancée au Highlander, de Terri Brisbin - N°973

SÉRIE : ALLIANCES DANS LES HIGHLANDS - TOME 1

Écosse, XIVe siècle

Alors qu'il soulève le voile dissimulant le visage de sa future épouse, Ross reste interdit. La jeune femme qui se tient fièrement devant lui n'est pas celle qui lui était promise mais sa sœur, la mystérieuse Ilysa MacDonnell ! Furieux d'avoir été dupé, le Highlander doit pourtant contrôler sa rage : le sort des MacMillan repose sur son alliance avec le père d'Ilysa. Résolu à sceller l'accord qui l'a conduit devant l'autel, il passe donc la bague au doigt de la belle usurpatrice, tout en se jurant de ne jamais lui faire confiance…

La tentation d'un chevalier, d'Ella Matthews - N°974

SÉRIE : LES CHEVALIERS DU ROI - TOME 2

Château de Windsor, XIVe siècle

Alors que la France et le royaume d'Angleterre se déchirent, le chevalier d'élite Theo Grenville cherche à découvrir qui conspire contre son roi. Et pour cela il n'hésite pas à se rapprocher de Medea, la fille d'un seigneur suspecté d'être un dangereux ennemi de la Couronne. Or rien ne l'avait préparé à tomber sous le charme de cette jeune femme sincère, dont la grâce n'a d'égal que l'intelligence. Dès lors, Theo voit son allégeance au roi mise à l'épreuve par le plus grand des adversaires : l'amour…

Les Historiques

L'éveil de la passion, d'Eva Shepherd - N°975

Cornouailles, 1890

Aux yeux de tous, Lady Iris Springfeld est un mystère. Partout où elle se rend, la même question bruisse derrière les gants de soie et les éventails. Pourquoi n'est-elle pas mariée ? Son joli minois et sa cascade de cheveux dorés ne laissent pourtant personne indifférent... La réponse est simple : lasse d'intéresser la gent masculine pour des futilités, Iris préfère rester célibataire ! Jusqu'à sa rencontre avec le comte de Greystone, un soir de tempête. Lui qui ne peut voir sa beauté est-il l'homme dont elle rêve, celui qui l'aimera pour ce qu'elle est vraiment, dans le secret de son cœur ?

Fascinée par le lord, de Helen Dickson - N°976

Londres, 1745

Henrietta doit fuir Londres, seule et sans un sou. Certes, la situation est peu convenable pour une lady, mais sa survie est à ce prix. Car elle vient d'échapper à une tentative d'assassinat et sait que l'homme déterminé à mettre la main sur sa fortune cherche à la retrouver. Acculée, Henrietta se résout à partager, sous une fausse identité, le convoi de Lord Simon Tremain, un fervent jacobin au regard brûlant. Une proximité d'autant plus troublante qu'elle nourrit une profonde aversion pour la cause que cet homme défend et qui a mené ses parents à leur perte...

Captive du Viking, de Michelle Styles - N°977

Scandinavie, 793 après J-C

Plutôt mourir que se soumettre à l'emprise de Haakon Haroldson, le chef arrogant des barbares qui ont saccagé son existence ! Si Annis a dû renoncer à sa liberté lorsque Haakon a fait d'elle sa prisonnière, elle n'ira pas jusqu'à lui abandonner sa dignité : jamais elle ne sera son esclave ! Mais alors que, dans un élan de désespoir, elle envisage une impossible tentative d'évasion, le ténébreux Viking lui propose un marché qu'elle n'attendait pas : si elle accepte de devenir sa maîtresse, il l'affranchira de sa condition de captive pour l'élever au rang de concubine. Une offre scandaleuse... qui laisse Annis face à son destin.

HARLEQUIN